U0661396

自我诗学

敬文东　著

长江出版传媒　长江文艺出版社

敬文东

1968年生于四川省剑阁县，文学博士，现为中央民族大学文学院教授。著有《指引与注视》《牲人盈天下》《感叹诗学》《小说与神秘性》《新诗学案》《李洱诗学问题》《味觉诗学》等学术专著，《写在学术边上》《梦境以北》《网上别墅》《房间内的生活》等随笔、小说集和诗集，另有《被委以重任的方言》《诗歌在解构的日子里》《用文字抵抗现实》等学术文集。获得过第二届西部文学双年奖·小说奖（2012年）、第二届唐弢文学研究奖（2013年）、第四届东荡子诗歌批评奖（2017年）、第二届陈子昂诗歌批评家奖（2018年）、第十六届华语文学传媒大奖批评家奖（2018年）、第四届当代中国文学优秀批评家奖等（2019年）。入选教育部"新世纪优秀人才支持计划"（2013年）。

目　录

弁　言

古代汉语或鲁迅以前的汉语

古代汉语，亦即中国古人使用的汉语，包括口语（或白话）和书面语（或文言）。那是一种以味觉（亦即舌头）为中心，于不可解释的天意控制下组建起来的语言；它因人的舌头知味、能言，而具有零距离舔舐万物的能力。古人使用的汉语以舔舐为方式，在直观中，直接性地言说一切可以想见的物、事、情、人①。有趣得紧，在俄语和法语里，语言和舌头竟然也是同一个词，真可谓"东海西海，心理攸同"②。从最基础的层面上说，特定的语言意味着特定的思维方式。马克思有一句名言，在现代中国早已尽人皆知：语言是思维的外壳。思维和语言总是倾向于联系在

---

① 关于这个问题的详细论证，请参阅敬文东：《味与诗》，《南方文坛》2018 年第 5 期。
② 钱钟书：《谈艺录·序》，中华书局，1984 年，第 1 页。

一起。或者说，语言与思维互为因果关系：正因为有这种样态的语言，所以才有这种样态的思维方式；正因为有那种样态的思维方式，所以才有那种样态的语言。

世人皆知国人好吃。殊不知，在这好吃当中，自有高深的道理、深不可测的奥秘。"夫礼之初，始诸饮食。其燔黍捭豚，污尊而抔饮，蒉桴而土鼓，犹若可以致其敬于鬼神。"① 按上古礼制，司徒的职能是修六礼、明七教、齐八政、一道德、养耆老、恤孤独。这些职能中饮食占据着极高的地位；司徒饮食的官职甚至高居"八政"之首②。孙中山说得更妙："中国烹调之妙，亦足表文明进化之深也。"③ 除此之外，日本学者武田雅哉还有纯粹认识论层面上的准确观察："当我们遇见未知的东西时，先应该送进嘴里吃吃看。这是中国神话教给我们的道理。"④ 武田提到的"中国神话"，很可能包括神农尝百草的著名故事："神农以为行虫走兽难以养民，乃求可食之物，尝百草之食，察酸苦之滋味，教民食五谷。"⑤ 这个神话暗示的很可能是：说汉语的中国古人始而依靠品尝、辨味认识事物，继而因知味而获取事物的本质，或真相。这是一种质地特殊、面相怪异的认识论。毛泽东显然清楚其间的深意。否则，他大概不会说：要知道梨子的味道，必须亲口尝一尝。引申开去则是：要想知道事物的真谛，必须与事物贴身相往还。这就是作为现代中国人的口头禅——"意

---

① 《礼记·礼运》。

② 参阅《礼记·王制》。

③ 孙中山：《建国方略》，中华书局，2011年，第6页。

④ 武田雅哉：《构造另一个宇宙：中国人的传统时空思维》，任钧华译，中华书局，2017年，第107页。

⑤ 陆贾：《新语·道基》。

味着"——自身的"意味"。

奔腾于古人舌尖的汉语，乃是一种知味的语言。"味"是古典中国思想中，最为重要的关键词之一；辨味、知味，乃是说汉语的中国古人认识事物的关键渠道，是华夏文明的认识论的根基之所在。在中国古人那里，味乃万物之魂①。只要稍加反思，便不难发现，中国人至今还习惯在口语中说：这个事情有味道；那是个没有人味的家伙；我嗅到秋天的气味了，如此等等，不一而足。欢快于古人舌尖的汉语倾向于认为：万事万物皆有其味；即使是抽象的"道"，一向被汉语思想认作至高无上的"道"，也必须自带其味，正所谓"味道守真"②，诚所谓"心存道味"③。这种样态的汉语满可以被认作味觉化汉语；味觉化汉语乐于倾尽全力支持的思维方式，则满可以被认作味觉思维。贡华南认为，这种样态的思维方式具有以下三种特征："第一，人与对象之间始终保持无距离状态；第二，对象不是以'形式'呈现，而是以形式被打碎、内在与外在融二为一的方式呈现；第三，对象所呈现的性质与人的感受相互融和。"④ 凭此三言两语，贡氏轻松自如并且很是爽快地道出了味觉思维以舌尝而辨味、以舌品而知味的核心情状。

如果说，有味之人自有其有味之伦理，那么，支持味觉思维的有味之汉语也毫无疑问地自有其伦理。味觉化汉语的伦理无

---

① 贡华南对这个问题进行了一锤定音般的论述，参阅贡华南：《味与味道》，广西师范大学出版社，2015年，第22、23、25页。

② 《后汉书·申屠蟠传》。

③ 僧佑：《弘明集》卷十一。

④ 贡华南：《味觉思想与中国味道》，《河北学刊》2017年第6期。

他，唯"诚"而已矣①。关于道德和伦理之间的严格区分，斯洛文尼亚人斯拉沃热·齐泽克（Slavoj Žižek）有上好的理解：道德处理的，是"我"和"你"的关系，所谓"己所不欲，勿施于人"。其实，再加上一条，也许会让道德的定义更趋完备：己所欲，亦勿施于人。伦理处理的，则是"我"和"我"的关系：我必须忠于我的欲望②。古代汉语（或曰味觉化汉语）的伦理既然是"诚"，那就必须忠于它唯"诚"而已矣的强烈欲望。"诚"是味觉化汉语（亦即古代汉语）的根本特性，所谓"修辞立其诚"③，所谓"巧言令色，鲜矣仁"④。这很可能是——其实也应该是——理解古典中国思想特别管用的隐蔽线索。很遗憾，这个线索因为过于隐蔽被忽略、被遗忘得太过久远了。

和中国古典思想中没有拯救和彼岸相对应，制造中国古典思想的味觉化汉语根本上是一种经验性（或曰世俗性）的语言⑤。世俗性（或曰经验性）的语言导致的思想结果是："中国古代没有宗教正典（religious canon），没有神圣叙事（sacred narrative）……缺乏超验观念（transcendental concept），它们直接面向自然界——水以及所润育的植物——寻求其哲学概念得以建构的本喻（root

---

① 关于这个问题详细论证可以参阅敬文东：《汉语与逻各斯》，《文艺争鸣》2019 年第 3 期。
② 参阅斯拉沃热·齐泽克：《弗洛伊德—拉康》，何伊译，张一兵主编《社会批判理论纪事》第三辑，江苏人民出版社，2009 年，第 8 页。
③ 《易·乾·文言》。
④ 《论语·学而》。
⑤ 此处说汉语是一种经验性（或曰世俗性）的语言，和下文说《圣经》的语气是超验性的，请参阅敬文东：《论语气》，2019 年，北京，未刊稿。

metaphor）。"① 将味觉化汉语（亦即古代汉语）径直认作经验性
或世俗性的语言，听上去有点抽象，有些唐突，实际上非常简
单。《西游记》和《聊斋志异》讲述的，本该是非经验性、非世
俗化的时空中发生的诸多事情。但吴承恩、蒲松龄在讲述超验之
神和叙述超验之鬼的故事时，其语言和描写人间诸事的语言是同
一种语言，十分的经验化，十足的世俗"味"。在这种语言的型
塑（to form）下，孙悟空不过是尘世凡"猴"的天空版，拥有凡
"猴"而非超验之神才该拥有的动作/行为和喜怒哀乐，世俗味
极为可口；在蒲松龄笔下，狗也跟尘世凡人一样，具有极为强烈
的嫉妒心，竟然因嫉妒咬死了与女主人正常欢爱的丈夫，最后被
官府判刑问斩。凡此种种，和《圣经》的非世俗化、非经验性
相去甚远。"神说：'要有光。'就有了光。"②"神说：'诸水之
间要有空气，将水分为上下。'……事就这样成了。"③ 很显然，
《圣经》的语气（speaking voice）是超验性的，它原本就意在诉
说一个超验的世界。味觉化汉语从一开始，就没有描写超验世界
的能力；否则，三打白骨精的故事，就肯定不是今天的中国人所
见到、所熟悉的那种样态。

　　味觉化汉语承认"饮食男女，人之大欲存焉"④ 的合理性。
中国古人很可爱，对饮食男女特别在意和重视。其原因之一，就
在于味觉化汉语始终愿意以其诚挚、诚恳的舔舐能力，去零距离
地接触万事万物；原因之二，则是这种语言刚好具有说一不二的

① 艾兰（Sarah Allan）：《水之德与道之端》，张海晏译，上海人民出版社，
　　2002 年，第 2 页。
② 《圣经·创世记》1：3。
③ 《圣经·创世记》1：6-1：7。
④ 《礼记·礼运》。

世俗性和经验性，饮食男女恰好是经验性和世俗性的开端，或者起始部分。正因为有这种样态的语言，中国古人才不至于像古希腊人和古希伯来人那般蔑视肉体，倡导器官等级制度①。更有意思的是：味觉化汉语因其舔舐能力显得极为肉感和色情，它因此更愿意向万物敞开自身，它因此天然适合作诗；诗则可以被视之为中国古人的知觉器官，活似巴赫金眼里的俄罗斯小说②。真是有趣得紧，这刚好是费诺洛萨（Ernest Fenollosa）和庞德（Ezra Pound）师徒二人心悦诚服的结论；在他们眼中，味觉化汉语是诗歌写作的最佳媒介③。

现代汉语或鲁迅以后的汉语

辉煌灿烂的西方文化出源于两希文明：古希腊文明和古希伯来文明。古希腊文明建基于逻各斯（logos）；逻各斯的核心语义

---

① 参阅柏拉图：《蒂迈欧篇》，谢文郁译，上海人民出版社，2005年，第30—35页。
② 巴赫金传记作者卡特琳娜·克拉克（Katerina Clark）、迈克尔·霍奎斯特（Michael Holquist）断言："巴赫金将文学看作语言的一种特殊用法，它使读者能够看到被语言的其他用法所遮蔽起来的东西。作为一种体裁，小说，尤其是陀思妥耶夫斯基式的小说，实际上是另一种知觉器官。"（卡特琳娜·克拉克、迈克尔·霍奎斯特：《米哈伊尔·巴赫金》，语冰译，中国人民大学出版社，2000年，第319页）
③ 参阅费诺洛萨（Ernest Fenollosa）：《作为诗歌手段的中国文字》，赵毅衡译，庞德：《比萨诗章》，黄运特译，漓江出版社，1998年，第249页。

等同于道说，甚至直接等同于语言①。逻各斯是一种以视觉（眼睛）为中心，于不可解释的天意控制下组建起来的语言。古希腊文明的诸要素，均围绕视觉而组建。视觉因其不可能零距离地与万物相接洽，被认为暗含着成色极高的客观性，柏拉图代表希腊人将眼睛认作惟真为务的哲学器官②；因此，求真成为逻各斯自带的伦理，理性则是求真的基础与保证。味觉包含着——当然也意味着——不可或缺的主观性：你喜欢的味道，我不一定喜欢；我昨天喜欢的味道，今天不一定喜欢。逻各斯则深信：视觉是客观的，可以是客观的，必须是客观的；视觉产品一定具有可重复性。古希腊人借此而深信：纯粹的知识（比如 $X^2+Y^2=Z^2$）只能建基于纯粹的看。这种坚定不移的信念，乃是西方文化中科技文明的发动机和催化剂，但似乎更应该被认作西方文明的心脏和大脑。古希伯来人使用的语言，乃是一种以听觉（耳朵）为中心，于不可解释的天意控制下组建起来的语言。对此，马丁·布伯（Martin Buber）观察得尤为清楚和详尽：早期的犹太人"与其说是一个视觉的人，还不如说是一个听觉的人……犹太文学作品中最栩栩如生的描写，就其性质而言，是听觉的；经文采纳了声响和音乐，是暂存的和动态的，它不关注色彩和形体"③。突出听觉最为直白地意味着：你只须听从上帝的旨意去行事就足够了。上帝向亚伯拉罕发令："从你的家中出来，到我给你指引的地方

① 参阅海德格尔：《存在与时间》，陈嘉映、王庆节译，生活·读书·新知三联书店，1999 年，第 38 页；参阅海德格尔：《在通往语言的途中》，孙周兴译，商务印书馆，2004 年，第 236 页。
② 柏拉图：《蒂迈欧篇》，谢文郁译，上海人民出版社，2005 年，第 32 页。
③ 转引自杰拉尔德·克雷夫茨：《犹太人和钱——神话与现实》，顾骏译，上海三联书店，1992 年，第 166 页。

去……"（Now the Lord said to Abram, Go out from your country and from your family and from your father's house, into the land to which I will be your guide）① 亚伯拉罕不会、不能，当然也不敢向他的主询问那个"地方"的真假、好坏和利弊，更不可以质疑从自己的"家中出来"的合法性与合理性，因为这是一种训诫性的语言，以至善为伦理，以超验为旨归；能理解要执行，不能理解也必须执行。

英国有一位杰出的科技史家，叫李约瑟（Joseph Needham）。此人研究了一辈子中国科技史。他提出了一个问题；这个问题在汉语世界俗称"李约瑟之问"：为什么中国古代有那么好的技术，好到连今天的人都难以做到的程度，却没有产生科学？关于这个问题，李约瑟似乎没能给出答案，至少没能给出让人信服的答案。此处不妨从味觉化汉语的特性出发，尝试着回答李约瑟之问。味觉化汉语以诚为伦理，重主观而轻客观，重经验而轻形式逻辑（想想被嘲笑了两千多年的公孙龙子和他的"白马非马论"② ）。受这种语言的深度形塑，中国先贤们因此相信："凡是他们提出的原理都是不需要证明的"；如果必须要给出证明，他们仰赖的，也不可能是形式逻辑，而是"更多地依靠比例匀称这一总的思想，依靠对偶句的平衡，依靠行文的自然流畅"③。人

---

① 《圣经·创世记》12：1.

② 曰："以马之有色为非马，天下非有无色之马也。天下无马，可乎?"曰："马固有色，故有白马。使马无色，有马如已耳，安取白马? 故白马非马也。白马者，马与白也。马与白马也。故曰白马非马也。"（《公孙龙子·白马论》）

③ 费正清（John King Fairbank）：《美国与中国》，孙瑞芹等译，商务印书馆，1971 年，第 58 页。

类学大体上能够证实：技术更多地取决于可以不断重复的经验性①；而重经验轻（形式）逻辑的后果之一，就是所有的命题都不可能得到形式化。而唯有形式化，才配称科学的内核。甚至让不少中国人无比骄傲的勾股定理，依然是经验性的，其经验性体现在"勾3股4弦5"上。"勾3股4弦5"只是某个实例和特例，不是科学，因为它不具有一般性；科学（或曰形式化）的表述只能是 $X^2 + Y^2 = Z^2$，这就是著名的毕达哥拉斯定理（Pythagoras theorem）。只要代入任何有效并且相关的数字，这个公式（或定理）都能成立，绝不仅仅限于经验性的"勾3股4弦5"这个具体的实例。罗素（Bertrand Russell）甚至认为，诸如毕达哥拉斯定理一类的数学公式"并非属于人类，且与地球和充满偶然性的宇宙没什么特别关系"②。宜于作诗的味觉化汉语能促成高超的技术（比如制作精美的后母戊鼎、明故宫），却不可能产生科学，因为它乐于倡导零距离接触万物而主观性极强。科学仰仗的是真（客观），不是诚（主观）。中国人津津乐道的"天人合一"，其实质与核心就是零距离地相交于万物，正所谓"万物皆备于我"③。赵岐为此做注曰："物，犹事也。""万物皆备于我"意味着万事万物的本性都为我所具备，甚至万事万物都在我身上。有"天人合一"，就不可能有科学；"天人合一"从其根基处意味着诗，意味着与科学（而非技术）绝缘或者无缘。

　　五四先贤认为：中国的积弱积贫出源于"诚"有余而"真"

① 参阅易华：《青铜之路：上古西东文化交流概说》，南京师范大学文博系编《东亚古物》A卷，文物出版社，2004年，第76—96页。
② 转引自彼得·沃森（Peter Watson）：《20世纪思想史》，朱进东等译，上海译文出版社，2006年，第111页。
③ 《孟子·尽心上》。

不足，出源于科学与科学精神（亦即真和客观）的严重匮乏，因而强烈要求改变现实。他们的观点十分激进，钱玄同甚至令人吃惊也令人颇感不安地认为："欲使中国不亡，欲使中国民族为20世纪文明之民族，必以废孔学，灭道教为根本之解决，而废记载孔门学说及道教妖言之汉文，尤为根本解决之根本解决。""中国文字，字义极为含混，文法极不精密，本来只可代表古代幼稚之思想，决不能代表 Lamark、Darwin 以来之新世界文明。"①鲁迅的看法也很有代表性："中国的文或话，法子实在太不精密了。……这语法的不精密，就在证明思路的不精密，换一句话，就是脑筋有些胡涂。倘若永远用着胡涂话，即使读的时候，滔滔而下，但归根结蒂，所得的还是一个胡涂的影子。"② 以钱、鲁为代表的五四先贤虽然态度激烈、措辞亢奋，见地却异常深刻和犀利：汉语（汉字）必须得到改造。五四先贤英明睿智，他们早已得知：味觉化汉语与味觉思维方式，才是中国古典思想的命脉和根基之所在；他们似乎有理由将之视作中国愚昧、落后的渊薮，或罪魁祸首，毕竟中国 1840 年以来的痛苦经历令他们痛苦透顶。旨在改造汉语之面貌的白话文运动的最终结果是：用视觉化（亦即逻各斯）去侵染味觉化（亦即古代汉语），直到把味觉成分挤到边缘位置，以至于让古代汉语脱胎换骨一跃而为现代汉语。现代汉语因视觉元素的大规模介入而分析性猛增，而技术化成分大幅度提升。古老的汉语从此得到了视觉中心主义的高度浸泡，迅速向科学（亦即分析性和技术化）靠拢，甚至干脆皈依

---

① 钱玄同：《中国今后之文字问题》，《新青年》第 4 卷第 4 号，1918 年 4 月 15 日。

② 鲁迅：《二心集》，《鲁迅全集》第 4 卷，人民文学出版社，1981 年，第 382 页。

了科学。这大约是居于地下的五四先贤乐于看到的局面。

2019 年是五四运动 100 周年，也是和合本《圣经》成功刊行 100 周年。以西川之见，和合本《圣经》"所使用的既不是古汉语，也不是我们现在所谓的现代汉语，它是介乎两者之间的一种特殊的语言。一种人工语言。这倒符合《圣经》的身份——那是上帝的语言，或上帝授意的语言"①。学界普遍承认：和合本《圣经》拓展了汉语的疆界②，它让汉语从此拥有了表达超验世界的能力，不再全然斤斤于凡间尘世和人间烟火气；汉语由此可以依照上帝本身的样子去言说上帝，亦即用上帝自身的语言去描述上帝本身，用神界的语言去描述神界。可以设想这样一个实验：用这种语言去描写玉皇大帝、托塔天王、白骨精，又该是何种样态和性状的白骨精、托塔天王和玉皇大帝呢？这样的神仙形象远在中国古人的想象之外。维特根斯坦（Ludwig Wittgenstein）坚定地认为："问题的含意在于回答的方法。告诉我，你是如何探求的，我就告诉你，你在探求什么。"③ 你在用何种语言怎么

① 西川：《大河拐大弯：一种探求可能性的诗歌思想》，北京大学出版社，2012 年，第 6 页。

② 参阅刘意青：《〈圣经〉的文学阐释》，北京大学出版社，2004 年，第 15—32 页；参阅朱一凡：《翻译与现代汉语的变迁》，外语教育与研究出版社，2011 年，第 49—98 页。事实上，早在新文学运动开始后不久，朱自清就认为："近世基督教《圣经》的官话翻译，增强了我们的语言。"（朱自清：《朱自清全集》第 2 卷，江苏教育出版社，1988 年，第 372 页）周作人更认为汉语和合本"《马太福音》的确是中国最早的欧化的文学的国语"，进而认为，汉译《圣经》可以为现代汉语以及新文学的文学改造上给予"许多帮助与便利"（周作人：《艺术与生活》，河北教育出版社，2002 年，第 41 页）。

③ 维特根斯坦：《维特根斯坦全集》第 3 卷，丁冬红等译，河北教育出版社，2003 年，第 27 页。

说话，决定你最终说出了什么，就像容器的长相决定了水的形状。汉语一旦获得言说超验世界的能力，就一定能说出熟悉《西游记》的古人完全不熟悉的唐僧、孙悟空、如来佛和猪八戒。

白话文运动与和合本《圣经》的出现，既为古老的汉语输入了视觉成分，因而具有极强的分析性能，也为汉语输入了表达超验世界的能力而疆域大增①。依麦克卢汉（Marshall McLuhan）之见，理解媒介"不是理解新技术本身，而是理解新技术间的相互关系及其与旧技术的关系，尤其理解新技术与我们的关系——与我们的身体、感官和心理平衡的关系"②。麦氏的意思大约是：媒介的改变带来的内容改变固然对人影响巨大，但人与媒介的深刻关系对人的影响更为致命，因为新媒介自身的思维方式绑架了人的思维方式，人成了媒介的传声筒，甚至奴隶。说现代汉语的中国人，肯定不同于说古代汉语的中国人：他们事实上更有可能是两种人，或更倾向于是两种人。此等情形，实为中国历史上从未有过之大变局，却几乎从来没有受到应有的关注和重视；在中国，语言的工具论依然是人们看待语言的最一般的方式，人操纵语言被认为天经地义。

———————————

① 当然，自近代以来几代翻译家翻译的跟宗教有关的文学作品对汉语超验特性的形塑也不容低估，比如吴岩翻译的泰戈尔的《吉檀迦利》（上海译文出版社，1986 年），就是很好的例证。
② 特伦斯·戈登（Terrence Gordon）：《特伦斯·戈登序》，麦克卢汉：《理解媒介》，何道宽译，译林出版社，2011 年，第 9 页。

中国现代文学

中国现代文学之所以被称作中国现代文学，就是因为它建基于现代汉语，亦即视觉化汉语和能够表达超验世界之汉语的综合体，但更主要的是建基于视觉化汉语。古诗和新诗为什么有那么大的差别？因为言说的媒介变了；媒介和人构成的关系，彻底改变了诗之长相和颜值。欧阳江河有一首长诗，名曰《玻璃工厂》，堪称视觉化汉语诗歌之杰作：

> 从看见到看见，中间只有玻璃。
> 从脸到脸
> 隔开是看不见的。
> 在玻璃中，物质并不透明。
> 整个玻璃工厂是一只巨大的眼珠，
> 劳动是其中最黑的部分，
> 它的白天在事物的核心闪耀。
> ……
> 在同一工厂我看见三种玻璃：
> 物态的，装饰的，象征的……

在现代中国人的潜意识中，汉语的视觉化甚至直接等同于科学。他们喜欢说：这个事情不科学，那个事情很科学。最近一百多年来，科学（science）在中国不是名词，在它被称为赛先生的那一刻起，就已经被上升为形容词①；一百年来对科学的崇拜，究其实质，乃是对视觉化汉语的崇拜。"看"所拥有的精确性、客观性和分析性，被认作视觉化汉语的核心和要的。欧阳江河深知其间的奥妙："一片响声之后，汉字变得简单。/掉下了一些胳膊，腿，眼睛，/但语言依然在行走，伸出，以及看见。"（欧阳江河：《汉英之间》）《玻璃工厂》之所以有如此这般的言说，恰好是对"语言依然在行走，伸出，以及看见"的绝佳呼应，是对这种状况的上好体现："正是玻璃的透明特性，才导致了处于同一张玻璃两边那两个'看见'互相'看见'了对方的'看见'，甚至相互'看见'了对方的被'看见'。在此，不存在被巴赫金称颂的'视觉的余额'；而'看见'，尤其是被'看见'，也算不上对某种情态、事态或物态的直观呈现，而是扎扎实实的分析，因为至少是被'看见'的那个'被'，拥有更多非直观的特性。所谓'看见'的，也不是对面那个'看见'的表面，而

---

① 汪晖对"科学"成为形容词的观察较为准确："今天流行的诸多物理、化学、生物、天文及其他学科的概念都是在科学社等科学共同体的工作中被确认的。诸如各种元素的概念、身体的概念、地理的概念和天体的概念现在已经是我们日常用语的一部分，这些概念不仅从根本上重构了我们对于宇宙、世界和人类自身的认识，而且也在一定程度上迫使人们逐渐放弃'天然的语言'。宇宙、自然和人自身在这种精确的语言中只有一种展现方式，从而古代语言所展现的宇宙存在的多种可能性日渐地消失了。现代汉语中大量的新的词汇是在有意识的、有方向和目的的设计中完成的，是一个技术化过程的产物，而不是自然的产物。由于这些新的概念的单义性和明确的方向指向，因而在这种语言中展现的世界也是按照特定的方向建构起来的。语言的技术化不仅是科学共同体内部的需要，而且也是现代社会作为一个技术化的社会的构造的内在的需要。"（汪晖：《现代中国思想的兴起》下卷第二部，生活·读书·新知三联书店，2004 年，第 1136—1137 页。）

是'看见'了对面那个'看见'的内里，以及那个'看见'的内部或脏腑，正所谓'物态的，装饰的，象征的'，但尤其是'象征的'——'被'字正是对'象征的'的准确解释。"① 这种样态的表达方式和言说伎俩，乃视觉化汉语诗篇之专利。作为对比，不妨"看看"杜甫在如何"看"、怎样在"看"：

> 两个黄鹂鸣翠柳，一行白鹭上青天
> 窗含西岭千秋雪，门泊东吴万里船。

　　这首诗里的意象全是视觉性的，也就是说，是"看"，但更是直观的产物。如前所述，味觉化汉语的思维方式也是味觉化的。贡华南甚至认为，最晚从汉代开始，汉语已经把汉语使用者的所有感官彻底味觉化了②。至今仍然存乎于中国人口语中的语词诸如玩味、品味、乏味、有味、无味、况味，等等，透露出的含义无非是：应该事事尽皆有味，应该物物尽皆有味；或者：万物都可以被味所定义。古人常说：书读百遍，其义自见。每一首诗肯定有它明确的意义，比如杜甫的这首《绝句》。古人在玩味诗作，在品读词赋时，不仅要准确理解诗词歌赋传达出的意义（亦即它到底说了什么），更重要的，是准确理解语言背后那层没有被明确说出来的意味。前者可以被称之为解义，后者可以被

---

① 敬文东：《词语：百年新诗的基本问题——以欧阳江河为中心》，《中国现代文学研究丛刊》2017 年第 10 期。
② 参阅贡华南：《从见、闻到味：中国思想史演变的感觉逻辑》，《四川大学学报》2018 年第 6 期。

名之为解味；前者可以"意会"，后者则难以"言传"①。理解诗的意味比破译诗的意义更加重要；解味远胜于解义。不是书读百遍，其"义"自见，而是其"味"自现。与欧阳江河在《玻璃工厂》中的表现刚好相左、相悖，杜子美在观看黄鹂、翠柳、白鹭、青天、窗、西岭、千秋雪、门、东吴、万里船的时候，他的视觉早已被味觉化了。对于被味觉化汉语所把控的杜工部而言，他只需要看（亦即有所看），再把看到的写出来，就算完事，因为于此之间，诗"味"已经被味觉化汉语成功地锁闭在诗行之中，相当于厨师经油炸，将鲜味锁闭在食物自身组建的囚牢之中。但此等情形在欧阳江河那里就不那么行得通了，因为此公早已被视觉化汉语所把控。欧阳江河不仅要像杜甫那样有所看，还要看见自己正在看。前者（亦即杜甫及其《绝句》）可以被称之为"看–物"，后者（亦即欧阳江河和他的《玻璃工厂》）则有必要被称之为"看–看"。这就是说，视觉化汉语写就的诗作不但要看和在看，还要看到它此时正在看。这个过程或模式可以被表述为："我看见我正在看"，或曰"自己看见看见"。"自己看见看见"或"我看见我正在看"在双倍地突出视觉；这种性质的突出能反思或监视"我正在看……"。因此，它能保证"我正在看……"的精确与客观。唯有秉持这种样态的科学精神，新诗才能把发生于现代中国的现代经验描述清楚。

无论是味觉化汉语（古代汉语），还是视觉化汉语（现代汉语），归根到底还是汉语。既然是汉语，就一定有其基因层面上无法被根除、不可以被撼动的成分。作为商朝旧臣，箕子很诚恳

---

① 参阅贡华南：《味觉思想》，生活·读书·新知三联书店，2018年，第208页。

地规劝革命成功的周武王要顺天应命，不得逆物性行事，否则，万事没有不败之理①。这可以被认作味觉化汉语中感叹语气的隐蔽来源②。事实上，说汉语的古人无论是谈论真理、命运，还是言说其他一切可以被言说的物、事、情、人时，都倾向于感叹：赞颂美好的事物、惋惜时光的消逝、哀叹生活的艰辛、为多舛的命运痛哭（痛哭可以被视作感叹的极端化），如此等等。感叹来自对天命的顺从；生活再艰辛，命运再多难，也只是足够令人惋惜、哀叹，甚或痛哭，却绝不是放弃，更何况孔子的"贤哉！回也"之叹③。张载说得精简有加："存，吾顺事；殁，吾宁也。"④这句话把箕子口中的那个"顺"字，解说得极为清楚和生动。顺天应命者首先要懂得天命；懂得天命而顺应天命，就不再是消极的行为，也跟投降、放弃无关，毕竟杀身成仁、舍生取义作为天命曾被许多人主动认领。因此，顺天应命促成感叹并且值得为之感叹，而不是促成或导致激烈、愤怒的反抗，因此，中国古代文学极少悲剧（《桃花扇》《窦娥冤》是极为罕见的例外）；感叹由此成为味觉化汉语的基因与遗传密码，却并不因视觉化大规模进驻汉语而消失殆尽，毕竟味觉成分不可能被视觉成分所全歼。即使是集视觉化汉语之大成的《玻璃工厂》，也不能免于遗传密码和基因对它的感染——

最美丽的也最容易破碎。

① 参阅《尚书·洪范》。
② 参阅敬文东：《李洱诗学问题》（中），《文艺争鸣》2019 年第 8 期。
③ 《论语·雍也》。
④ 张载：《西铭》。

　　世间一切崇高的事物，以及

　　事物的眼泪。

感叹虽然藏得很深，毕竟可以被有心人所辨识。

再回"见山是山"之境

　　味觉化汉语有一个非常重要的特点：以诚为其自身之伦理。"诚者物之始终，不诚无物。……诚者非自成己而已矣，所以成物也。"① 在味觉化汉语的心心念念中，倘若没有汉语自身之诚和它必须仰赖的君子之诚，万物将不复存在，因为"诚者"（亦即至诚之君子）不但要成为他自己（"成己"），更重要的是成就万物（"成物"），亦即帮助万物成为万物。这就是得到味觉化汉语全力支持的创世-成物说，一种彻底无神论的创世-成物理论，必定会令各种型号的有神论者侧目和震惊。而"唯天下至诚，为能尽其性；能尽其性，则能尽人之性；能尽人之性，则能尽物之性；能尽物之性，则可以赞天地之化育；可以赞天地之化育，则可以与天地参矣"②。汉文明强调至诚君子必须加入天地的运行之中，唯其如此，才算尽到了君子的义务，也才称得上顺应了君子被授予的天命。

　　很容易理解，能够成就万物的君子，一定不是儿童，**他的**言说必定充满了成年人的况味和沧桑感。因此，感叹着的味觉化汉

① 《礼记·中庸》。
② 《礼记·中庸》。

语，注定没有童年；以感叹为基因和遗传密码的味觉化汉语，注定不会有清脆的嗓音①。正是出于这个缘故，孔子才会说："逝者如斯夫，不舍昼夜……"老子才会说："天长地久……"因为成物之难，沧桑嗓音有可能更倾向于支持如下句式：呜呼！人生实难②，大道多歧③。这种沧桑着的况味作为积淀物或基因，并不因视觉大规模进驻汉语而惨遭全歼。此处不妨以钱钟书和李金发为例，来论说这个至关重要却长期以来被隐藏的问题。1933年，时年23岁的钱钟书写有一首七律："鸡黄驹白过如驰，欲绊余晖计已迟。藏海一身沉亦得，留桑三宿去安之。茫茫难料愁来日，了了虚传忆小时。却待明朝荐樱笋，送春不与订归期。"（钱钟书：《春尽日雨未已》）1923年，时年同样23岁的李金发写道："感谢这手与足/虽然尚少/但既觉够了，/昔日武士披着甲/……我有革履，仅能走世界之一角/生羽么，太多事了啊。"（李金发：《题自写像》）为什么两个如此年轻的人，却写出了如此老气横秋的诗作？在所有可能的解释中，最好和最有力量的解释也许是：他们都不自觉地受制于汉语自带的沧桑感；他们的写作在这个方面显然是无意识的；这对于以视觉化汉语来营建诗篇的李金发而言，情形尤其如此。除了诗作，还有来自生活中的更多例证。据说，沈从文去世前不久，有人问他：假如你即将去世，你想对这个世界说什么呢？沈从文回答道：我跟这个世界没什么好说的。朱天文的父亲1949年去台湾后，多年来一直租房子住。朱天文很奇怪有能力买房的父亲何以不买房。父亲说：难

---

① 参阅敬文东：《李洱诗学问题》（中），《文艺争鸣》2019年第8期。
② 《左传》成公二年。
③ 《列子·说符》。

道我们就不回去了吗（指回中国大陆）？无论是说古代汉语的中国人，还是说现代汉语的中国人，都不难理解：上述三人三句饱经沧桑之言，与其说来自他们（或她们）的沧桑经历，不如说汉语自带的沧桑况味给了他们（或她们）如此言说的机会，尤其是如此言说的能力和底气。而能够"成己"以"成物"的人不仅是成人，还一定是惜物者：物由他出，不得不爱惜万物。正所谓"仁者，爱人"①；也有所谓"春三月，山林不登斧斤，以成草木之长；夏三月，川泽不入网罟，以成鱼鳖之长"②。这样的人，有理由倾向于以悲悯的口吻对万物发言，以悲悯的语气诉说万事万物。因此，它更有可能支持这样的句式：噫吁嚱，万物尽难陪（朱庆馀：《早梅》）。味觉化汉语的感叹本质，亦即味觉化汉语的基因与遗传密码，正具体地落实于沧桑语气和悲悯口吻之上，却并不因视觉高度侵占味觉的地盘在中国现代文学中不复存在。李洱在其长篇小说《应物兄》中如是写道：

> 缓慢，浑浊，寥廓，你看不见它的波涛，却能听见它的涛声。这是黄河，这是九曲黄河中下游的分界点。黄河自此汤汤东去，渐成地上悬河。如前所述，它的南边就是嵩岳，那是地球上最早从海水中露出的陆地，后来成了儒道释三教荟萃之处，香客麇集之所。这是黄河，它的涛声如此深沉，如大提琴在天地之间缓缓奏响，如巨石在梦境的最深处滚动。这是黄河，它从莽莽昆仑走来，从斑斓的《山海经》神话中走来，它穿过《诗经》的十五国风，向大海奔去。

---

① 《孟子·离娄下》。
② 《逸周书·大聚解》。

因为它穿越了乐府、汉赋、唐诗、宋词和散曲，所以如果侧耳细听，你就能在波浪翻身的声音中，听到官商角徵羽的韵律。这是黄河，它比所有的时间都悠久，比所有的空间都寥廓。但那涌动着的浑厚和磅礴中，仿佛又有着无以言说的孤独和寂寞。

应物兄突然想哭。

无限沧桑，尽在大型排比句后被单独排列的"应物兄突然想哭"之中；对黄河的无限悲悯，也尽在"应物兄突然想哭"之中。这让令人生厌的排比句——亦即语言中的纳粹的丑陋的正步走——居然显得极有分量，极其感人。这段话有能力给出启示录一般的暗示：一百年来，汉语被高度视觉化而变得越来越理性、坚硬，甚至变得无情无义后，有必要也有能力重新恢复汉语本有的沧桑况味、本有的悲悯和柔软，亦即在"见山不是山"很久之后带着视觉化汉语赋予的礼物，重返"见山是山"的境地，然后伙同视觉化汉语更好地表达当下中国的现实，让文学能更好地抚慰人心。深通其间精义的李洱不像欧阳江河那样，借助视觉化汉语的分析性能进入事物内部敲诈事物；他更愿意满怀复杂的况味去关爱事物，以悲悯的心肠去抚摸事物。

一般来说，语言有两种：一种是说明性的，比如电器、药品的说明书，只需要把事情说清楚就行了。另一种是文学性的。文学语言不仅要说明事物，把事情说清楚，还要让读者关注、留心语言本身，亦即让读者指向语言自身（language calling attention to itself)①。经过白话文运动之后，视觉化汉语有能力将所有可以说的问题说清楚，只不过说清楚是一回事，说得好或漂亮是另一回事。杜子美和曹雪芹在使用味觉化汉语抒情、叙事时，不但把事情说清楚了，还说得非常好，现代汉语至今尚在路上；不能指望年轻的视觉化汉语在表达任何一种物、事、情、人时既清楚又好，虽然既清楚又好是视觉化汉语值得追求的最高目标。昌耀有一首短诗《紫金冠》，全文如下——

> 我不能描摹出的一种完美是紫金冠。
> 我喜悦。如果有神启而我不假思索道出的
> 正是紫金冠。我行走在狼荒之地的第七天
> 仆卧津渡而首先看到的希望之星是紫金冠。
> 当热夜以漫长的痉挛触杀我九岁的生命力
> 我在昏热中向壁承饮到的那股沁凉是紫金冠。
> 当白昼透出花环，当不战而胜，与剑柄垂直
> 而婀娜相交的月桂投影正是不凋的紫金冠。
> 我不学而能的人性觉醒是紫金冠。
> 我无虑被人劫掠的秘藏只有紫金冠。
> 不可穷尽的高峻或冷寂唯有紫金冠。

　　这首诗表述得既清楚又好，堪称十分罕见，也极为打眼。在《紫金冠》当中，意在准确地状物、写心的分析性句式比比皆是，沧桑感和悲悯情怀"'寓'公"那般"暗'寓'"其间；

---

① 参阅周英雄：《结构主义与中国文学》，东大图书公司印行，1983 年，第 124 页。

视觉化汉语和味觉化汉语相互杂糅、彼此委身相向，由此踏上了从"见山不是山"到再次"见山是山"的艰难旅程，令人感动和侧目。仰仗这段珍贵的旅途，昌耀有能力纵容现代汉语纵容它自己：把一切无法描摹的美好事物都大胆地命名为紫金冠；紫金冠则可以被视为再次"见山是山"的物质见证。这正是昌耀的湖南同乡张枣特别想说的话："现代汉语已经可以说出整个世界，包括西方世界，可以说出历史和现代，当然，这还只是它作为一门现代语言表面上的成熟，它更深的成熟应该跟那些说不出的事物勾联起来。"① 现代汉语已经能描摹一切无法描摹的事物；紫金冠正是现代汉语"更深的成熟"的象征，刚健、有力，既有金石之声，又有金石的坚硬，却不乏因悲悯和沧桑带来的温柔和善解人意。这应当被目之为视觉化汉语再次征用味觉化汉语后，产生的质变。这种语言在感叹语气的帮助下，有确凿的能力像古代汉语那样表达智慧——

> 我在峰顶观天下，自视甚高；
> 普天之下，我不作第二人想；
> 日出只在我眼中，别无他人看到；
> 日落也是我一人的：
> 我走出身体，向下飞，
> 什么也触不到。
> 我才是世上第一个不死的人。
>
> （宋炜：《登高》）

---

① 白倩、张枣：《绿色意识：环保的同情，诗歌的赞美》，《绿叶》2008 年第 5
期。

从这首伟大的短诗中，看不出丝毫的矫情、狂妄和造作。读者通过"日出只在我眼中""日落也是我一个人的"这两个诗行，反倒可以很轻易地窥见：宋炜对太阳极尽宠爱之能事；仰仗再次归来的感叹，尤其是感叹的具体样态（悲悯与沧桑），可以让宋炜立于不死——而非仅仅不败——的境地。除了不幸谢世甚至过早谢世的昌耀、张枣，还有为汉语新诗正活跃着的宋炜、蒋浩、赵野、西渡、桑克等人，都在很自觉地向视觉化汉语靠拢，向感叹（悲悯与沧桑）致敬，在带着视觉化汉语赋予他们的珍贵礼物，而再次走向"见山是山"之境地。这保证了他们的作品既具有扎扎实实的现代性，又保证了他们的诗作不乏华夏传统给予的滋润而显得足够的中国化，却一点不像海峡对面的余光中。后者一直在以古人的心态和身份书写新诗，在以假冒的味觉化汉语铺叙一个现代的古人之情。

文学仍然可以养心

"心"可谓华夏文化中的语义原词（semantic primitives），可以解释汉语中很多难以解释的其他复杂语词的复杂意义①；以"心"和"竖心"（忄）为偏旁的汉字之多，可以很好地为此作证。在华夏思想看来，味觉化汉语的诚伦理始终和汉语之心相伴相连。被味觉化汉语塑造出来的华夏文明始终认为：唯有心正，才可意诚；唯有意诚，方能修、齐、治、平。《中庸》有言：

---

① 李德高等：《语义原词和"心"》，《中国石油大学学报》2019 年第 1 期。

"自诚明，谓之性；自明诚，谓之教。诚则明矣，明则诚矣。"周濂溪不仅主张"诚者，圣人之本"①，还将"诚"提升为"五常之本，百行之源"②，从而开启了宋明理学。阳明子说得更直白："大抵中庸工夫只是诚身，诚身之极便是至诚；大学工夫只是诚意，诚意之极便是至善。"③ 在阳明子看来，心与诚不仅意味着善，还意味着善的发端源起。在阳明子那里，"至善是心之本体"④。而荀子早于阳明子和濂溪先生如是说："君子养心莫善于诚。"⑤

　　作为一种典型舶来品，新诗的观念源自欧美，它更乐于传达现代经验，视传达上的准确性为更重要的诗学问题。欧阳江河曾说："单纯的美文意义上的'好诗'对我是没有意义的，假如它没有和存在、和不存在发生一种深刻联系的话，单纯写得好没有意义，因为那很可能是'词生词'的修辞结果。"⑥ 事实上，无论是"存在"还是"不存在"，都和由"看"带来的抽象之"思"相关，不大相关于肉感的舔舐和感叹。有足够的理由认为：屈原"称物芳"源于"其志洁"⑦；新诗"称物恶"是因为其心"脏"（读作平声而非去声），毕竟新诗在观念上更多地出自欧美的现代主义诗歌，欧美的现代主义诗歌不过是"有罪的成

---

① 周敦颐：《通书·诚上》。
② 周敦颐：《通书·诚下》。
③ 王阳明：《传习录》卷上。
④ 王阳明：《传习录》卷上。
⑤ 《荀子·不苟》。
⑥ 欧阳江河、王辰龙：《电子碎片时代的诗歌写作》，《新文学评论》2013 年第3 期。
⑦ 《史记·屈原贾生列传》。

人"之诗而已矣①。过度强调"看",不免让新诗渐失体温,离心越来越远。虽说视觉化汉语以真为伦理,但汉语之为汉语的根本——亦即诚——并未消失殆尽,以沧桑和悲悯为基础的感叹依然存在。这就是中国现代文学能够再次走向"见山是山"之境的前提;只要用汉语写诗(无论新旧)或其他文体,心与诚事实上一直是在场的。用汉语写诗(但不仅限于写诗)意味着一场迈向诚的艰苦却欢快的旅途,也意味着修行——修行和心与诚相关。

和宗教性的永恒比起来,味觉化汉语更愿意也更乐于支持、提倡和赞美世俗性的不朽。永恒意味着取消时间,不朽意味着对时间的无限延长。味觉化汉语乐于支持不朽②;视觉化汉语更愿意支持及时行乐,视当下为黄金。但以视觉化汉语进行书写的几乎每一个人,多多少少都有一点点对于不朽的念想。从不朽的角度看过去,一个诗人或作家除了伟大毫无意义,这就像体育比赛在事后永远没有人会提及亚军。但如果听从来自汉语内部的指令,仅仅将写作当成一种修养心性的工作,一种修炼的过程,一种跟心与诚有关的行为艺术,就可以超越不朽,甚至无视直至蔑视不朽。其间的关键,将一决于心,唯有不可被撼动其性质的汉语之心能予赤诚之人以快乐;

---

① 转引自赵毅衡:《重访新批评》,百花文艺出版社,2009 年,第 10 页。

② 比如,就一般情形而论,有如下学说:"太上有立德,其次有立功,其次有立言,虽久不废,此之谓不朽。"(《左传·襄公二十四年》)单就味觉化汉语写作而言,则又有极富诱惑力的学说:"盖文章,经国之大业,不朽之盛事。年寿有时而尽,荣乐止乎其身,二者必至之常期,未若文章之无穷。是以古之作者,寄身于翰墨,见意于篇籍,不假良史之辞,不托飞驰之势,而声名自传于后。"(曹丕:《典论·论文》)

唯有在汉语高度视觉化的时代主动靠拢汉语的味觉化阶段，才
更有可能对汉语有所增益，才更有机会获取心的平静、宁静和
洁净。

新诗：一种渴望自我实现的文体

拥有自我的新诗

2014 年盛夏，臧棣写有一首篇幅很小的诗作：《江油归来丛书》①。其间的三个句子看似不经意，实则大有深意；它们特别值得重视，急需要详尽、有效和富有耐心的阐释。因为这三个句子很可能隐藏着某个、某些、某类至今不为人知或鲜有人知的诗学秘密：

> ……我喜欢在历史的阴影中写东西。
> 毕竟，青草之中，迷失
> 已称出一种新的陌生……

---

① 臧棣有一个很有意思也很让其研究者感动的习惯：在诗文的尾巴处常常附有详细的写作时间。在《江油归来》的诗末，臧棣标有"2014 年 7 月 29 日"的字样。

　　考虑到臧棣主要以诗人的身份名世（他同时也是一位批评大家，尽管他深知诗人兼事批评会遭人质疑，也很可疑①），这里的"东西"一词显然意指新诗（与此相对照的是古诗），或曰现代汉语诗（与此相对照的是古代汉语诗）②。至于何为"东西"，钱穆有妙解："俗又称万物曰'东西'，此承战国诸子阴阳五行家言来。但何以不言南北，而必言东西？因南北仅方位之异，而东西则日出日没，有生命意义寓乎其间。凡物皆有存亡成毁，故言东西，其意更切。"③ "东西"之所以有其存亡成毁之宿命，乃是因为在中国古典思想中，一切"东西"尽皆受造于至诚君子与古代汉语的深度合作：君子凭借其至"诚"，不仅能够

---

① 臧棣在为青年诗人杨碧薇的著作写推荐语时，对此有明确的表述（参阅杨碧薇：《碧漪与南红》，西南师范大学出版社，2020 年，封底）。

② 本文称"新诗"为"现代汉语诗"，其初衷乃是想将"诗"与"歌"分开，摒除"诗歌"这个提法。至晚从春秋时代开始，"诗"与"歌"就已经分途，这从《左传》中许多人征引《诗经》的句子以陈自家之志，即可略见一斑。王小盾经过仔细考辨，认为《尚书·尧典》中著名的"诗言志，歌永言，声依永，律和声"，应当作如是解："什么是'诗'？诗是心志发为朗诵；什么是'歌'？歌是把朗诵的声调加以延长；什么是'声'？声即曲调，是对歌声的模仿；什么是'律'？律即乐律，是对曲调加以调和。"（王小盾：《论汉文化的"诗言志，歌永言"传统》，《文学评论》2009 年第 2 期）到了汉语诗的新诗阶段，"诗"与"歌"在根本上更是毫无关系。本书只在迫不得已时使用"诗歌"一词。

③ 钱穆：《中国思想通俗讲话》，生活·读书·新知三联书店，2002 年，第 115页。

"成己"（成为自己），还能、还必得"成物"（成就万物）①。所
有的被受造者，终将因受造而"亡"、而"毁"，宛若翟永明在
其诗中所说："凡在母亲手上站过的人，终会因诞生而死去。"
（翟永明：《女人·母亲》）同禾苗鸡鸭犬豚鱼鳖比起来，古代
汉语诗无疑是君子所成之物当中至为特殊的"东西"。古诗奠基
于以味觉为中心组建起来的古代汉语；古代汉语具有舔舐万物的
能力，舔舐正好意味着零距离，零距离意味着天人合一。在古代
汉语（或曰味觉化汉语）的心心念念中，味乃万物之魂；人因
此必将自有其味，名曰人味②。汉语之为物也，自当有味；因其
舔舐万物而喜得万味，汉语理当味上加味，故而双倍有味。古代
汉语诗理所当然"只能是语言的产物；是语言在舔舐天下万物和
万事的过程中使之成味，或者为之赋味，因此，比汉语更上层
楼，诗必将是味上加味再加味，是为三重有味"③。和其他的"东
西"必有存亡成毁之运相比，古代汉语诗有可能免于此运，而如
韩愈赞颂的那样"光焰万丈长"（韩愈：《调张籍》）。何以如此，
甚或何以见得呢？盖因它拥有至为特殊的"东西"之身份。

　　《江油归来丛书》提到的"东西"，亦即现代汉语诗或曰新
诗，却不再是有味之"物"，因为彼时臧棣启用的，已然是一种
以视觉为中心组建起来的现代汉语（或曰视觉化汉语）。众所周

---

① 　对此，《中庸》论述得很清楚："诚者，物之终始，不诚无物。是故，君子诚
　　之为贵。诚者，非自成己而已也，所以成物也。"《中庸》还说："故至诚无
　　息。不息则久，久则征。征则悠远。悠远，则博厚。博厚，则高明。博厚，
　　所以载物也。高明，所以覆物也。悠久，所以成物也。"
② 　中医认为，一药一味，不可混同（参阅刘完素：《素问病机气宜保命集·草
　　木论第九》）。
③ 　敬文东：《味与诗》，《南方文坛》2018 年第 5 期。

知，现代汉语出自那场轰轰烈烈且影响深远的白话文运动；这场运动的主旨，被认为是给汉语输入分析性能，以求汉语的精确性①。汪晖之论一针见血：现代汉语的鲜明特征，得自对早前汉语进行的"科学化和技术化洗礼"②。"科学化和技术化洗礼"则取道于、得益于和效法于逻各斯（logos）。因海德格尔强大的影响力和辐射力，在他之后，欧美思想界纷纷将言谈、说话甚或语言直接认作逻各斯的真实内涵③。逻各斯呢？则被认为与视觉中心主义深度有染④，被五四先贤认作古代汉语的效法对象，也被视作深度改造古代汉语的法宝。1898 年出版的《马氏文通》，就

① 比如，朱德熙认为，毛泽东的以下名句之所以准确，就在于"人们"之前长长的修饰语："美国白皮书和艾奇逊信件的发表是值得庆祝的，因为它给了中国怀有旧民主主义思想亦即民主个人主义思想，而对人民民主主义，或民主集体主义，或民主集中主义，或集体英雄主义，或国际主义的爱国主义，不赞成，或不甚赞成，不满，或有某些不满，甚至抱有反感，但是还有爱国心，并非国民党反动派的人们，浇了一瓢冷水，丢了他们的脸。"（朱德熙：《写作论文选》，吉林人民出版社，1980 年，第 282 页）朱氏的观察是准确的，毛泽东的这种精确的表述不可能为古代汉语所拥有。

② 汪晖：《现代中国思想的兴起》下卷第二部，前揭，第 1139 页。

③ 海德格尔经过一番周密的语词考古后认为，在希腊语里，逻各斯是说话、道说甚至语言的意思（参阅海德格尔：《存在与时间》，陈嘉映、王庆节译，生活·读书·新知三联书店，1999 年，第 38 页）。在另一处，海氏说得更坚定："表示道说的同一个词语逻各斯，也就是表示存在即在场者之在场的词语。道说与存在，词与物，以一种隐蔽的、几乎未曾被思考的并且终究不可思议的方式相互归属。"（海德格尔：《在通往语言的途中》，孙周兴译，商务印书馆，2004 年，第 236 页）

④ 高秉江：《现象学视域下的视觉中心主义》，华中师范大学出版社，2013 年，第 4 页。

被认为亦步亦趋于拉丁语法而既受追捧，也遭诟病①。因逻各斯强有力的催化效用，向来以舔舐为务的古代汉语一跃而为以分析为职事的现代汉语；现代汉语因视觉成分的强势加入，其腰身顿时粗壮起来，其手脚突然生猛有加：它迅速获取了强大、精确、绵密、富有韧劲和嚼劲的分析性能②。具有如此身手的现代汉语必将睁大眼睛，以看、视、观、望为主，辅之以舔舐（味觉被边缘化了）。因此，新诗更主要是诗人以其工匠的辛勤劳作，勉力"做"出来或"写"出来的；不是依靠至诚之心，催生和"促'成'"出来的③。新诗也不再是君子"成己"以"成物"当中那个特殊的"东西"。在善于观看也推崇观看的现代汉语"看"来，新诗的制作者不一定非得是供人"品尝"其味的至诚君子；他可以乏味、无味，甚或失味和满身馊味。这等情形暗含着一个初看上去极为隐蔽，细思之下却门洞大开的结论：在味觉化汉语（亦即古代汉语）的念想中，坏人与诗人不可得兼，唯至诚君子堪当大任；在视觉化汉语（亦即现代汉语）的只眼里，坏人和诗人可以毫不矛盾地重叠为同一个人，鱼与熊掌恰可得而兼之。此情此景，正合韩东的深刻观察："完全不忧伤的不一定是一个

---

① 参阅陈国华：《普遍唯理语法和〈马氏文通〉》，《当代语言学》1997 年第 3 期。

② 参阅敬文东：《汉语与逻各斯》，《文艺争鸣》2019 年第 3 期。废名说："今文所以大异于古文，是从新式标点符号和提行分段的办法引来的，这却是最大的欧化。这个欧化对我们今天的白话文体所起的作用太大了。"（废名：《废名集》第六卷，北京大学出版社，2009 年，第 3060 页）废名的观察很精确，但提行分段和新式标点之所以"所起的作用太大了"，是因为新式标点和提行分段本身就意味着严密的逻辑性和分析性。

③ 参阅敬文东：《心性与诗》，《汉诗》2016 年秋季卷，长江文艺出版社，2016 年，第 331—345 页。

坏诗人，但肯定是一个坏人。"①

马歇尔·麦克卢汉认为，媒介的改变产生的影响，"不是发生在意见和观念的层面上，而是坚定不移、不可抗拒地改变人的感官比率和感知模式。只有泰然自若地对待技术的人，才是严肃的艺术家，因为他在觉察感知变化方面够得上专家"②。自新文化运动以来，承载诗篇的媒介早已从古代汉语（亦即味觉化汉语）转向了现代汉语（亦即视觉化汉语），宛若多年前钟鸣在其诗篇中讶异过的那样："像你，像我，突然好像一切都变了。"（钟鸣：《珂丁诺夫》）作为麦克卢汉心目中那种"严肃的艺术家"，臧棣之所以诚心诚意地说"我喜欢在历史的阴影中写东西"，很可能是因为他不仅明白历史的阴影性质和新诗书写之间的共生关系，还至少在潜意识的层面上，澄清了一个至关重要的道理：媒介变了，诗人的"感官比率和感知模式"也必须跟着改变。这不仅是个"识时务者，为俊杰也"的面子问题，具有主动性；根本上是在媒介已经变化、转向的情形下，不得已而为之的事情，毕竟媒介即讯息（the medium is the message）③，因而不得不具有被动性。修改"感官比率和感知模式"意味着：新诗不可能也不会拥有古诗曾经拥有的那些珍贵的德行（比如"修辞立其诚"，比如"思无邪"）；不可能也不会像古诗那般，

---

① 韩东：《写作、创作、工作》，《花城》2019年第5期。
② 麦克卢汉：《理解媒介》，前揭，第30页。
③ 马歇尔·麦克卢汉：《媒介即按摩：麦克卢汉媒介效应一览》，昆廷·菲奥里、杰罗姆·阿吉尔编，何道宽译，机械工业出版社，2016年，第5页。

轻易承认赞歌和颂词才是自己真正的发祥地①。一旦臧棣写下"我喜欢在历史的阴影中写东西"这十三个汉字，就表明他对如下情形不可能不了然于胸：新诗打一开始，就像 J. C. 兰色姆（John Crowe Ransom）宣称的那样，乃是"有罪的成人"之诗②；唯其有罪（或有病），才称得上新诗，或者现代汉语诗③。很可能正是这个缘故，张枣才非常极端地执意要将书写病态的鲁迅，认作汉语新诗的第一人；要将满纸黑色和充满自虐气息的《野草》，认作新诗的奠基之作④，鲁迅自己则将《野草》谓之为"地狱边沿上的惨白色小花"⑤。事实上，新诗甫一现身，就出现了阴冷的、不祥的口吻：

---

① 钱穆认为："诗之先起，本为颂美先德，故美者《诗》之正也。及其后，时移世易，诗之所为作者变，故刺多于颂，故曰《诗》之变。……凡西周成康以前之诗皆正，其时则有美无刺；厉宣以下继起之诗皆谓之变，其时则刺多于美云尔。"（钱穆：《中国学术思想史论丛》卷一，生活·读书·新知三联书店，2009 年，第 129 页）龚鹏程的看法与钱氏可谓同调，他认为，《诗》以《雅》《颂》为正，以《国风》为变，而《雅》《颂》发源更早（参阅龚鹏程：《汉代思潮》，商务印书馆，2005 年，第 84 页）。里尔克的名诗《啊，诗人，你说，你做什么……》（绿原译）全诗如下："啊，诗人，你说，你做什么？——我赞美。/但是那死亡和奇诡/你怎样担当，怎样承受？——我赞美。/但是那无名的、失名的事物，/诗人，你到底怎样呼唤？——我赞美。/你何处得的权利，在每样衣冠内，/在每个面具下都是真实？——我赞美。/怎么狂暴和寂静都像风雷/与星光似的认识你？——因为我赞美。"这等样态的诗却不能算作对《圣经》中诸诗篇的复归。
② 转引自赵毅衡：《重访新批评》，前揭，第 10 页。
③ 参阅苏珊·桑塔格（Susan Sontag）：《反对阐释》，程巍译，上海译文出版社，2003 年，第 60 页。
④ 参阅张枣：《张枣随笔选》，人民文学出版社，2012 年，第 120 页。
⑤ 鲁迅：《鲁迅全集》第 4 卷，人民文学出版社，1981 年，第 356 页。

长发披遍我两眼之前，

遂割断了一切羞恶之疾视，

与鲜血之急流，枯骨之沉睡。

黑夜与蚊虫联步徐来，

越此短墙之角，

狂呼在我清白之耳后，

如荒野狂风怒号：

战栗了无数游牧

（李金发：《弃妇》）①

　　但这仍然是一个语言（媒介）的故事，并且必定首先是一个语言（媒介）的故事。汉语一旦被逻各斯深度感染并深度地视觉化，就一定有能力达致逻各斯本身所能达致的高度，亦即乔吉奥·阿甘本（Giorgio Agamben）言说过的那种境地："看的眼睛变成了被看的眼睛，并且视觉变成了一种自己看见看见。"②逻各斯首先意味着视觉中心主义，意味着客观之看："对进入它视野的一切事物，包括烟云、山水、始祖鸟和世道人心，进行自称一视同仁的焦点透视。"③　"社会"（social）与"科学"（science）合称"社会科学"（social science），既可以被视作客观之看的霸权之所在，也可以被视作焦点透视的一个上佳隐喻，

① 里尔克的如下片段，可以被视作有病的成人之诗的来源之一："因为美无非是/可怕之物的开端，我们尚可承受，/我们如此欣赏它，因为它泰然自若，/不屑于毁灭我们。每一位天使都是可怕的。"（里尔克：《杜伊诺哀歌》，林克译）《弃妇》的这个片段正应了里尔克的诉说。

② 乔吉奥·阿甘本：《潜能》，王立秋等译，漓江出版社，2014年，第92页。

③ 敬文东：《论垃圾》，《西部》2015年第4期。

因为逻各斯将原本不"科学"、不可能"科学"的"社会"给"科学"化了；或者，人类社会的研究者唯有自命科学或以科学自命，才有了一点点底气，这是至晚自狄尔泰（Wilhelm Dilthey）以来到而今始终无从被抹去的心理障碍。事实上，逻各斯就像西方人的主那般，在不懈地教导其臣民和掌控者：你们必须"以观看者的目光为中心，统摄万物……一切都向眼睛聚拢，直到视点在远处消失"①。所谓视觉中心主义，"即视觉既是理性的载体，也是理性认知的工具，还是认知活动达成理性真理的必经之途"②。阿甘本揭示出的"自己看见看见"意味着：看（视觉）必须严格反思和监视看本身。就是在这种性质的反思和监视下，"自己看见看见"始而获取的，是广受西方人恒久追捧的理性真理，或曰必然知识（knowledge of necessity）③；最终获取的，则是让西方人大为尴尬——俗称大跌眼镜——的反讽境地。比如说，原子能无疑是逻各斯和视觉中心主义最辉煌的成果之一，也是必然知识或曰理性真理导演的好话剧。它既可以温暖人间（比如以核能发电的秦山核电站），也可以将人间沦为废墟和瓦砾（比如爆炸于长崎的"胖子"和广岛的"小男孩"）④。所谓反

---

① 约翰·伯格（John Berger）：《观看之道》，戴行钺译，广西师范大学出版社，2005年，第11页。

② 高燕：《论海德格尔对视觉中心主义的消解》，《上海大学学报》2010年第4期。

③ 参阅赵汀阳：《每个人的政治》，社会科学文献出版社，2010年，第5页。

④ 参阅敬文东：《李洱诗学问题》（上），《文艺争鸣》2019年第7期。原子弹爆炸后不久，有媒体沿波讨源，将罪责归之于爱因斯坦，并将爱因斯坦视为原子弹之父，原因有两个：是他的倡议启动了美国的原子弹研究，是他的方程式（$E=mc^2$）使得原子弹在理论上成为可能（参阅沃尔特·艾萨克森：《爱因斯坦传》，张卜天译，湖南科学技术出版社，2014年，第427页）。这

讽，就是 A（比如可以温暖人类的原子能）与 -A（比如可以将
人间沦为废墟与瓦砾的原子能）同时存在，同时成真，还必须彼
此依存、彼此打量而互为镜像①。失去 -A，A 便无法单独存活；
反之，亦然。此等情景，正合德斯蒙德·莫里斯（Desmond
Morris）的揶揄："现代人的历史，就是现代人和自己的成就做
斗争的历史。"② 但更合哈罗德·布罗姆（Harold Bloom）在谈论
弗洛伊德时之所言："弗洛伊德关于人类困境的观点也是圣经式
的：因为干预是为了引起我们的答应，我们就不免认为我们是一
切；因为我们与干预者很不相称，我们就害怕自己什么也不
是。"③ "我们是一切"（亦即 A）和"自己（亦即我们）什么也
不是"（亦即 -A）终究是一具连体的双胞胎，谁也无法离开对方
而独自存活。不用说，以反讽为精髓和主要内容的时代，即为反
讽时代。至晚自新文化运动和白话文运动以来的所有中国之现
实，莫不出自现代汉语；这种性状的汉语从古老的逻各斯处，接
管了看反思和监视看本身的特异禀赋；这种禀赋让现代汉语始而
拥有超级神力，继而制造了现代中国所有的新现实。这等性状的

[接上页] 指责令爱因斯坦深陷于自责状态，由此促成他和罗素共同发布
"罗素—爱因斯坦宣言"，以反对原子武器的发展。

① 反讽原本是一种修辞格，其核心是言在此而意在彼。但反讽在近世以来早已
超出修辞学的范畴（参阅 D. C. 米克：《论反讽》，周发祥译，昆仑出版社，
1992 年，第 6—10 页）；赵毅衡更是将反讽从修辞学中提取出来一跃而为
"大局面反讽"（参阅赵毅衡：《反讽时代：形式论与文化批评》，复旦大学
出版社，2011 年，第 8 页），从而使反讽具有本文所说的这种特征。

② 德斯蒙德·莫里斯：《人类动物园》，刘文荣译，文汇出版社，2002 年，第 2
页。

③ 哈罗德·布罗姆：《神圣真理的毁灭》，刘佳林译，上海人民出版社，2013
年，第 171 页。

现实接续的，不再是渴望和谐甚至在很多时刻已经达致和谐之境的中国传统（它属于味觉化汉语），而是反讽时代，也就是同时承认 A 与–A 尽皆具有合理性与合法性的那个神奇的年月。作为臧棣诗作中一个看似普通的短语，"历史的阴影"乐于指称也倾向于指称的，大有可能就是反讽和反讽时代。

海德格尔说："迷雾乃是历史的本质空间。在迷雾中，历史性的本来因素迷失于类似于存在的东西（Seingleichen）中。因此之故，那种历史性地出现的东西就必须被曲解。"① 这个结论似乎值得商榷，更值得深究："迷雾乃是历史的本质空间"固然没错，"历史性地出现的东西就必须被曲解"则分明有误②。在古希腊人看来，逻各斯的初心原本是辨明万物的秩序、洞悉万物的秘密，以成就理性真理或必然知识③。非常不幸的是，逻各斯必然会逻辑性地导致反讽时代的诞生，因此，它必将陷历史于迷雾的不义境地。迷雾不应该被曲解，因为迷雾从来只是迷雾，不

---

① 海德格尔：《林中路》，孙周兴译，上海译文出版社，1997 年，第 345 页。

② 朱利安（François Jullien）说："我看出每一位哲学家，只要他是哲学家（en tant qu'il est philosophe），都有一句属于他个人的句子。一个哲学家的句子，比他的概念，更能让人认出他。……在《高尔吉亚》或《理想国》里，柏拉图显然有一句专属于他的句子，那是他十足展开的句子，他很优哉地善用的句子。换句话说，柏拉图开展该句子的方式便塑造了他自己。"（朱利安：《进入思想之门》，卓立译，北京大学出版社，2014 年，第 27 页）海德格尔是不是也有一句属于他个人的句子？本文引用的这个句子是专属于海氏的吗？

③ 早在柏拉图那里，真乃是一切理念（idea 或 eidos）作为其存在的根本，比如善有善的理念，美有美的理念。所以，逻各斯导致的"观照"（theoria thea theorrein）必须指向所谓的纯粹灵魂，而纯粹灵魂即灵魂的最真形态，不涉及情感（参阅林美茂：《哲人看到的是什么——关于柏拉图哲学中"观照"问题的辨析》，《哲学研究》2003 年第 1 期）

应该是任何别的东西；有意在邪恶中寻找人性的闪光点以证明邪恶的合理性和必要性，不应该是人类的正常思维。写出《江油归来丛书》的臧棣似乎很清楚：和古诗必定存乎于天高地迥的宏阔之境大异其趣，新诗必将在历史的阴影（亦即迷雾）之中进行。臧棣尊重新诗自身的意志；他给出了现代汉语诗必须要这样做的上佳理由：

> 毕竟，青草之中，迷失
> 已称出一种新的陌生：
> 看上去，重量的差别如此不同，
> 但斧子却睡得比蜻蜓更轻盈。

"迷失"带来的，只可能是迷雾（比如"看上去，重量的差别如此不同"），或者只应该是阴影（比如"斧子却睡得比蜻蜓更轻盈"）；它并非臧棣正话反说那般，"迷失"带来的居然是"一种新的陌生"，恰好是旧相识。这个"可堪孤馆闭春寒"的旧相识除了反讽时代，还有必将寄身于反讽时代的反讽主体（Irony subject），那些深陷于绝对孤独之中的单子之人①——理查德·罗蒂（Richard Rorty）更愿意谓之为反讽主义者（ironist）②。迷失只可能带来旧相识的强大证据，正存乎于韦恩·C. 布斯（Wayne C. Booth）的口无遮拦之中：只要逻各斯存在一天，反讽就必将是世界之本质，也必将是宇宙运行之规律；因为"反讽本

---

① 参阅敬文东：《论垃圾》，《西部》2015年第4期。
② 参阅理查德·罗蒂：《偶然、反讽与团结》，徐文瑞译，商务印书馆，2003年，第105页。

身就在事物当中，而不只在我们的看法当中"①。在臧棣浩瀚的作品库存里，《江油归来丛书》实在不太显眼，或太不显眼，却极有可能蕴含着一个元诗（meta-poetry）层面上的重大主题：新诗是反讽主义者在反讽时代的独有文体②。

相对于现代汉语诗这个反讽时代独有的文体，以匠人的态度制作新诗的人（比如臧棣），也就是那些命中注定的反讽主义者们（再比如臧棣们），其主体性不用说早已东倒西歪、复兼漏风漏雨，"仅存在于诗歌之外那个劳作的创造者。在诗中，抛开主客二元对立，你、我、他乃'三生万物'的世界事物。从这个意义上来说，诗不言志，而是追问人与世界、事物、他者之间的相互关系"③。古代汉语诗打一开始面对的，就不曾是反讽时代，它因此更愿意致力于追求人与万物之间的情景交融、人与世界之间的情真真和意切切。这是因为味觉化汉语更乐于零距离地舔舐万物，它对万物拥有不可罄尽的柔情蜜意，更有说不完的悄悄话和私房话。何况味觉化汉语亘古以来面对的，原本就是一个有味的世界；"而相对于世界之有味，眼睛就是张开的嘴巴，瞳仁就

---

① 韦恩·C. 布斯：《修辞的复兴：韦恩·布斯精粹》，穆雷等译，译林出版社，2009 年，第 80 页。

② 从理论上讲，自新文化运动以来的所有文体，举凡小说、诗、散文、戏剧甚至学术论文，都是反讽主体们叙写反讽时代的独有文体。此处不妨以小说为例。赵汀阳对此有高见："古代的叙事文学是故事，而作为现代产物的小说虽然有所叙事，但不再是故事，小说的重点是叙心，是关于个人经验、感悟和情感的表达。故事必须是关于他人之事，因此故事构成了人们的共同知识、共同经验和共同命运。"（赵汀阳：《第一哲学的支点》，生活·读书·新知三联书店，2013 年，第 132 页）

③ 赵飞：《论现代汉诗叙述主体"我"的差异性——以张枣和臧棣为例》，《求索》2017 年第 11 期。

是可以舔舐的舌头"①，正可谓"一身皆感焉"②。而"'感'是以'味'为原型的一种存在者之间的交往方式、思考方式"③。与古代汉语诗差异甚大，现代汉语诗不仅要"追问人与世界、事物、他者之间的相互关系"，还需强调、还得突出"相互关系"自身的精确性。这是因为每一个反讽主义者，都是孤零零的单子式个体（或曰互不相连的孤岛）；他们（或者她们）面对充满迷雾的历史，以及不应该被曲解的迷雾本身，早已丧失了与外部世界情景交融的能力和热情。何况他们（或者她们）整日面对的，早就是一个失味、无味甚或满是馊味的世界④，根本不值得他们（或她们）与之情景交融——情景交融很有可能是自寻死路，至少也是俗语所谓的"热脸贴向冷屁股"。因此，他们（或她们）唯有仰仗视觉化汉语从逻各斯处接管的"自己看见看见"，去精确地描写世界，尤其是准确地刻写反讽主义者和世界之间、反讽主体和反讽时代之间构成的致命关系。或许，这就是 T. S. 艾略特（Thomas Stearns Eliot）的那个著名观点：所谓现代诗，无非是给情感寻找一种"客观对应物"（objective correlative），以便至少在"逃避自我"的层面上，冷静地处理情感，冷静地面对这个世界，这个荒寒无比的反讽时代⑤。因此，《江油归来丛书》更进一层的意思有可能是：所谓新诗，乃是一种冷静——并且精确——刻画反讽主义者与反讽时代之关系的特殊文体。

---

① 敬文东：《味与诗》，《南方文坛》2018 年第 5 期。
② 来知德：《周易集注·象》。
③ 贡华南：《味与味道》，前揭，第 99 页。
④ 参阅敬文东：《味与诗》，《南方文坛》2018 年第 5 期。
⑤ 参阅艾略特：《艾略特文学论文集》，李赋宁译，百花洲文艺出版社，1994 年，第 4—10 页。

　　视觉化汉语始而造就了规模庞大的新现实，继而型构（to form）了前所未有的新经验（比如历史的阴影或迷雾）；新经验则在期待与之相匹配的新诗，以及操持这种特殊文体的反讽主义者（比如臧棣）。但新经验更在期待反讽主体与新诗之间，结成恰切的关系、恰切的修正比。味觉化汉语因舔舐万物始终将人与万物联系在一起，谈不上新经验，正所谓"山静似太古"（唐庚：《醉眠》），亘古一般同；视觉化汉语因视万物为外在之对象，而令反讽主体自外于万物，必须直面新经验。安托瓦纳·贡巴尼翁（Antoine Compagnon）认为，作为一种"现代崇拜"，新经验必须"紧紧包围着新"，但也"使其疲于更新"，倾向于转瞬即逝，"山静似太古"乃成不可思议之事①。味觉化汉语无需考虑作诗者和诗之间的关系，诗与作诗者因万物与人相联两者自为一体，而与新经验绝缘；视觉化汉语却必须考虑作诗者与诗之间的关系，诗与作诗者因反讽主义者自外于万物彼此观望、互不信任，而必须直视转瞬即变的新经验。就这样，现代汉语诗与其制作者尽皆陷入孤立无援的境地；唯有两者通过谈判结成恰切的关系，获取妥当的修正比，由相看不相识的孤绝状态，进入"相看两不厌"的融洽境地，才有可能相互搀扶将新诗进行到底，进而让新诗达致自我实现的佳境，也让诗人完成其身份建构的任务。在他（它）们之间，拥有一种合则齐美离则两伤的关系：这既是现代汉语诗的内在意蕴之一，也是新诗为自己索取的文学现代性，更是这种现代性的题中应有之义。臧棣显然深知其间的奥秘：

---

① 安托瓦纳·贡巴尼翁：《现代性的五个悖论》，许钧译，商务印书馆，2005年，第3页。

而我正写着的诗，暗恋上
松塔那层次分明的结构——
它要求带它去看我拣拾松塔的地方，
它要求回到红松的树巅。

（臧棣：《咏物诗》，2001 年）

臧棣听命于视觉化汉语从逻各斯处接管的"自己看见看见"，因此有能力操纵新诗，有底气驱遣反讽主义者独享的文体。于此之中，臧棣不仅看见了主动与他疏远的事物（比如松塔），不仅精确地刻写了"自"外于他并且主动"见"外于他的事物（再比如松塔），还更加精确地刻画了他与反讽时代中一切事物相互隔离的事实，这个不幸的新经验，这个令人心上来冰的新现实，这个精心豢养现代汉语诗的孤儿——孤儿成为孤儿的条件之一，乃是孤儿间彼此互不搭理[①]。更加重要的是，臧棣借重视觉化汉语的超级秉性（亦即以看反思看、监视看），洞悉了事关新诗和新诗写作的奥秘：正在被写的新诗抗议正在写它的那个反讽主体（"它要求带它去看我拣拾松塔的地方"）；正在被写的现代汉语诗在其制作者面前，试图维护自身的尊严（"它要求回到红松的树巅"）。它向它的制作者发出了急于谈判的吁请；"它要求……"正是对这种吁请的直接陈述。仰仗视觉化汉语的自我反思能力（亦即"自己看见看见"），臧棣，那个不折不扣的反讽主义者，才得以窥见——而非仅仅感到——新诗顽强的自我意识。新诗拥有自我，与臧棣拥有自我在性质上并无二致。所谓新

————————————————

① 参阅敬文东：《艺术与垃圾》，作家出版社，2016 年，第 15—22 页。

诗的自我，就是新诗有权向制作它的反讽主体要求长相和颜值
（"它要求带它去看我拣拾松塔的地方"），就是新诗对它的自我
形象拥有明确的蓝图和构想（"它要求回到红松的树巅"）。此
情此景，既和人不可能预先向其父母定制长相迥然有别，也和古
诗在被写出来之前就已经被预制了长相截然相异，却正合胡戈·
弗里德里希（Hugo Friedrich）为西方现代诗撑腰、鼓劲时的极端
言论："诗并不表意，诗存在。"①

　　新诗之所以向它的制作者吁请谈判，正在于新诗拥有它个性
鲜明的自我。这是现代汉语诗的又一个根本定义，也是它不雷同
于古代汉语诗的"七寸"和"练门"之所在②。赵飞对此的观察
很准确："在臧棣的诗中，'诗'这个字眼出现得那么频
繁。……'诗'这个字的每一次出现，都代表着诗之自我的一

---

① 　胡戈·弗里德里希：《现代诗歌的结构——19 世纪中期至 20 世纪中期的抒情
　　诗》，李双志译，译林出版社，2010 年，第 170 页。
② 　有意思的是，自胡适以来的写诗者多如恒河沙数，真正懂得新诗拥有它自己
　　的自我者少之又少。即便是臧棣也并不是时时都能免俗。张光昕发现，臧棣
　　在进行新诗写作时会突然冒出这样的句子："知道/这样说/有点过分"（臧
　　棣：《爱情发条》），"当我这样说时/有一条线/突然穿过我的喉咙"（臧棣：
　　《低音区》）。张光昕对这种表达方式的解释是："诸如'我知道……'和
　　'当我这样说时……'这样的插入型表达式，似乎是诗人有意释放的言说信
　　号。言说信号跟上下文几乎没有内容上的联系，更像是突如其来的一句插入
　　语，而伴随这句插入语而出现的，是一个凌空而降的作者形象，试图对主人
　　公在作品世界的言行举止加以干涉，从而重新树立作者的在场感，强调作者
　　的发言权。"（张光昕：《停顿研究——以臧棣为例，探测一种当代汉诗写作
　　的意识结构》，《中国现代文研究丛刊》2016 年第 12 期）这就是说，臧棣在
　　明知新诗拥有其自我意识时，仍在顽固地保持诗人之自我在诗之自我面前的
　　权威性。臧棣尚有如此这般的作诗行为，其他懵懵懂懂的现代汉语诗的炮制
　　者就更不必理论了。

次新生，因为这个飞翔的自我又体会到了飞升的感觉。"① 赵飞在说完这些话之后，满可以再追加一句：这等上佳的局面能够得以出现，乃是名为"新诗"者从其制作人那里以维权的名义索讨回来的。臧棣对此也有十分准确、清醒的夫子自道："拒绝被自我淹没：这是走向诗的自我的开始。"② 除此之外，臧棣还在不同时刻的不同诗篇中，有过多次明确的申说。其中的某一次，出现在 1997 年的某首诗当中：

> 一首诗是它自己的天堂。
>
> 而我们有自己的居所。
>
> （臧棣：《被问及如何修改诗歌时闪过的一个念头》）

新诗必有孤独之自我

有学者认为："诗言志"乃中国古典诗学的逻辑起点。"这不单指'诗言志'的观念在历史上起源最早，更意味着后来的诗学观念大都是在'诗言志'的基础上合逻辑地展开的。"③ 也有学者经由考证后指出："诗言志"当中的那个"志"，乃"怀抱"之意；因此，"诗言志"首先是指作为典籍的《诗》——而

① 赵飞：《论现代汉诗叙述主体"我"的差异性——以张枣和臧棣为例》，《求索》2017 年第 11 期。
② 臧棣：《骑手与豆浆》，作家出版社，2015 年版，第 385 页。
③ 陈伯海：《释"诗言志"》，《文学遗产》2005 年第 3 期。

非作为文体的"诗"——"言"先民之"怀抱",达先民之意向,并且全方位相接于儒家的礼乐制度①。以"诗"言个人之"怀抱"的集大成者,自当首推"举世皆醉我独醒"的沉江者,此人满可以被称之为中国历史上第一位个体诗人②。无论是"言"先民之"志",还是"言"个人之"怀抱",古诗都必须效忠于滋养它的味觉化汉语;但其核心,乃是俯首帖耳于味觉化汉语自身之伦理——诚(可以简称为诚伦理)③。"诚者,信也。"④ 信上源自诚,下开启真⑤,有如词以诗为父以曲为子的血缘传承。因信而来的真,不仅意味着事态就是这样,还意味着它本来就应该是这样、本来就理当如此,其体温居于零度以上,有的是诚意和暖意⑥。这和视觉化汉语秉承逻各斯而来的真大不相同;后者意味着事态就是这样,只能这样,体温为零,具有高度的客观性,正可谓"诚"不我欺也。这种性质的真更愿意——或曰"诚"心"诚"意地——将精确性视为最高目标,甚至有可能是唯一的目标。孟子"以意逆志"⑦ 的猜想,大有可能就建基于"诚者,信也"。否则,"以意逆志"就不可能被朱自清精

---

① 参阅朱自清:《朱自清古典文学论文集》,上海古籍出版社,1981年,第194页。
② 参阅陈伯海:《释"诗言志"》,《文学遗产》2005年第3期。
③ 参阅敬文东:《汉语与逻各斯》,《文艺争鸣》2019年第3期。
④ 许慎:《说文解字》言部。
⑤ 参阅卢风:《"诚"与"真"——论儒家之"诚"对当代真理论研究的启示》,《伦理学研究》2005年第5期。
⑥ 比如,郭店出土的战国楚简有云:"凡声其出于情也信";"信,情之方也";"未言而信,有美情也。"(李零:《郭店楚简校读记》,北京大学出版社,2002年,第106—107页)这些言论大体上可以证明此处的断言并非妄言。
⑦ 《孟子·万章上》。

辟地释之为："以己之意'迎受'诗人之志而加'钩考'。"① 理由非常简单：如果失去了"信也"定义和担保的"诚"，由"意"通"志"之途就注定会坍塌，会断裂；"意"也必将走上岔道，其结果是偏离了"志"，以至于与"志"扑空。古诗意在真诚并且有情有义（亦即"信也"）地"言"诗人之"怀抱"；古代汉语诗传达的情绪和叙写的经验，就一定是诗人真实的经验和情绪，不得有半点儿走样，更何况矫饰和诈伪。朱光潜、吉川幸次郎和宇文所安（Stephen Owen）都指认中国的古典诗文不擅长虚构②，实在是因为被味觉化汉语滋养、栽培的个人情志，根本就无须虚构；它就是它本来应该是的那个样子。否则，即为不诚，即为诈伪，背叛了味觉化汉语珍惜和细细看护的诚伦理。

宋元丰七年（公元 1084 年）农历四月一日，谪居湖北黄州的苏东坡即将调任河南汝州，继续他颠沛流离的蹉跎生涯。因有感于黄州乡民几年来对他的关照，尤其是有感于乡民们以鸡豚社

① 朱自清：《朱自清古典文学论文集》，前揭，第 194 页、第 259 页。
② 参阅朱光潜：《中国文学之未开辟的领土》，《东方杂志》1926 年第 6 期；参阅吉川幸次郎：《中国诗史》，章培恒等译，安徽文艺出版社，1986 年，第 1 页；参阅宇文所安：《中国传统诗歌与诗学》，陈小亮译，中国社会科学出版社，2013 年，第 16 页。普鸣（Michael Puett）从另一个角度给出了无须虚构的原因。普鸣指出，许慎训"作"为"起"，其意为"使……兴起"（causing to arise）。普氏引宇文所安的观点认为，"使……兴起"的意思是"不应虚构，不尚人工矫饰，而应汲取自然（自然的文理，抑或诗人的自然情志）之精华，使之凝练入诗。换言之，对中国古代文人而言，创作无须编造，不求造作，当顺应自然而不可求工"。（普鸣：《作与不作：早期中国对创新与技艺问题的论辩》，杨起予译，生活·读书·新知三联书店，2020 年，第 32 页）

酒特意为他设宴饯行，苏东坡感从中来，禁不住习惯性地听从味
觉化汉语的指令，以诗"言"自家的纪实性之"志"，借以表达
真实无欺的惜别之情，尤其是表达自己忧世伤生的内心惆怅（亦
即"怀抱"）①：

> 归去来兮，吾归何处？万里家在岷峨。百年强半，来日
> 苦无多。坐见黄州再闰，儿童尽楚语吴歌。山中友，鸡豚社
> 酒，相劝老东坡。
>
> 云何？当此去，人生底事，来往如梭。待闲看秋风、洛
> 水清波。好在堂前细柳，应念我、莫剪柔柯。仍传语，江南
> 父老，时与晒渔蓑。（苏轼：《满庭芳》）

因此，从"诗言志"出发，不难得出一个看似微末，实则
不可以被轻易忽略的诗学结论：古代汉语诗乃诗人"言"自家
之"志"（亦即"怀抱"）的器物，有着初看起来颇为隐蔽，细
察之下却过于强烈的工具论色彩；即便是在"文的自觉"② 发生
以后，古代汉语诗也未曾真的失却它的工具论性质。即便被后人
视为纯诗的《锦瑟》，也应当作如是观③，才更加接近事情的真

---

① 参阅孔凡礼：《苏轼年谱》（中），中华书局，1998 年，第 611 页。

② 关于这个问题，可参阅李泽厚：《美的历程》，文物出版社，1981 年，第
95—101 页。

③ 比如秦晓宇为此专门撰文，以探讨李商隐借《锦瑟》究竟诉说了自己哪些不
想为人所知的难言之事（参阅秦晓宇：《锦瑟无端》，《读书》2011 年第 3
期）。

相①。对于古诗的工具论色彩，戴复古有很好的吟哦："夫诗者，皆吾侪平日，愁叹之声。"（戴复古：《沁园春·一曲狂歌》）如此说来，古诗既没有独立于诗人的合法性，也不应该具有独立于诗人的必要性②。清人郑珍说得很到位："言必是我言，字是古人字。固宜多读书，尤贵养其气。气正斯在我，学赡乃相济。"（郑珍：《论诗示诸生时代者将至》）"气正"以及由"气正"而来的有关古诗的一切，皆"在"于"我"；古代汉语诗不可能拥有独立、自足、圆融和恰切的自我。假如古诗当真有一个自我存在，那也不过是借用了诗人的自我而已，不过是认诗人之自我为自家之自我罢了。但这是古诗的特权，不可被僭越和冒犯。

闻一多说得很愤激："从西周到宋，我们大半部文学史，实质上只是一部诗史。但是诗的发展到北宋实际上也就完了。南宋

---

① 顾随说："真正第一个为文学而文学的开山宗师是魏文帝。《左传》《史记》虽是散文，而终究是史。杨恽《报孙会宗书》、李陵《答苏武书》、司马迁《报任少卿书》等，文章好，而其意不在'文'。"（顾随：《中国古典文心》，北京大学出版社，2014年，第157页）顾氏之言也许在理，但这并不表明文帝真的是在"为文学而文学"；曹丕强调文章可以让人声名传乎后世而不朽（参阅曹丕：《典论·论文》），就可以证明，在曹氏那里，文学也不过是工具而已。

② 曹丕提出"诗赋欲丽"的观念，"陆机《文赋》提出类似于曹丕的诗论：'诗缘情而绮靡。'……陆机强调了实现'绮靡'的途径，它是通过'缘情'来达到的。……'诗缘情'是和'诗言志'对应的，如果说'诗言志'是阅读诗论，那么'诗缘情'就是创作诗论。"因此，情志有相互依存的关系（戴伟华：《论五言诗的起源》，《中国社会科学》2005年第5期）。缪钺断言："古论者谓吾国诗以出于《骚》者为正。"（缪钺：《古典文学论丛》，浙江大学出版社，2009年，第81页）但那是因为《离骚》将屈原之志与情言说得极为充沛。这是本文此处不拿情做文章的原因，而这不应该影响此处的结论。

的词已经是强弩之末。就诗本身说，连尤杨范陆和稍后的元遗山似乎都是多余的、重复的，以后就更不必提了。我们只觉得明清两代关于诗的那许多运动和争论，都是无谓的挣扎。每一度挣扎的失败，无非重新证实一遍那挣扎的徒劳无益而已。"① 有理由认为，闻一多的精辟识见奠基于如下事实：自《诗经》时代到黄遵宪的晚清，味觉化汉语作为一种媒介未曾有过质的变化，它制造的经验和现实因此少有差池，古典中国有理由被后人谓之为超稳定结构的社会②，诗人所"言"之"志"也必将逻辑性地不会产生质的变化③。从《诗经》到宋词，古代汉语诗无论在题材、主题，还是在体裁（或曰长相、身材和颜值）等诸多方面，都早已开疆拓土或分疆裂土完毕。古诗在元明清三代不再有性质上的任何变动，唯守成而已矣，唯局部的精雕细琢而已矣④。这或许从一个侧面证明：没有自我或不必拥有自我的古诗，亦即无

① 闻一多：《神话与诗》，上海人民出版社，2006 年，第 165 页。
② 参阅金观涛等：《兴盛与危机：论中国社会超稳定结构》，法律出版社，2011 年，第 49—90 页。
③ 黄遵宪 1877 年游览日本"劝业博览会"写有组诗《日本杂事诗》，依然想借用古诗的形式以旧瓶装新酒，但仍不免于失败的命运。钱钟书批评黄氏："假吾国典实，述东瀛风土，事诚匪易，诗故难工。"（钱钟书：《谈艺录》，中华书局，1993 年，第 248 页）
④ 但元明清三代的古代汉语诗无须开疆拓土却又能够成立的合法性不证自明：因为味觉化汉语生产的几乎不曾变动其性质的现实继续存在于元明清三代；元明清三代的诗人有权表达自己在现实面前的灵魂反应，宋和宋以前发明的诗体从形式到主题已经足够使用，没有必要为古诗增添任何新的元素——唯有需求才有发明（参阅敬文东：《感叹诗学》，作家出版社，2017 年，第 66—68 页）。

法在诗中反思诗之自我的古代汉语诗（反思是自我的本质属性)①，其体量终归有限；它在某个特定的时刻停止生长，就是不必讳言之事。无法让古诗拥有自我和自我意识，很有可能是味觉化汉语作为诗之媒介的"七寸"和"练门"之所在；作为一种传自亘古的"东西"，古诗自有其存亡成毁之宿命。闻一多的著名诗句，正可谓从元诗或隐喻的层面给味觉化汉语献上的挽歌——

> 这是一沟绝望的死水，
> 这里断不是美的所在，
> 不如让给丑恶来开垦，
> 看他造出个什么世界。
> （闻一多：《死水》）

不是味觉化汉语将那"一沟绝望的死水"主动"让给丑恶来开垦"，而是对那一沟死水的"开垦"权，必须让渡给看似"丑恶"的视觉化汉语②；那"一沟绝望的死水"作为中国的新

① 杜甫的《戏为六绝句》、元好问《论诗绝句》等，其意都不在用诗反思诗之自我，而是反思诗本身；诗之自我意味着诗具有主体性，主体性意味着诗决不甘于工具地位。工具不具备主体性，无法被其自身所反思，只能被其他的诗作反思。

② 此处将"丑恶"与"视觉化汉语"并置，并不是有意贬低后者，而是试图历史地看待这个问题。白话文运动伊始之时，正是味觉化汉语的固守者攻击视觉化汉语之际，将视觉化汉语斥之为丑恶本是古汉语固守者们的题中应有之义。比如章士钊很自信地批评白话文运动的倡导者："二桃杀三士，谱之于诗，节奏甚美。今曰此于白话无当也，必曰两个桃子杀了三个读书人。是亦

现实，作为滋养现代汉语诗的新经验，其复杂难缠远在味觉化汉语的应对能力之外。否则，白话文运动就真如某些论者认为的那样，乃是既无聊，又荒谬的举动①。再说了，"那一沟绝望的死水"原本就为"丑恶"所造就，它也只有等待"丑恶"前来收拾残局；而"丑恶"对"死水"进行深度"开垦"之后产下的，正是有病（或有罪）的成人之诗。臧棣在《江油归来丛书》中暗示过，所谓汉语新诗，乃是一种冷静——而且精确——刻画反讽主义者与反讽时代之关系的特殊文体，毕竟反讽时代和反讽主义者都注定是病态的。新诗因受造于能够制造反讽的视觉化汉语（"死水"即为视觉化汉语所造就），得以成功地接头于、相交于乃至最终聚首于逻各斯。因此，新诗出场伊始，其观念几乎就是全盘西化的②，亦即口语常说的舶来品（foreign goods）；传统的成分不敢说完全没有，起码已经少之又少而又少。

古代汉语诗乃是"言"诗人之"志"的器具；基于味觉化汉语的积习，"我"（亦即主语）在诗中几乎被完全隐藏了起来，

[接上页] 不可以已乎？"（章士钊：《评新文化运动》，《新闻报》1925 年 8 月 21—22 日）章氏之言说确实很有风度，但其话里话外透露的不正是视觉化汉语粗鄙不堪吗？如果再想想保守主义者林纾以小说《荆生》《妖梦》丑化倡导白话废除古文的新文学运动，就更清楚了。直到 1934 年，反对和丑化白话文的声音依旧很高，陈望道谓之为"当时的复古思潮很厉害"（陈望道：《陈望道文集》第三卷，上海人民出版社，1981 年，第 199 页）。

① 认为白话文运动乃一场失败之运动者至今不绝，李春阳女士及其皇皇巨制（《白话文运动的危机》，生活·读书·新知三联书店，2017 年）乃是其间的集大成者。

② 梁实秋甚至认为，所谓新诗，不过是"用中文写的外国诗"而已（参阅梁实秋：《新诗的格调及其他》，《诗刊》创刊号 1931 年 1 月）。

却又存乎于诗篇中每一个"我"应该去、必须去和可以去的地方①。视觉化汉语要求它的被掌控者主动出击，以至于必须让"自己看见看见"。因此，作为抒情主人公，现代汉语诗中的"我"通常被裸露在外；它必须频频现身，向读者招手致意，以展示存在感，以获取踏实的存在，以赢得身份上的安全感。诗人杜绿绿说得很有意思："如果（新）诗里没有'我'的融入，那很难成为一首好诗；小说虽然不会这么明显，但是'我'的进入，必将提升小说的意义。"② 小说是否因为有"我"融入，而促使小说获取意义上的提升，当在两可之间；现代汉语诗如果没有"我"出现（哪怕以隐藏的方式存在③），就不单是能否得到一首好诗的问题，根本上是新诗能否得以存在的问题。基于古代汉语亘古难变的积习，古诗中隐藏起来的"我"，就是现实中的"我"④；出于对视觉化汉语之本性的绝对遵从与服膺，新诗中的

---

① 程抱一对古诗尽量不使用主语的含义有很好的陈述："这种尽量避免使用三种语法人称的意愿，显示为一种自觉选择；它造就了这样一种语言，这种语言使人称主语（主体）与人和事物处于一种特殊的关系中。通过主体的隐没，或者更确切地说通过使其到场'不言而喻'，主体将外部现象内在化。"（程抱一：《中国诗画语言研究》，涂卫群译，江苏人民出版社，2006年，第31页）关于这个问题，还可参阅叶维廉：《中国诗学》，生活·读书·新知三联书店，1992年，第264—267页。
② 杜绿绿：《李洱和他才能的边界》，《上海文化》2020年第1期。
③ 关于这个问题，本书接下来的《新诗：一种愿以拯救性教义为自我的文体》，将有详细的论述。
④ 即使是代言诗似乎也不例外。龚鹏程认为："因为是代人啼笑，所以作者必须运用想象，体贴人情物理，在诗篇的文字组合上，构筑一个与当事人切身相应的情景。因为是就题敷陈，作者也得深思默运，拟构一月照冰池、桃李无言之境，在内心经验之。然后用文字幻设此景，令读者仿佛见此月照冰池、

"我"或"我们",就不能被轻易地认为等同于现实中的"我"（比如臧棣），或"我们"（比如臧棣们）。制作古诗的"我"不可能是反讽主义者；味觉化汉语与围绕反讽组建起来的一切，原本就风马牛不相及。"我"欲作诗，就必须以味觉化汉语看重的"诚"伦理为出发地，令古诗有情有义地"言""我"之"志"；作诗之"我"和诗中那个其"志"被"言"之"我"，乃二而一的关系。因此，对古诗而言，"我"的自我和诗的自我只可能是同一件东西（但无所谓存亡成毁之宿命）。制作新诗的人（比如臧棣）注定是反讽主义者，他面对的，始终是历史的迷雾、阴影和死水；"我"欲作诗，就必须以视觉化汉语认可的"真"伦理①为发源地、渡口或桥梁，在经验的层面上准确刻写"我"与反讽时代的关系。作诗的"我"和诗之内那个与反讽时代构成直接关系的"我"，虽然都是反讽主义者，却悲剧性地不再是同一个"我"。新诗中的"我"乃诗之自我的有机组成部分，只能归之于诗；它（亦即诗内之"我"）与诗外那个作诗之"我"如果不说全无关系，最起码也不存在必然性层面上的瓜田李下之嫌。赵飞对此做出过颇为准确的观察。她认为，诗人的主体性

[接上页] 桃李无言。这跟情动于中而形于外、若有郁结不得不吐的言志形态迥然异趣。"（龚鹏程：《中国诗歌史论》，北京大学出版社，2008年，第93页）因此，"从心性的层面上观察，代言并不是简单易行之事：代言者必须与被代言者心性相通"（敬文东：《心性与诗》，《汉诗》2016年秋季卷，前揭，第345页）。因此，古人所做的代言诗中那个"我"也是作诗之"我"。

① 关于视觉化汉语（现代汉语）以真为伦理的详细论述请参阅敬文东：《汉语与逻各斯》，《文艺争鸣》2019年第3期。

"仅存在于诗歌之外那个劳作的创造者"① ——一个无奈的"仅"字，道出了诗内之"我"与诗外之"我"唯有脆弱的关联。张枣为此而写道：

> 一个表达别人
> 只为表达自己的人，是病人；
> 一个表达别人
> 就像在表达自己的人，是诗人……
> （张枣：《虹》）

事情究竟何以一至于此的原因，被胡戈·弗里德里希恰如其分地揭示了出来：从遥远的古希腊开始，逻各斯甫一出世，就倾向于它的脚步越迈越大②；当逻各斯以超级加速的方式，运转到西方现代主义文学这一站时，立马对现代诗发出了苛刻的指令："抒情诗的语词不再出自诗歌创作和经验个人之间的统一。……《恶之花》中几乎所有的诗都以'我'来发言。波德莱尔是一个完全向自己躬身的人。然而这种自我指涉，在他写诗时，几乎从不看向他的那个经验自我。"弗里德里希甚至认为，早在波德莱

---

① 赵飞：《论现代汉诗叙述主体"我"的差异性——以张枣和臧棣为例》，《求索》2017 年第 11 期。

② 查尔斯·泰勒（Charles Taylor）认为，西方从传统社会过渡到近代社会，其间最大的变动，乃是发生过一场被泰勒命名为"大脱嵌"（great disembedding）的轴心革命（参阅查尔斯·泰勒：《现代性中的社会想象》，李尚远译，商周出版公司，2008 年，第 87—112 页）。不知泰勒是否愿意承认，逻各斯的本性就是制造反讽；"大脱嵌"正得益于逻各斯的步子近乎疯狂地越迈越大。

尔的偶像爱伦·坡（Edgar Allan Poe）那里，去个人化的行动就
已经在诗中实施了：爱伦·坡"作为抒情主体渴求一种热烈的激
奋（Erregung），但是这种激奋与个人的激情无关，与'心灵的
沉醉'（the intoxication of the heart）无关。毋宁说，他的激奋指
的是一种内涵广泛的心境（eine umfassende Cestimmtheit），他聊
将其称为灵魂，但是每次如此称呼时都加上了'而非心灵'"①。
既然现代汉语诗的诗学理念从其伊始，就几乎是全盘西化的，是
舶来之物，它就得支持作诗之"我"不完全等同于诗中被裸露
之"我"②，也就是频频向读者挥首致意以获取存在感的那个

---

① 胡戈·弗里德里希：《现代诗歌的结构——19 世纪中期至 20 世纪中期的抒情
诗》，前揭，第 22 页、第 23 页。

② 在新诗草创之初，胡适就希望"人人以其耳目所亲见亲闻所亲身阅历之事
物，——自己铸词以形容描写之"（胡适：《文学改良刍议》，《新青年》
第 2 卷第 5 号，1917 年 1 月）。从这里可以看出，胡适的新诗观念仍然有很
多旧诗的观念。这里还可以引进一件有关新诗的轶事，以说明这个问题。
1936 年，正是西方现代主义文学运动如火如荼之时。就在这一年的某月某
天，朱利安·贝尔（Julian Bell），也就是那个与徐志摩等人有深度交往的
英国青年绅士，从武汉致信身在英国的母亲："中国人不能理解'现代主
义'，但他们却欣然接受浪漫主义最糟糕的作品，像沉溺于杜松子酒的黑
鬼，这就是仅仅依靠敏感生存的下场。"（转引自帕特丽卡·劳伦斯
[P. Laurence]：《丽莉·布瑞斯珂的中国眼睛》，万江波等译，上海书店出
版社，2008 年，第 89 页）但视觉化汉语到底不是等闲之物，不可轻易被
小觑。它很快就秉承逻各斯的意愿，矫正了新诗的航向；以废名、卞之琳、
戴望舒和林庚等人为代表的新诗制作者，迅速制造出了一大批有病的成人
之诗，近乎完美地理解和接续了西方的现代主义文学，也就抛弃了徐志摩
等人的诗中那个"我"，那个近乎作诗之"我"。

"我"①。这个问题对于新诗的意义实在过于重大，臧棣对此不可能不了然于胸——

> 我们写诗，无非是学会
> 在睁大的眼睛里闭上眼睛。
> 或者更激进的，其实是要学会
> 在闭上的眼睛里闭上眼睛。
> 并且很可能，我们闭上的
> 不是鸽子的眼睛，就是紫薇的眼睛。
> 就好像只有这样，我们写出的东西
> 才对得起重叠在时间深处的白茫茫。
> （臧棣：《人在绵阳》，2014 年）

辉煌灿烂的古诗建基于味觉化汉语向来信奉的"诚"伦理。诗人在"成己"以"成物"（此处的"成物"当然指的是"成诗"）时，因听命于"诚"，只须古诗止步于它的工具身份就算不辱使命，无须奢望占据主体性之要塞。古诗没有任何理由需要一个没用的自我，更不会和其制作者讨价还价，以至于破坏了味

---

① 逻各斯行驶到西方现代主义文学这一站时，不仅令现代诗拥有自我，现代小说也必须拥有其自我。巴赫金的对话理论认为，小说的自我意识在陀思妥耶夫斯基那里已经蔚为壮观，巴氏在《陀思妥耶夫斯基诗学问题》（生活·读书·新知三联书店，白春仁等译，1988 年）中道明了这个问题。布朗肖（Maurice Blanchot）说得非常清楚："叙事并非对某一事件的记述，而恰为事件本身，是在接近这一事件，是一个地点——凭着吸引力召唤着尚在途中的事件发生，有了这样的吸引力，叙事本身也有望实现。"（莫里斯·布朗肖：《未来之书》，赵苓岑译，南京大学出版社，2015 年，第 8 页）

觉化汉语乐于宠幸的中和局面。新诗则不能被简单地视作诗人发泄自我的器具，否则，就是对文学现代性的公然背叛和挑衅。这种挑衅和背叛犹自在暗中散发肛门的气味（从弗洛伊德有关下体的理论出发，不难很幽默地推知这一点）。臧棣很清楚，无论"我们写诗"要学会的是"在睁大的眼睛里闭上眼睛"，还是"在闭上的眼睛里闭上眼睛"，其最终目的，不过是让"我们写出的东西"必须要"对得起重叠在时间深处的白茫茫"，却决不是人与世界之间的情真真和意切切；要准确并且远距离地切中"重叠在时间深处的白茫茫"，而决不是真诚并且零距离地与世界保持情景交融。新诗与其制作者经由谈判而结成的关系，大体上能够保证：新诗本身就是目的，不是新诗制作者们称手的器具；现代汉语诗打一开始，就应该是它自己，不应该是除它之外任何别的东西。工具论在新诗那里是失效的①，尽管百年来有太多的新诗制作者背叛了新诗，径直将它当作可以随意驱遣的工

---

① 朱利安·贝尔之所以讽刺徐志摩，倒不仅仅出于江弱水给出的原因："以徐志摩'感情之浮，思想之杂'，他对英国 19 世纪浪漫派诗学的领会也不具学理上的清晰性，往往撷拾一二意象与观念，就抱持终生。"（江弱水：《文本的肉身》，新星出版社，2013 年，第 97 页）更重要的原因是，徐氏看重的是 19 世纪浪漫主义诗学的工具论特质，这个工具论的实质是为西方人寻找新感性，而不是诗自身（参阅刘小枫：《诗化哲学》，山东人民出版社，1986 年，第 50 页以下）；徐氏依仗这种性质的工具论仅仅是为了表现自我而已。

具，但这伙人最终遭到了来自新诗的报复，甚至羞辱①。一首
《人在绵阳》有分教："对得起重叠在时间深处的白茫茫"不仅
是新诗制作者的理想，也是现代汉语诗的理想，因为它准确描述
了反讽主义者和反讽时代之间的深刻关系。但"对得起重叠在时
间深处的白茫茫"，更是诗人和新诗共同效忠于、负责任于视觉
化汉语的最低表现。他（它）们以其各自的表现把问题摆明了：
他（它）们一直在共同"开垦"那"一沟绝望的死水"，也就是
历史的迷雾或阴影。诗人因其"开垦"，完成了他的身份构建；
新诗因其"开垦"，获取了它的自我，赢得了自己的主体性。与
此同时，诗人（亦即诗外之"我"）的自我和新诗的自我之组
件（亦即诗内之"我"）得以两相对望；但这照例是诗的媒介
发生变化后导致的结局，大有视觉化汉语眼中童叟无欺、如假包
换的客观性。历史短暂的新诗奠基于视觉化汉语信奉的"真"

① 新诗被当作工具几乎和新诗如影随形。卞之琳是一个极好的例证。早期的卞
之琳以诗本身为目的，《慰劳信集》时期的卞之琳仅仅是将诗当作抗日救国
的工具，其间的差异何其巨大。1950 年代至 1970 年代末的新诗，从整体上
看，是作为工具才获取了活命的机会。比如，郭小川就认为，包括新诗在内
的"无产阶级革命文学的最高使命是歌颂伟大领袖毛主席"（郭晓林：《惶惑
与无奈——父亲在林县的日子里》，郭晓惠等编：《检讨书——诗人郭小川在
政治运动中的另类文字》，中国工人出版社，2001 年，第 308 页）贺敬之对
郭小川有过热情的称颂，照旧是从工具论的层面着眼："郭小川提供的足以
表明其根本特征的那些具有本质意义的东西，就是：诗，必须属于人民，属
于社会主义事业。按照诗的规律来写和按照人民利益来写相一致。诗人的
'自我'跟阶级、跟人民的'大我'相结合。'诗学'和'政治学'的统一。
诗人和战士的统一。"（《郭小川诗选英文本·战士的心永远跳动·代序》，
《郭小川诗选续集》，河北人民出版社，1980 年，第 4 页）从工具论的角度
定义新诗者、践履该论而作新诗者，至今依然是主流。悲夫！

伦理。它更愿意强调的，乃是细节上的精确性；不像古诗的精确性更乐于建基于——当然也有赖于——整个儿的情绪氛围。"真"与"看"（亦即观察而非情绪氛围）深度相关，深度有染。臧棣当然深知其间的奥妙："我因热爱还没有被写出的诗歌/而观察着这些游动在/水下的鲸鱼……"（臧棣：《捕鲸日记》，2002年）但臧棣同样了然于胸的是："真"伦理一直在要求新诗制作者和新诗一道，看清反讽主体和反讽时代之间的关系；但新诗的非工具性质，却总是在致使诗人（亦即诗外之"我"）看清的那层关系，大不同于新诗之"我"看清的那层关系——这就是新诗之自我必须诞生的原因。

世上唯有逻各斯可以引发现代性①；在现代性的定义下，反讽主义者同时也是孤独者。孔多塞（marquis de Condorcet）深知逻各斯和书本、知识以及孤独之间的血缘关系："从书本中获取知识，每个人都处于安静和孤独中。"② 因此，反讽时代必定是孤独者的时代。孤独是一个现代性事件，它是现代人的不死之癌症。赵汀阳的解说十分准确，但也因为准确略显冷酷："现代人的孤独是无法解决的问题，孤独不是因为双方有着根本差异而无法理解，而是因为各自的自我都没有什么值得理解的，才形成了

---

① 李约瑟（Joseph Needham）说："在希腊人和印度人发展机械原子论的时候，中国人则发展了有机宇宙哲学。"（李约瑟：《中国科学技术史》第三卷，《中国科学技术史》翻译小组译，科学出版社，1975年，第337页）逻各斯是原子论的绝配（原子论是分析的产物）；"有机宇宙哲学"是围绕主观性的味觉组建起来的。因此，唯有逻各斯能导致理性真理，进而导致以反讽为核心的现代性。

② 转引自罗杰·夏蒂埃（Roger Chartier）：《书籍的秩序》，吴泓缈等译，商务印书馆，2014年，第13页。

彻底的形而上的孤独。"① 因此，必须以个体为尺度，"按照个体去思考人"②，去思考"人这畜生"（That animal called man）③ 究竟为何物，才大体上能够投合现代性的驴脾气。话虽如此，彼此间"没有什么值得理解"的那无数个自我，却有着相互趋同的新倾向。这倾向来得顽固、倔强，大有一副不撞南墙不回头的架势。这是因为每一个孤独的自我一旦深陷于群众（mass），就必将沦陷于群众，也就会悖论性地"在'集体潜意识'机制的作用下……像动物、痴呆、幼儿和原始人一样"，反而"会不由自主地失去自我意识"④。这伙人因此被古斯塔夫·勒庞（Gustave Le Bon）称作"乌合之众"（Crowd）；他们之所以有这等离奇、古怪、让人费解的表现，居然是为了"强调自己'与其他每一个人完全相似'"，以便从中始而获取认同感，继而赢得他们渴望中令其自我满足的安全感⑤。但这种不乏喜剧性的趋同局面势必会扭转头来，强化各个自我之间"没有什么值得理解"的合理性，甚或正当性（因为大家都一样），以至于让他们陷入更深的孤独之境，彼此漠然相向（还是因为大家都一样）。因此，现代主义文学必然逻辑性地以饱飨孤独为第一要务。新诗因其观念上的全盘西化，拥有独立、完备的自我；它不仅可以从细节上准

---

① 赵汀阳：《第一哲学的支点》，前揭，第 133 页。

② 参阅吉莱斯皮（Michael Mien Gillespie）：《现代性的神学起源》，张卜天译，湖南科学技术出版社，2012 年，第 82 页。

③ 钱钟书：《钱钟书散文》，浙江文艺出版社，1997 年，第 38 页。

④ 古斯塔夫·勒庞：《乌合之众——大众心理研究》，冯克利译，中央编译出版社，2000 年，第 9 页。

⑤ 奥尔特加·加塞特（José Ortegay Gasset）：《大众的反叛》，刘训练等译，吉林人民出版社，2004 年，第 7 页。

确地刻画孤独，还与它进行谈判的诗人一样，本身就是孤独者。
正如臧棣在诗中所言：

> 从这里到永恒，我，是一个代价。
> 但这也只是好像和经验沾点边。
> 我们付出很多，但我的孤独比我们付出得更多。
> 我们付出很多，但常常，我付出的还不够勇敢。
> （臧棣：《蓝色的发明》，1999 年）

> 粉红的铃兰教我学会
> 如何迎接孤独。每个人都害怕孤独，
> 但铃兰们有不同的想法。
> ……
> 我的喜剧是
> 没有人比我更擅长孤独。
> 没有一种孤独比得上
> 一把盛开的铃兰花做成的晚餐。
> （臧棣：《假如事情真的无法诉诸语言协会》2005 年）

现代汉语诗的自我固然独立、自足，甚至堪称完备，但正如
臧棣在其诗中揭示的那样：在其初始状态，新诗的自我必定处于
孤独之境。所谓新诗的自我的初始状态，不过是新诗之自我被塑
造出来的最初那一刻；最初那一刻的创制者，乃是新诗和它的制
作者；而创制的方式，则是诗人和新诗之间艰苦却不乏愉快的谈

判。事实上，孤独是新诗的自我打一开始，就必须认领的存在状态①。现代汉语诗的自我当然可以通过诗内之"我"，不无骄傲地宣称："我的孤独比我们付出得更多；"也尽可以借用诗内之"我"夸口说："没有人比我更擅长孤独。"但无论如何，孤独是新诗在成功获取其自我和赢得其主体性时，必须付出的"一个代价"。

同样的情形断不会出现在古人和古诗那里。用味觉化汉语说话行事的古人从不会感到孤独。钱宾四先生的见解精辟之极："即如李太白：'举杯邀明月，对影成三人。'一己独酌，若觉有三人同饮，此亦太白一时之心情与意境，亦即其心德之流露。诵其诗，想见其人，斯亦即太白之不朽。又如陈子昂：'前不见古人，后不见来者，念天地之悠悠，独怆然而涕下。'此与李太白心情意境又异。一人忽若成三人，斯即不孤寂，举世忽若只一人，其孤寂之感又如何。然在此大生命中，必有会心之人，或前在古人，或后在来者。斯则子昂之不孤寂，乃更在太白一人独酌之上矣。"② 钱氏的潜台词无非是：有前后相接从不间断的"大生命"存在（比如"生生之谓易"③），就先在地革除了小生命之认领者——亦即有死之人——的小孤独。古人如是，古诗亦复如是。其间的缘由十分简单：古诗乐于以诗人之自我为自家之自

---

① 假如承认张枣将《野草》认定为第一部现代汉语新诗集有道理（哪怕一点点道理），那么，《野草》的第一首诗《秋夜》中那两棵彼此不搭、彼此隔离的枣树就是绝好的象征：它不仅表明新诗之自我的初始状态是孤独的，不仅象征着物与物彼此隔绝，也象征着诗篇和诗人间的彼此隔绝（参阅敬文东：《味觉诗学》，北京，2019 年，未刊）。

② 钱穆：《晚学盲言》下，生活·读书·新知三联书店，2018 年，第 587 页。

③ 《易·系辞上》。

我。"知我者，谓我心忧；不知我者，谓我何求。"（《诗经·黍离》）"廓落兮，羁旅而无友生；惆怅兮，而私自怜。"（宋玉：《九辩》其一）"多言焉所告，繁辞将诉谁。"（阮籍：《咏怀》其十四）"一生大笑能几回"（岑参：《凉州馆中与诸判官夜集》）……诸如此类的表达不乏椎心之痛，却不能被轻易地理解为陈述孤独；孤独必须与自我认同的危机联系在一起，才有资格成立。上述诗句的抒情主人公们，不过是在情绪激昂地诉说自己不被世人理解的苦闷之情。不被理解虽然很可怕，也很有杀伤力，但毕竟是外在的；抒情主人公对其自我则具有来自内部的高度认同①。否则，他就不会有苦闷，更不会"强调自己'与其他

① 中国古人历来主敬，依牟宗三之见，"在敬之中，我们的主体并没有投注到上帝那里去，我们所作的不是自我否定，而是自我肯定（Self-affirmation）。仿佛在敬的过程中，天命、天道愈往下贯，我们的主体愈得肯定。"（牟宗三：《中国哲学的特征》，学生书局，1984年，第20页）正是在这个意义上，处于苦闷甚至痛苦中的古人对其自我是高度认同的。有人认为，自传性是杜诗的一个基本特点。而按照一些学者的意见，中国自序文体中塑造的自我有"为世排除之我""与众异质之我""众中杰出之我""劣于众人之我""想往如此之我"等各种类型（参阅谢思炜：《杜诗的自我审视与表现》，《文学遗产》2001年第3期），但所有类型的"我"都是自我认同的。但同样的情况发生在新诗制作者身上结果就不一样了。西川的观察值得信任："当一个人孤独的时候，也就是一个人感到不为世人所理解的时候，也就是一个人'晦涩'的时候。应该从解释人的晦涩状态开始向世人解释中国当代诗歌，因为中国当代诗歌常常被指责为'晦涩难懂'。"（参阅西川《生存处境与写作处境》，《学术思想评论》，辽宁大学出版社，1997年，第196页）这是因为新诗制作者原本就是自相矛盾的反讽主体，其主体性不仅受到外部质疑，也被其本人质疑。

每一个人完全相似'"——这正是咏怀诗的实质之所在①。虽然
在极为偶然的时刻（歌德所谓"失察的时刻"），古人也可能会
发生自我认同的危机（比如刘向的《九叹·逢纷》："心侥慌其
不我与兮，躬速速其不吾亲。"），却大可以忽略不计，毕竟
"一般"从来就倾向于建立在"例外"的基础之上。因此，作诗
的那个"我"不会孤独，诗内之"我"也必定免于孤独②，何况
夫子早已放言在先："智者乐山，仁者乐水。智者动，仁者静；
智者乐，仁者寿。"③乐感文化倡导的那种中国之乐，"正是一种
'天人合一'的成果和表现。就'天'来说，它是'生生'，是
'天行健'。就人道遵循这种'天道'说，它是孟子和《中庸》
讲的'诚'。……它所指向的最高境界即是主观心理上的'天人
合一'。到这境界，'万物皆备于我'（孟子），'人能至诚则性尽
而神可穷矣'（张载）……从而得到最大快乐的人生极致"④。这

---

① 有人说："所谓咏怀诗即吟咏诗人怀抱、情志之诗，它的实质在于诗人借此
一诗歌类型再现对现实世界的体悟、对生命存在的思考，其终极目标指向对
个体生命的把握、对未来人生的设计与追求。"（孙明君：《中国古代咏怀诗
的基本类型》，《陕西师范大学继续教育学报》2002年第1期）
② 日本汉学家斯波六郎写有一部在日本学界享有盛名的大著《中国文学中的孤
独感》（刘幸等译，北京师范大学出版社，2019年）。斯波氏自称是在现代
日语"孤独"的层面解读中国古代文学中的孤独主题（主要是古诗），而现
代日语中的"孤独"是现代性定义下的"孤独"，这和中国古人、中国古代
文学似有混搭之嫌，有点儿关公战秦琼的味道。
③ 《论语·雍也》。
④ 李泽厚：《中国古代思想史论》生活·读书·新知三联书店，2008年，第
329页。

就更将孤独抵挡在心门之外①。

　　尽管如此，却不能因为古诗幸免于孤独，就有理由讥讽新诗自寻烦恼；事实上，孤独不仅是现代主义文学的主题，也是现代主义文学自身的根本属性。莫里斯·布朗肖说得很准确："作品是孤独的：这并不意味着它始终是不可交流的，是无读者的。但是，阅读作品的人进入了对作品孤独的肯定中去，正像写作品的人投身到这种孤独的风险中去一样。"② 新诗的自我的初始状态（亦即孤独）不能被小觑。媒介的变化，导致古诗和新诗必须面对不同的现实，直视更加不同的经验。现代汉语诗正是依靠它孤独的自我（亦即它的根本属性），获取了一种特殊的能力；这种能力如果施之得当，则可以精确刻画反讽时代与反讽主义者之间的致命关系；反讽导致的迷雾或阴影就能得到准确的刻写。臧棣似乎特别清楚有关新诗的这个奥秘。早在 1992 年，他就这样写道——

　　　　有很长一段时间，我不知道
　　　　我的工作可以和他们所熟悉的
　　　　哪些事情作一番类比。

---

①　这里可以佛祖造像为例，来说明乐感文化的特性。敦煌莫高窟"（第）138窟的巨大的卧佛，是释迦牟尼临终时的造像，他以单纯的姿势侧卧着，脸容安静、平和而又慈祥……这个人没有被死亡征服，而是平静地迎着死亡走去，不知不觉地征服了死亡……"（高尔泰：《论美》，甘肃人民出版社，1982 年，第 281 页）这样的佛祖造像实在是被中国文化修改所致，因为这样的造像完全看不见佛教中四谛之一的苦谛究竟是何模样。

②　莫里斯·布朗肖：《文学空间》，顾嘉琛译，商务印书馆，2003 年，第 3 页。

　　我把一些石头搬出了诗歌。

　　不止干了一次。但我不能确定

　　减轻的重量是否和诗歌有关。

　　我继续搬运着剩下的石头。

　　每块石头都有一个词的形状。

　　我喜欢做这样的事情——

　　因为在搬运过程中，

　　几乎每个词都冲我嚷嚷过：

　　"见鬼"，或是，"放下我"。

　　（臧棣：《搬运过程》，1992 年）

　　孤独的自我让新诗显得极为固执：那是对真相和细节的固执，更是对反讽主体（亦即孤独者）与反讽时代如何在精确性层面上发生关系的执拗，决非古诗那般温柔，那么顺从①。加斯东·巴什拉（Gaston Bachelard）说得很有诗意："语词是微小的家宅。"② 新诗的孤独的自我承认如下事实："用了力，语言能留下的，无非是/一种高贵的疯狂。"（臧棣：《墓志铭协会》，2014 年）但语词更是通向事情真相的唯一途径，既不仅仅是"家

---

① 这里说古诗很温柔、顺从，并不是否认古诗难工这个事实；"两句三年得，一吟双泪流"（贾岛：《题诗后》），自然不乏其真实性。说古诗很顺从，是指它不可能像新诗那样和它的制作者作对、为难，毕竟它只是其制作者用来抒怀的工具而已。

② 加斯东·巴什拉：《空间的诗学》，张逸婧译，上海译文出版社，2013 年，第 188 页。

宅"，哪怕它是"微小的"；也决不仅仅是"疯狂"，哪怕它是
"高贵的"。唯有通过语言，人才能把握世界；唯有借助语言窥
见事物蕴含的意义（只对人有意义的那种意义，事物自身无所谓
意义），人才能与世界相往还①。面对诗人强行从新诗中搬出的
几乎每一个词，新诗的孤独的自我都表示出强烈的抗议（"见
鬼"；"放下我"）；现代汉语诗依靠孤独的自我，致力于维护它
自身的重量。孤独的自我认为：被搬运走的每一个语词，都是对
新诗之自我的严重冒犯；新诗明白：它的自我一旦如此这般被蚕
食殆尽，它也就失去了存活于世的任何意义。古代汉语诗中绝不
会发生的一幕出现了：新诗的自我和其制作者的主体性之间，构
成了一种类似于囚徒困境（prisoner's dilemma）的关系；依靠两
者间的博弈（而非两者中任何单独的一方），现代汉语诗达成了
它的目标：自己看见自己正在准确地看见万物，进而看见自己正
在准确地刻画万物，尤其是刻画万物之孤独，再继而看清了反讽
主义者与反讽时代的关系；"自己看见看见"之境地的达成，得
益于新诗的孤独的自我，更得益于新诗的孤独的自我对其制作者
发出的抗议、发起的谈判。面对此情此景，作为新诗制作者的臧
棣必定大有感慨。他暗自认为，新诗的自我应该是一块磨刀石，
孤独、逼真、意在锋利，并且无比忠诚——

> ……我梦见我是
> 一块磨刀石，逼真得像老一套
> 也会走神。春夜刚刚被迟到的
> 三月雪洗过；说起来有点反常，

---

① 参阅赵毅衡：《论艺术的"自身再现"》，《文艺争鸣》2019 年第 9 期。

但置身中，安静精确如友谊；

甚至流血的月亮也很纯粹，

只剩下幽暗对悬崖的忠诚。

（臧棣：《世界诗歌日入门》，2018 年）

合作，命运以及幸福

赵汀阳的洞见值得重视："现代创造了个人，想象了自我，使自我成为一种虚构的身份（identity）和价值标准的制定者，于是，他人的自我便成为烦心之事，变成对我的烦忧和阻碍。"① 现代性以反讽为第一要务，这是"自己看见看见"导致的必然结果；在现代中国，现代性是救亡图存、强国保种的产物，是一种"被译介的现代性"②。在精研翻译学的何伟雅（James L. Hevia）看来，所谓译介，不过是"一种特殊形式的暴力，一种通过另类手段进行的战争"③。但中国人到底还是主动承接了

---

① 赵汀阳：《第一哲学的支点》，前揭，第 119 页。

② "被译介的现代性"出自刘禾的《跨语际实践：文学，民族文化与被译介的现代性》（宋伟杰等译，生活·读书·新知三联书店，2008 年）一书的题目。

③ 何伟雅：《英国的课业：19 世纪中国的帝国主义教程》，刘天路等译，社会科学文献出版社，2007 年，第 60 页。

这种"暴力"的侵袭,接受了这场"战争"的洗礼①。因此,通过译介进入中国的现代性和原产地的现代性,在性质(而不是规模)上就不应该有太大的差异。它们都应当有两个终端产品:除了赵汀阳强调的单子式自我(亦即孤独的个人),还有近世以来名声愈加显赫、地位愈加重要的垃圾。垃圾是历史迷雾(或阴影)的物质化,也是从观念上对死水的绝妙总结。凡是唯有今生没有来世的物品,都是物质性的垃圾;凡是相互抛弃的人,都可被相互抛弃者们彼此视作精神上的垃圾②。精神上的垃圾指的是反讽主体间的相互冷漠。但"冷漠并非把他人当敌人,而是无视他人,对他人毫不重视,视而不见,麻木不仁地漠视他人"③。漠视可以被认作最高级别的抛弃;抛弃不多不少,正好是反讽主义者,那些被现代性深度掌控的人,对于垃圾的惯常行为和惯常态度。单子式自我和垃圾青梅竹马,他(它)们打一开始,就结成了互为镜像的关系。现代性、垃圾和反讽时代,理应互为内涵和实质;只要提到三者中的任何一方,就意味着其余两者会自动悉数到场。新诗的制作者,那些孤独的个人,也就是听命于视觉化汉语的臣民们,固然拥有性状奇异的单子式自我;现代汉语诗拥有的那份自我,也注定是单子式的——新诗的孤独正不由分

---

① 陈嘉映认为,一百多年来主动而大规模的译介使汉语中出现了大量的移植词,"移植词指的是这样一些词,它们虽然是外文词的意译而非音译,但它们主要是作为译名起作用的。移植词对应于某个外文词,它的意义基本上是这个外文词的意义"。移植词通过修改古代汉语彻底修改了中国人的头脑,围绕古代汉语组建起来的中国思想则沦为被移植词再度解释的材料(陈嘉映:《从移植词看当代中国哲学》,《同济大学学报》2005年第4期)。

② 参阅敬文东:《论垃圾》,《西部》2015年第4期。

③ 赵汀阳:《第一哲学的支点》,前揭,第119页。

说地经此而来。诗人和新诗不仅同时与垃圾对视，还得直接与之对峙。因此，地位显赫的垃圾既是新诗的主题，也是新诗制作者有待征服的难题；反讽主体与反讽时代发生关系的实质与内涵，就是反讽主义者与垃圾打交道、相往还。因此，作为反讽主义者独有的文体，新诗的目的乃是准确描绘诗人与垃圾之间的关系。诗人和新诗同时与垃圾对视、对峙构成的尴尬局面，必将迫使新诗的自我与诗人的主体性深度合作；从垃圾的角度望过去，两者间的合作关系具有抹不去的必然性。

厄科（Echo）只会重复别人说过的每句话的最后几个字，像回声；那喀索斯（Narcissus）过于自恋，不屑于追求他的任何人，是货真价实的幽闭者①。奥维德（Publius Ovidius Naso）很幽默，他让这对看似不相干的冤家走在了一起：无力表达自己内心的厄科（有类于诗人），爱上了无力回应外界的那喀索斯（有类于现代汉语诗）。看起来，唯有新诗（那喀索斯）与诗人（厄科）合作，才可能彼此成全，相互造就。因此，诗人和新诗的合作除了必然性，还有来自现实性和必要性方面的原因。事情的真相似乎是这样的：现代汉语诗之所以和它的制作者讨价还价，为的是赢取它的自我与主体性；新诗之所以必须赢取其主体性与自我，为的是获得与诗人深度合作的机会，救自身于孤独之水火。唯有一个独立的自我挺身而出，才有谈论合作的资格；垃圾适时地加入进来，则为两者的合作提供了必要的黏合剂。对于自己初始时刻获取的孤独状态，新诗的主体性与自我兀自恨恨不已；它禁不住暗自猜测：诗人作为反讽主义者，大概也不愿意独享其孤

①　麦克卢汉将那喀索斯视作麻木者，而麻木意味着那喀索斯"变成了一个封闭的系统"（麦克卢汉：《理解媒介》，前揭，第58页）。

独。"孤，顾也，顾望无所瞻见也。"① 并非巧合的是，新诗"顾望"之下，一眼就"瞻见"了正在一边发呆的诗人。看起来，新诗对合作的必要性和现实性所做的猜测是正确的，以至于这种猜测被臧棣候了个正着："诗在替我们磨牙。"（臧棣：《新诗经丛书》，2010 年）此时，新诗与其制作者正处于合作——而非谈判——状态，诗内之"我们"即便不约等于诗外之"我们"，起码也会因他（它）们的合作关系相互致意，互卖面情——"面情者，情面之谓也"②。但现代汉语诗与诗人合作（"诗"在替"我们"磨牙），并不意味着新诗会丧失其主体性与自我。事实上，现代汉语诗对真相和细节的执拗劲头，不会因合作出现任何闪失；处于合作状态中的新诗，依然斤斤于、固执于反讽主体应该如何精确地应接垃圾，那死水，那迷雾，那阴影。在一首名曰"抵抗诗学丛书"的诗作中，臧棣把诗人与新诗的合作关系揭示得更具体，也更加触目惊心：

> 这首诗关心如何具体，它抵挡住了十八吨的黑暗。
> 这黑暗距离你的胸口只剩下
> 不到一毫米的锋利……

　　对于新诗来说，与诗人合作意味着：既解除了它初始时刻获取的孤独的自我，也让诗得以完成，亦即让一首诗成为它本来应

---

① 刘熙：《释名》，中华书局，1985 年，第 50 页。
② 文秉：《烈皇小识》卷一。

该成为的那个样子①。这就是说：新诗不是 to be as it is，而是 ought to be 所蕴含的那个 to be②。这主要是因为新诗拥有个性强烈的自我；它对自身究竟是何模样、有何颜值、三围到底是何尺寸，有着来自本能的预设，也有着出自神经中枢的谋划。对于身为反讽主义者的诗人来说，与新诗合作意味着：既解除了与诗人如影随形的孤独（哪怕只是解除了一个片刻的孤独），也让诗人获取了安全感，至少那"十八吨的黑暗"就被新诗阻拦于诗人的胸口之外③，还同时意味着诗人完成了他的身份建构，亦即他成了一个诗人原本应该成为的那个样子。和新诗一样，诗人也是 ought to be 所蕴含的 to be，不是 to be as it is。这是因为诗人总是在暗自期待和渴慕自己的"应是"状态（ought to be），在时刻提防和警惕自己的"所是"境地（to be as it is）——他认为，自己的胸口前原本就不应该有"十八吨的黑暗"，尽管那黑暗被新诗拦在了诗人的胸口之外。诗人不甘于自己的"所是"，意味着他不认同自己的当下处境，急需与其"应是"接头；新诗不甘于自己的"所是"，意味着对其孤独的自我不予认同，急切地想成为它应该成为的那个样子。对新诗和诗人进行如此这般的深

---

① "让一首诗成为它本来应该成为的那个样子"，张枣给出的表述是："我特别想写出一种非常感官，又非常沉思的诗。沉思而不枯燥，真的就像苹果的汁，带着它的死亡和想法一样，但它又永远是个苹果。"（张枣：《张枣随笔选》，前揭，第 211 页）真正的新诗诗人都有这样的想法：让一首诗成为它自己想成为的那个样子，决不对诗实施独裁手腕。

② 此处借用了赵汀阳关于人的概念的说法，参阅赵汀阳：《每个人的政治》，前揭，第 176 页。

③ 臧棣还在另一首诗里表达过与此相同的看法："起先，你以为/诗歌是肉体的盾牌，是灵魂的/伟大的防御术。"（臧棣：《戈麦》，1995 年）

入理解，让臧棣有机会，也很幸运地涉及一个重要的诗学问题：诗的命运和诗人的命运。这既是新诗的现代性又一个显著特征，也是文学现代性的度量衡：它能在一个伪现代诗横行不法的时代，迅速判定新诗制作者们制作的东西，那存亡成毁之物，究竟是不是真正的现代诗。

路德维希·维特根斯坦说："命运是自然规律的对立面。"① 但维氏又认为，命运是不可言说之物②——谁让它是可以被言说的自然规律的对立面呢？但饶是如此，命运依然可以从其他维度得到理解和解释。赵汀阳认为，只有当否定词（亦即"不"或者"not"）浮现在人的意识之中，人类才具备了反思意识本身的能力。否定词首先意味着无穷的可能性，也就是无穷的未来，更意味着在无穷的可能性中进行选择。无穷的未来的含义是：时间不仅仅"是如期而至的流程，而变成了平行的多种可能性。……人类也由'时间性的存在'（existence of temporariness）变成了'当代性的存在'（existence of contemporariness）。当代性的时间意识意味着超越了此时，一方面向后建构历史，另一方面向前预支未来，于是存在不再仅仅是重言式的存在（being），而成为具有古往今来之精神负担的变在（becoming）。……当人开始以存在去占有时间，存在就将一半意义付与未来的证词，一半付与历史的证词，于是，存在无法把握自身的意义，这就是以存在占有时间所必须承担的不确定命运。……否定词所发动的人类意识第一次革命，很可能也是最大的一次革命，其后果就是人类

---

① 维特根斯坦：《文化与价值》，涂纪亮译，清华大学出版社，1981年，第25页。

② 维特根斯坦：《逻辑哲学论》，贺绍甲译，商务印书馆，1988年，第82页。

的存在有了命运，而是否会有好的命运，这本身也是一个命运问
题"①。依赵汀阳的精辟反思，自从否定词袭击了人，人就不得
不接管如此性状的命运②；与诗人一样拥有自我意志的新诗，也
必定会接管专属于它自己的那份命运。但性状如是的命运，却不
曾为古诗所占有哪怕仅仅一分钟；古代汉语诗不过是诗人用于言
志的工具、宜于抒情的器物，没有独立性。它最多以诗人的命运
为自身之命运。苏东坡咏琴的那首诗，说的很可能就是这个意思
（只需将"琴"替换为古诗即可）："若言琴上有琴声，放在匣中
何不鸣？若言声在指头上，何不于君指上听？"（苏轼：《琴诗》）
有证据表明：思考诗人的命运和新诗的命运，是臧棣的诗学秘密
之一。差不多在 30 年前，他这样写道：

> 表面上，我们有相同的命运，
> 却从未面对过同样的悲哀。
> 在我们的秘密中，凭个人机缘战胜死亡
> 并没有那么难，但我并不想战胜死亡；
> 所以请理解，最后的话，真的有那么重要吗？
> （臧棣：《预防针》，1991 年）

　　这里的重点是命运，不是死亡，甚至不是人对于死亡的胜

---

① 赵汀阳：《四种分叉》，华东师范大学出版社，2017 年，第 56—57 页。
② 有人从考古学的角度认为，"动物的存在只是一种生存，人类的存在则是一
　种生活。人的'生活活动'与动物的'生命活动'的根本区别，在于前者按
　照自己的'意志和意识'进行'生命活动'，从而使人的'生活活动'具有
　了'意义'。"（陈胜前：《人之追问》，生活·读书·新知三联书店，2019
　年，第 4 页）但"生活活动"的"意义"本身就是命运性，或命运化的。

利，那个值得欢呼的状态，值得骄傲的时刻。事实上，死亡不过是人的命运的一部分，哪怕它确实是十分显眼、炫目的那个部分，盖因为人也是"东西"，尽管他是制造"东西"的"东西"。从新诗向其制作者索要自我的角度看过去，"我们有相同的命运"当中的那个"我们"，只能是诗的自我的组成部分。它表明：现代汉语诗（而非古诗）因否定词的介入，自有它或幸运或不幸的命运。从新诗与其制作者互相合作的角度看过去，"我们"则是现代汉语诗及其制作者的共有之物。它表明，诗人也因否定词的介入，自有他或幸运或不幸的命运。既然诗与诗人都更愿意进入他（或它）们的应是状态（也就是 ought to be 这个命题当中所蕴含的 to be），那他（或它）们就必定倾向于自己的好运道。这就是愿望：它以幸福为核心，同时给予诗以发源地①。但钱穆之所说，或许才更接近命运的真相，才直抵命运的底牌："人生也可分两部分来看，一部分是性，人性则是向前的，动进的，有所要求，有所创辟的。一部分是命，命则是前定的，即就人性之何以要向前动进，及其何所要求，何所创辟言，这都是前定的。唯其人性有其前定的部分，所以人性共通相似，不分人与我。但在共通相似中，仍可有各别之不同。那些不同，无论在内在外，都属命。所以人生虽有许多可能，而可能终有限。"② 钱穆之所言和赵汀阳的洞见相映成趣；但钱氏极有可能意味着：人世间最荒凉的词，莫过于充满宿命意味的"命中注定"。而从 ought to be 所蕴含的 to be 那个角度望过去，次最荒凉的词，则莫

① 参阅敬文东：《随"贝格尔号"出游》，河南大学出版社，2010 年，第 265 页。

② 钱穆：《中国思想通俗讲话》，前揭，第 43—44 页。

过于"假如"；但"假如"也正好是无限的人间凄楚中，含希望量（"含希望量"的构词法模仿了"含金量"的构词法）最高的那个词。"假如"是古今中外每一个人在成就自我时的内心企盼；新诗的自我在与诗人的主体性深度合作时，必定怀揣着同一个词，暗含着同一种心境。

诗人与新诗彼此间互为他者。诗人当然是主体；拥有自我的新诗因其对自我的拥有，也必须被同时视作主体。因此，新诗与诗人合作，就相当于两个孤独的单子之人在合作。其间的情形，恰如赵汀阳之所言："对于每个人来说，他人有着积极有为的主动外在性，人们积极地互相干涉，而这种互相干涉决定了每个人的命运——由决定'运'（fortune）而决定'命'（fate）。"① 依赵汀阳之见，新诗与诗人在互相合作时，"必须承担不确定的命运"；他（或它）们中的任何一方，都必须由决定"运"（fortune）而决定"命"（fate）。依钱穆的老成谋国之言，他（或它）们的合作本身，就是一件命中注定的宿命性事件，逃无可逃；假如达成了他（它）们想要的那种合作状态，则无疑是最大的希望，是值得欣慰的幸运。但要达致这种境地，显然困难重重，需要很多条件。臧棣知道他该如何面对这个事实：

> 诗是舞蹈，大致可分为两种——
> 生命的舞蹈和身体的舞蹈。
> 至于前提，似乎是，假如不戴上镣铐，
> 诗就无法和周围的东西分开。
> 诗，也就无法自我神话。

---

① 赵汀阳：《第一哲学的支点》，前揭，第 118 页。

我倒不讨厌诗是一种舞蹈，

但我不会接受要跳好这样的舞蹈，

我们必须戴上镣铐。

我想我理解存在着更复杂的原因

我们不得不锻造出这镣铐。

但是，制作它，并不一定要戴上它。

假如我有这样的镣铐，我会在我房间里

给它找一个合适的位置：

我或许会把它放到柜子顶端，

当我跳舞，它就在一旁静静地观摩着。

（臧棣：《新诗协会》，2004 年）

　　自有新诗以来的一大诗学教条是：诗就是诗人戴着镣铐跳舞[①]。这里的"镣铐"不应该仅仅理解为闻一多所说的格律，它可以更宽泛地被理解为作诗的各种规矩；镣铐被视作规矩的总和，才更见道理。很容易看出：这个态度强硬的命题，不承认新诗拥有孤独的自我；它更想强调和乐于突出的是：新诗的存在与否、新诗在质量上的优劣与否，一决于诗人。臧棣不可能同意这个命题，但他承诺修改这个命题，以便该命题既接近事情真相，还能暴露更多的诗学秘密。臧棣折中的结果是：镣铐必须为新诗和诗人所共有。对于新诗来说，镣铐就是它孤独的自我，就是它向诗人展示的强硬意志，迫切需要得到诗人的承认。它认为，诗人想要像一个真正的匠人般作出新诗，就有必要尊重新诗为他立

---

① 参阅闻一多：《诗的格律》，《晨报副刊·诗镌》第 7 号。

下的规矩，正所谓"规矩诚设，不可欺以方圆"①。对于诗人来说，他可以承认：诗确实是诗人的舞蹈（"生命的舞蹈和身体的舞蹈"）；他也可以承认：镣铐的确是新诗的自我意志。他甚至还可以将新诗的自我落到实处，主动替它打造镣铐（"我想我理解存在着更复杂的原因/我们不得不锻造出这镣铐"），却不能、不会，也不应该照单全收新诗立下的规矩（"我倒不讨厌诗是一种舞蹈，/但我不会接受要跳好这样的舞蹈，/我们必须戴上镣铐"）。为诗人与新诗能够顺利合作考虑，臧棣再次给出了一个折中方案：诗人在一边独自舞蹈（亦即作诗），新诗的自我（亦即镣铐）则在一旁观看诗人的舞蹈。折中之后，两者的关系顿时喜剧性地处于这样的状态：诗人以被观看的舞蹈为途径，承认了新诗的大部分自我；新诗则以观看诗人的舞蹈为桥梁，认可了诗人对新诗之自我的承认，因而同意诗人以如此这般的方式作出新诗，生下自我。当此之际，他（它）们像"两个相同的命运，在一刹那间，互相点头、默契和微笑"②。这种合作方式带来的，是新诗与它的制作者之间的深度理解；这种合作方式也让二者获得了一种极为和谐的关系："我休息时，诗是我的劳作。/我劳作时，诗是我的休息。"（臧棣：《交叉点协会》，2014 年）。更重要的是：这种和谐关系让他（它）们把握了原本无从把握的命运，确定了原本无法确定的命数，也把看似噩梦般的"命中注定"摆渡到了"假如"（亦即好运）那一边。到得这番美好的境地，作为一名诗人，一个反讽主体，一位孤独者，一个与垃圾相往还的中国人，臧棣有的是理由代替诗人和新诗说出经由合作而

---

① 《礼记·经解》。
② 梁宗岱：《诗与真二集》，人民文学出版社，1980 年，第 86 页。

来的上佳局面：

> 是的。还没写出的，每一首诗都可能是
> 一条蛇；但写出后，世界就不一样了。
> （臧棣：《为什么会是蛇协会》，2014 年）

　　还没被写出的诗拥有存亡成毁的未知命数，并且更倾向于它的坏运气（"都可能是一条蛇"）；被写出的诗则意味着：它准确地刻画了反讽主体在如何与垃圾发生关系，如何与死水或迷雾相往还。除此之外，还意味着两个互为他者的主体互相理解了对方，彼此将对方认作知音，因为唯有知音能在千百个陌生者中，本能性地一眼认出唯一的知己①。知音意味着孤独被驱除，天气从此晴好；现代汉语诗和诗人互相"顾望"之下，四目相交而心领神会。于是，单子之人眼中满是垃圾的世界，奇迹般，变作了可以被愉快接受的宫殿。奇迹意味着分外的幸运，最大的幸运则意味着幸福。赵汀阳认为，"尽可能实现各种可能生活，这是

---

① 早在 1997 年，臧棣就用诗论证了唯有知音认出知音这个命题："在那个位置上放入金碗之后，/他们认出了它；拿走金碗，放上钻石，/他们依然认出了它。/拿开钻石，放上玫瑰，/这样做多少有点冒险，/但他们还是认出了它。/拿开玫瑰，把你放在上面，/他们开始频频眨眼，却没能认出它。/把你弄走，在那个位置上/重新放上刚宰杀掉的狗，/他们又认出了它。/挪开狗的骨肉，放上从河里/捞上来的一枚戒指，/他们同样认出了它。//所以，这就是个游戏，/幸好，这个设计界还有高山和流水。"（《游戏学》）很显然，一切美好之物或丑陋之物都很容易辨认，但自我是让人迷惑之物，所以不可能被认出，这任务唯有知音可堪完成。而中国式样的自我（认同）就是知音定义下的那个自我。

一个关于幸福的价值真理"①。但某种可能生活能否被实现，取决于某人的某种生活能力。《为什么会是蛇协会》暗示的是：制作新诗本来就是一种特殊的可能生活，它需要知音间彼此帮助、相互理解和挽扶，才能化为现实；因此，作为一种特定的可能生活，制作新诗不仅原本就意味着幸福，还直接等值于幸福。痴迷于作诗的臧棣可以作证，新诗的执念一直都未曾改变：作诗是新诗和诗人合作的产物，因此，幸福既属于（或等值于）诗人，也属于（或等值于）新诗。臧棣在某首诗中曾经写道："（我）深谙悲剧的力量，也理解悲哀的深邃/但我依然瞧不起悲剧。"但如此这般在诗中高谈"深邃"的悲哀，阔论大有"力量"的悲剧，却是一件幸福之极的事情，但更应当说成直接等同于幸福。臧棣的诗学观念导致的结果更有可能是：诗不是李金发认为的那样，是反讽性地"为幸福而歌"②；也不是西川认为的那样，诗与人类的幸福有关，因而有必要以幸福为主题③；甚至不是汉斯·安徒生（Hans Christian Ande）认为的那样，诗意味着"为人们的幸福和自己的幸福去想象"④。臧棣早已认定：新诗不仅本身就是幸福，还得将幸福当作自我实现的标志、自我认同的象征。加斯东·巴什拉所持的观点与臧棣颇为相似："事实是，诗歌有一种为它自己所特有的幸福，不论它被用来阐明何种冲突。"⑤ ——比如，被用来阐明诗人和他看不起的悲剧之间的冲

① 赵汀阳：《论可能生活》，中国人民大学出版社，2004 年，第 151 页。
② 李金发有一部诗集，《为幸福而歌》，上海商务印书馆 1926 年 11 月初版。
③ 参阅西川《生存处境与写作处境》，《学术思想评论》，前揭，第 190 页。
④ 巴乌斯托夫斯基（Konstantin Paustovsky）：《金蔷薇》，戴骢译，漓江出版社，1997 年，第 187 页。
⑤ 加斯东·巴什拉：《空间的诗学》，前揭，第 20 页。

突。波德莱尔有言："有多少种追求幸福的习惯方式，就有多少种美。"① 何以如此又理由何在呢？温暖是幸福的原始状态。

赵汀阳甚至给出了幸福应当遵循的公式。他说："幸福只能在这样一种非常苛刻的情况中产生：行动 A 所通达的结果 C 是一种美好的可能生活 L1，并且，行动 A 本身恰好也是一种美好的可能生活 L2。"这个公式建基于如下条件："关注行动本身意味着从行动本身看出合目的性，即无论这一行动所指向的结果是否能够达到，这一行动本身就已经足够使人幸福，或者说，这一行动必须使该行动本身'内在地'成为一个有价值的事情，同时使该行动所指向的那个外在结果成为令人惊喜的额外收获。如果一个行动本身具有自足的价值，它就具有'自成目的性'（autotelicity）。"② 从逻辑的角度看，赵汀阳给出的公式几乎毫无瑕疵。依照这个公式可以认定：欲作新诗（它同时为 A 和 L2）而竟然真的作出了新诗（A 导致的 L1），意味着幸福；即使作出的新诗因速朽或被遗忘而宣告失败，依然相关于幸福，无关乎钱穆担忧的存亡成毁之运，只因为作新诗这件事本来就具有它的"自成目的性"（autotelicity）。对于这个问题，臧棣的理解是澄澈的、清明的——

> "还有什么任务要交给诗去完成吗？"当你这样问，
> 你莽撞得就像附近一只被圈养的火鸡
> 分不清现实和梦境。

---

① 波德莱尔：《波德莱尔美学论文选》，郭宏安译，人民文学出版社，1987 年，第 218 页。
② 赵汀阳：《论可能生活》，前揭，第 154—155 页。

你真的好意思

觉得自己被生活背叛过吗？

（臧棣：《保护湿地协会》，2003 年）

　　有必要在本书中再次引用维特根斯坦的精辟之言："问题的含意在于回答的方法。告诉我，你是如何探求的，我就告诉你，你在探求什么。"① 臧棣关于何为新诗的答案，蕴藏在他的提问方式中：唯有幸福，才是新诗和诗人深度合作急需完成的任务。而"幸福属于自己，但却是来自他人的礼物，所以没有比给别人幸福更具有道德光辉的了"②。作诗意味着诗幸福，诗人也幸福；所成之诗为读者提供作为礼物的愉悦甚或幸福感，乃是极有道德的行为。幸福是最大的道德；给予别人以幸福、以礼物，就是在体量上比最大的道德还要大的那种不可想象的道德，饱含着被《孟子》称颂的光辉③。在看清新诗的内部真相之后，臧棣忍不住写道：

走进去时，你是个有点复杂的病人。

走出来时，你看上去像个红得发紫的医生。

（臧棣：《海南莲雾丛书》，2014 年）

　　那喀索斯相交于厄科，恰如四川俗语所谓的"歪锅配歪

① 维特根斯坦：《维特根斯坦全集》第 3 卷，丁冬红等译，河北教育出版社，2003 年，第 27 页。
② 赵汀阳：《论可能生活》，前揭，第 156 页。
③ 《孟子·尽心下》的原文是："可欲之谓善，有诸己之谓信。充实之谓美，充实而有光辉之谓大，大而化之之谓圣，圣而不可知之之谓神。"

灶",幸福来得太偶然;这种幸福需要仰仗的,仅仅是被四川俗语揶揄的"狗屎运"。"有点复杂的病人"因幸福一跃而为"红得发紫的医生",则自有其必然性。那个幸运的病人在此既能够意指诗人,也可以意指新诗;医生就是新诗和诗人渴望的"应是"状态。臧棣以其漫长的写作生涯,给予现代汉语诗的启发是:在遍地垃圾的反讽时代,在迷雾丛生和阴影密布的时空,新诗和它的制作者,也就是那个反讽主体,那个孤独者,要想成为他(或它)们本来应该成为的那个样子,就必须在幸福的层面上深度合作;诗人和新诗在获取幸福的过程中,则必须以幸福为自我实现、自我认同的象征物。如此这般艰难完成的自我实现,可以让愈来愈廉价、越来越堕落和愈来愈简单的新诗,重新高贵起来,因为幸福原本是一件极其困难的事情①。臧棣带来的启示是:新诗与诗人经由谈判获取的初始性自我是孤独的,也是未完成的;新诗与诗人深度合作所成就的自我是幸福的,也是它的最终样态:

新诗的样子,就是幸福的样子。

新诗与神秘性

现代汉语诗究竟应该怎样切中现实,才能更好地表达反讽主义者和反讽时代的关系,是自有这个文体以来不断得到讨论的老

---

① 比如,张枣在 1988 年 7 月 27 日致信柏桦:"谁相信人间有什么幸福可言,谁就是原始人。"(柏桦:《张枣》,宋琳、柏桦编《亲爱的张枣》,中信出版社,2015 年,第 29 页)这应该是现代人对幸福怀有的正常心态。

话题。理论家们把新诗切中现实的能力，颇为时髦地谓之为及物性（transitivity）；并敦请新诗充分发挥这种性能以自重。否则，它将等同于无力回应外界的那喀索斯，那个自恋的幽闭者①。但问题的核心，也许并不在于新诗是否已经拥有及物性，或是否应该拥有及物性；到底何为现实，究竟现实为何，才配称核心问题，因为现实并非自明之物，也不拥有不证自明的品格和德性。不同的文体，意味着观察世界的不同角度，进而意味着被切入的现实各不相同②。现实是多维度的、多重的、多层次的。作为与反讽主义者气味相投的独有文体，新诗只得从孤独的自我出发，从它原本不确定的命运启程，观察这个遍地垃圾的世界，这沟绝望的死水，并诉诸经验的精确性，而不仅仅是或浓稠或寡淡的情感。在现代汉语诗的只眼中，反讽时代几乎处处都是异象——

> 由于你的存在，对我而言，
> 世界不过是一种温习。重新开始，
> 或是，重新迷惑于自我。
> 会飞的自我确实是一次很好的演习。
> ……
> 就仿佛站起来的世界有赖于
> 你能用单腿独立在优美的睡眠中。
> ……

① 参阅罗振亚：《21世纪诗歌："及物"路上的行进与摇摆》，《天津师范大学学报》2015年第2期；参阅罗振亚：《21世纪"及物"诗歌的突破与局限》，《诗歌月刊》2019年第2期。
② 参阅敬文东：《从本体论的角度看小说》，《郑州大学学报》，2003年第2期。

世界有极限，才会有你

尖锐地对立在人类的麻木中。

（臧棣：《仙鹤丛书》，2010 年）

从逻辑的角度看，原本有无数种可能世界（Possible World），宛若历史有无数种可能性（历史因此必须要容得下"假如"一词）①；所有的可能世界在化为现实世界的当口，都理应童叟无欺，机会均等。为何偏偏只有一种可能世界变作了现实世界？这个幸运者到底何德何能，竟然一至于此？这等神秘之事无从解释。同理，原本有无数种可能仙鹤（"可能仙鹤"在构词法上模仿了"可能世界"），但现实世界中的仙鹤唯有一种：它"能用单腿独立在优美的睡眠中"。这等神秘之事也无从解释。仅仅是因为"世界有极限"，才会有仙鹤"尖锐地对立在人类的麻木中"吗？那唯一的仙鹤，当真是为了让"世界不过是一种温习"这么简单并且乏味？很容易看出来：诗人和现代汉语诗对此所做的联合报道，不可能是事情的真相；能够"站起来"的"世界"，也并非"有赖于"仙鹤"能用单腿独立在优美的睡眠中"。事情的唯一真相是：像仙鹤一样，这个被唤作现实世界的苍茫时空，这个满是垃圾、历史迷雾、死水和反讽主体的反讽时代，从一开始就充满了无从解释的神秘性；和仙鹤一样，这个世界之所以只能有这番颜值、此等腰身和该种德行，只可能一决于神秘莫测的天意，直接与命中注定比邻而居。这就是现实（或世界）

---

① 郭沫若在《甲申三百年祭》（《新华日报》1944 年 3 月 19 日—22 日）中，就为 1644 年的明王朝的幸运设想了很多种可能性，虽遭非议，但这也许恰好是史学家兼诗人的郭沫若的高明之处。

的神秘性；因为世界（或现实）以这样的方式而不是那样的方式存在，没有任何道理可讲。维特根斯坦因之而有睿智之言："神秘的不是世界是怎样的，而是它是这样的。"①即使是看上去无所不能的上帝，也会受制于某种神秘的力量，以至于不得不创世，不得不发动大洪水，这跟凡人们必将遭遇贝多芬（Ludwig Beethoven）所谓的"不得不"②并无二致；发动大洪水和创世，乃上帝命中注定要完成的任务，或者必尽的义务，何况祂还只能创造某种特定样貌的世界、某种特殊款式的大洪水。全方位并不是上帝的同义词；这种性状的上帝，并不拥有其崇拜者或信徒赞美的那种能力："你改变工程，但不更动计划。"③那仅仅是因为原本只存在唯一一种计划，充满了不由分说的宿命色彩；上帝能"改变工程"，却对"更动计划"一事无能为力——它必将受制于它的造物主身份。因此，上帝及其创造的世界（或曰现实）一样，也必须认领它命中注定的神秘性。

和拥有自我的新诗不同，现实（或曰世界）从来不曾有过独立的自我，它的神秘性是被决定的、被给定的；现实并非理性真理或必然知识宣称的那样，已经被彻底祛魅。新诗因其个性鲜明的自我，既不屑于充当诗人"言"自家之"志"的道具、"抒"自家之"情"的器物，又不可能像干瘦、乏味的新闻报道那般，仅仅从现实的表层叙述现实，还号称它叙述的现实真实不二。新闻报道总是乐于自欺欺人地认为，它以真实为第一要务，

① 维特根斯坦：《逻辑哲学论》，前揭，第 96 页。
② 参阅米兰·昆德拉（Milan Kundera）：《被背叛的遗嘱》，孟湄译，上海人民出版社，1995 年，第 8—15 页。
③ 圣奥古斯丁（S. Aureli Augustini）：《忏悔录》，周士良译，商务印书馆，1963 年，第 6 页。

却没有弄清楚：表面上的真实顶多是二级真实或次生真实；最原始的真实只能是现实的神秘性，或者被神秘性包裹起来的那个看起来真实不二的现实，因为它何以如此的原因不可能得到任何合理、有效的解释，唯有归诸命运和天意。但现实的神秘性被各种文体严重忽略，确实是一个由来已久的故事；喧嚣一时的现实主义广阔道路论①、无边的现实主义论②、新写实论③，莫不一致认定：现实是唯一的，诸种文体只须瞻仰和描摹其尊容，就大体完事。这就是车尔尼雪夫斯基的著名观点（它在汉语思想界早已耳熟能详）：艺术源于生活又高于生活；毛泽东则将这种性状的现实认作文艺的源头，体验生活一度成为各种文体必办的手续，必入的洞房。但一首轻描淡写的《仙鹤丛书》有分教：新诗迫切需要切中的，不仅是理论家们心目中唯一的现实（亦即新闻性的现实），更是现实从娘胎处自带的神秘性④；作为文体的新诗要想和作为文体的新闻报道区分开来，以获取唯有新诗才配拥有的

---

① 参阅何直（秦兆阳）：《现实主义——广阔的道路》，《人民文学》1956 年第 9 期。
② 参阅加洛蒂（Roger Garaudy）：《论无边的现实主义》，吴岳添译，百花文艺出版社，1998 年，第 98—100 页。
③ 参阅陈晓明：《反抗危机：论新写实》，《文学评论》1993 年第 2 期。
④ 钟鸣之所以认为卞之琳的《距离的组织》一诗"未辱白话文学的革命"，就在于这首诗触及了现实的神秘性，而不是切中了新闻报道眼中的那种表面上的现实（参阅钟鸣：《新版弁言·枯鱼过河》，钟鸣：《畜界·人界》，上海人民出版社，2010 年，第 3—6 页）。

观察角度，就必须首先关注世界的神秘性①；放弃新闻性的现实，将之作为衣食父母预留给其他文体，转而关注现实的神秘性，这是新诗为自己认领的重大任务以及现代性。

1994 年，臧棣有一首短诗如是说："世界的秘密取决于诗，/这样的想法也许有点早。"（臧棣：《初夏》）这是新诗和诗人对"世界的秘密"与"诗"的关系做出的联合申明、联合鉴定；这个鉴定和申明实在当得起"正误参半"的谥号。仅仅是不加分辨地说"世界的秘密"，的确有些突兀，甚至唐突，还有些抽象难解；把现实的神秘性合乎逻辑地认作"世界的秘密"，就显得既具体，也得体，还将真相大白于天下。现实的神秘性（亦即"世界的秘密"）不会取决于诗（至少不会首先取决于诗），它是新诗必须切中的对象，否则，新诗就失去了它的文体合法性——没有任何一种文体当真能够自绝于现实；而"这样的想法"不是"也许有点早"，恰恰是来得太迟了。《初夏》小心翼翼地使用"也许"一词，表达了新诗和诗人摇摆不定的犹豫心理；而之所以犹豫，原因正隐藏于臧棣的另一首小诗之中。这首诙谐的诗篇却故意忍住了诙谐，乐于如是发言："当别

---

① 其实，还有另一种思路可以支持此处的结论。以中国为例。最近一百多年来，中国的历史可谓波澜壮阔，以至于让"魔幻现实"这个词羞愧难当；魔幻现实刚好是新闻报道大展身手的好时机，却不一定是诗的好时机，至少新诗在表达这些魔幻现实时基本上都是失败的。比如，2008 年汶川大地震，无数诗人书写了无数诗作。为什么没有哪怕一首诗传之久远？就是因为诗人们聚焦于表面的现实，不懂得新诗的自我究竟需要的是什么（参阅谢有顺：《苦难的书写如何才能不失重？——我看汶川大地震后的诗歌写作热潮》，《南方文坛》2005 年第 5 期）。但诗如果把触角伸向新闻报道不感兴趣的神秘性，也许就能找到唯有诗才能表达的角度。事实上，小说也遇到了这样的难题（参阅敬文东：《何为小说？小说何为?》，《文艺争鸣》2018 年第 6 期）。

人说我们蜻蜓点水时,/他们的意思刚好相反。/而且更难堪的是,即使插上翅膀,/飞临蜻蜓点过水的湖面,/我们也干不出来那么美观的事情。"(臧棣:《点水》,1996 年)从元诗的层面上看,"我们"意指处于合作状态之中的新诗和诗人,"他们"(亦即"别人")可以被视作正在观看"我们"作诗,并且期待着"我们"出洋相的那些人。"他们"不理解现代汉语诗为何物,更不懂得新诗拥有一个始而孤独继而幸福的自我①。因此,在"他们"的指责中,"我们"作诗,不过是蜻蜓点水于庞大的现实,毫无力量,也近乎无聊。事情的真相是:相对于现实的神秘性(亦即"世界的秘密"),"我们"和"我们"作出的诗"也许"连蜻蜓点水的境界都难以达到;因为和现实的表面相比,现实的神秘性更难以被把握、被捕捉。对于新诗来说,现实的神秘性拥有必须被把捉,却难以被把捉的二象性(duality);正是这种复杂难缠的局面,迫使《初夏》用了"也许"一词以示郑重,也以示慎重②。

---

① 新诗自一出现,就被广泛质疑,至今未休。梅光迪就曾致信胡适:"读大作如儿时听《莲花落》,真所谓革尽古今中外诗人之命者!"还告诫胡适:"文章体裁不同,小说词曲固可用白话,诗文则不可。"(转引自吴奔星等编:《胡适诗话》,四川文艺出版社,1991 年,第 108 页)甚至连浸淫新诗数十年且大有成就的郑敏女士晚年都嘲笑新诗为笑话(参阅郑敏:《世纪末的回顾:汉语语言变革与中国新诗创作》,《文学评论》1993 年第 3 期),凡此等等值得深思。这也是臧棣必须直面的问题。

② 臧棣认为,"1990 年代的诗歌主题实际只有两个:历史的个人化和语言的欢乐"(臧棣:《90 年代诗歌:从情感转向意识》,《郑州大学学报》1998 年第 1 期)。《初夏》和《点水》就写于 1990 年代。从这两首诗可以看出,确实既有"历史的个人化",也有"语言的欢乐",但整个并不影响此处的立论。理由很简单,看待问题的角度不同。

臧棣另有一首短诗如是放言：

> 我用芹菜做了
> 一把琴，它也许是世界上
> 最瘦的琴。看上去同样很新鲜。
> 碧绿的琴弦，镇静如
> 你遇到了宇宙中最难的事情
> 但并不缺少线索。
> 弹奏它时，我确信
> 你有一双手，不仅我没见过，
> 死神也没见过。
>
> （臧棣：《芹菜的琴丛书》，2013 年）

芹菜可以被做成一把"最瘦的琴"；弹奏这把琴的那双手，甚至连"死神也没见过"。这就是被诗人和新诗费了九牛二虎之力，才勉力切中的神秘性，它为充满迷雾的现实（或曰反讽时代）所独有。但对于新诗这种性嗜神秘性的特殊文体而言，事情远没有这么简单。西渡认为，和言志、缘情的古诗不同，新诗乃是创造一个新世界[1]，赵汀阳将这个世界直接称作可能世界[2]。但似乎更应该说成：新诗始以切中世界的神秘性实现了自我，继而创造了一个以神秘性为内容的新时空[3]，这个环环相扣以成诗

---

[1] 西渡：《散文诗的性质与可能》，《诗刊》2020 年第 3 期。

[2] 参阅赵汀阳：《二十二个方案》，辽宁大学出版社，1999 年，第 260—262 页。

[3] 说古代汉语的中国人面对的现实当然也充满了神秘性，但古诗对古人而言，只是言志抒情的工具，表达的是个人情志方面的东西，无须触及神秘性而能自立；宋儒（比如二程、朱熹）的说理诗正因为意在说理，就更无须触及神

（亦即新时空）的过程不仅意味着幸福，还等值于幸福。那把以芹菜为原料制作的琴，以及那双连死神都无缘瞻仰的手，是诗人伙同新诗的自我制作出来的；与此同时，不仅被制造出来的结果具有神秘性（这结果由那个唯一幸运的可能性化约而来），制作过程也富有神秘性（为何一定要这样而不那样制作，只能归之于天意）。作为一个特定的事件，新诗及其制作者以这样的方式——而不是那样的方式——切中现实的神秘性，本身就充满了神秘性，却为"世界的秘密"始料不及。新诗的自我在其初始时刻，就明白一个简单的道理："你为了理解自我，就需要理解世界；反之，你要理解世界，就要理解自我。这不是一句空话，不只是一个辩证法，它是实实在在在理解中发生的。"① 正是在这里，存在着一个值得注意的循环；这个循环为痴迷于神秘性的新诗所独有：现实的神秘性和作诗的神秘性互为母子关系，他（它）们必须相互造就，彼此催生。但这恰好是新诗切中现实的神秘性的一般方式：新诗的长相不仅取决于"世界的秘密"，也取决于新诗催生神秘性的这个神秘的过程。它带来的结局之一是："世界的秘密"不会在一开始"取决于诗"，但最终要"取决于诗"，以至于诗人和新诗即使"遇到了宇宙中最难的事情"，也因"并不缺少线索"得以绝处逢生。

　　新诗在其初始时刻获取的自我是孤独的，所以它渴望合作；同时也是自我怀疑的，所以它必须反思自我以获取踏实的存在感。自我的孤独境地有望通过合作进入幸福状态；自我的怀疑状

　　[接上页] 秘性。对这个问题臧棣有很深入的思考（参阅臧棣：《诗道鳟燕》，臧棣：《骑手和豆浆》，前揭，第356—366页）。

① 陈嘉映：《如何好好度过这一生，就是哲学》，《新京报》2019年6月29日。

态则有望通过反思自我，使新诗恒久地处于元诗的境地。张枣有言："在绝对的情况下，写者将对世界形形色色的主题的处理等同于对诗本身的处理。"① 这种性状的元诗意味着：新诗总是与神秘性，那"形形色色的主题"相纠缠；新诗唯有虽艰苦但准确地切中现实的神秘性，才能获取它的文体合法性，以取悦于新诗自身的伦理而达至幸福的境地；新诗在元诗的层面处理它和神秘性的关系，亦即作诗的神秘性与现实的神秘性彼此催生、相互造就。这个过程虽曰艰难，却是别无选择的事情。臧棣暗示了一个重要并且深刻的诗学问题：作诗的神秘性既催生了现实的神秘性，也成就了诗篇的神秘性；唯有充满神秘性的诗篇（或诗篇的神秘性），才称得上满足了新诗的自我，遵从了新诗自身的伦理。新诗的自我本能地要求诗人和它一道，走向对神秘性的表达。新诗很自信地认为，唯有它自己，才能和现实的神秘性互为镜像；它自身的幸福必须通过互为镜像来完成。这就是新诗为自己认领的伦理：新诗必须切中现实的神秘性以实现自我而达至幸福的境地；新诗因之而等同于幸福。对于这个问题，臧棣与同他合作的现代汉语诗一样，显得非常自信："只要这世上还有一种警觉／由神秘的饥饿来决定，／它就敢肯定，我身上拥有／你无法抗拒的东西。"（臧棣：《火中的栗子》，1995 年）而自有新诗以来，洞悉和践行这个诗学道理的实属凤毛麟角，屈指可数；绝大多数新诗的制作者至今仍自外于新诗的现代性，甚至无缘得知新诗自身的

① 张枣：《当天上掉下来一个锁匠：北岛〈开锁〉序》，北岛：《开锁：北岛一九九六——一九九八》，九歌出版社，1999 年，第 11 页。顺便说一句，正因为新诗恒久地处于元诗状态，本文此前如此这般解析《初夏》和《点水》就不存在牵强附会之处。

伦理。更为可悲的是："人们不会注意到一个不认识的人的缺席。"① 处于昏睡之中的人不可能被唤醒。西渡目光如炬，早在1997 年，30 岁的他，就非常幸运地称赞时年 33 岁的臧棣为源头性诗人②。

信哉斯论。

诚哉斯言。

---

① 吉尔·德勒兹（Gilles Deleuze）：《哲学与权力的谈判》，刘汉全译，商务印书馆，2000 年，第 145 页。

② 参阅西渡：《凝聚的火焰——90 年代校园诗歌透视》，《山花》1997 年第 6 期。

新诗：一种快乐的西西弗文体

四 "像" 加 一 "是"

一位魔法师费时一千零一夜，以梦为原料制造了一个人。魔法师旋即派遣受造者，去往废弃多时的某座神庙担任祭司。信众莫不惊叹祭司的神力：他在火焰中行走，却未损毫发。魔法师对此心知肚明：祭司不过是他梦中的幻影；一个没有实体的影子，又怎么可能灼伤于明晃晃的火焰呢？流年似水，很多个时日过去后，一场大火来袭。魔法师原本可以下水避难逃生，但他在一个瞬间突然开悟：大火想帮他结束晚年的肉体之苦痛，助他解脱积年的劳作之桎梏。魔法师决定接受大火的善意和馈赠："他向一片片火焰走去。"但熊熊燃烧的"火焰并没有吞食他的皮肉，而是抚爱地围住了他，既不灼，也不热。他宽慰，他屈辱，他恐惧，他明白，他自己也是一个幻影，一个别人梦中的产物"①。这大致上可以被视作博尔赫斯的短篇小说——《圆形废墟》——的故事梗概或大纲。虽然"身体作为笨拙、虚弱而易受攻击的工具仅仅属于自我，它无法真正构成自我人格的本质表达"②，但一具没有肉身的影子，是否算得上身体？它与自我到底有何关系？就在盲眼的博尔赫斯完成《圆形废墟》若干年后，一位倾情于博尔赫斯的中国诗人如是写道：

> 神的午后，我偶尔蹑足潜踪，偷跑出他的梦
> 游荡在无边的大地，像一个浅睡飘过另一个
> 空廓的酣眠。
> （杨政：《麋鹿》，2014 年）

"我"指代的是麋鹿，一种原产于古代中国的奇异生灵。很显然，《圆形废墟》的叙事者看见了梦中人受造的全过程；博尔赫斯像个亦步亦趋的书记员，忠实地记录了叙事者之所见③。多年以后的杨政，则以代言为方式，坦率地承认麋鹿——亦即代言

① 博尔赫斯：《圆形废墟》，《博尔赫斯文集》（小说卷），陈众议译，海南国际新闻出版中心，1996 年，第 104 页。
② 理查德·舒斯特曼（Richard Shusterman）：《身体意识与身体美学》，程相占译，商务印书馆，2011 年，第 14 页。
③ 小说的叙事人和小说的作者之间的关系，以赵毅衡的观察最为准确和深刻。赵氏提醒我们："叙述者决不是作者，作者在写作时假定自己是在抄录叙述者的话语。整个叙述文本，每个字都出自叙述者，决不会直接来自作者。""无论在何种情况下，我们作为读者，只是由于某种机缘，某种安排，看到了叙事行为的记录，而作者只是'抄录'下叙述者的话。"（赵毅衡：《当说者被说的时候》，中国人民大学出版社，1998 年，第 3 页、第 9 页）

者"我"——出自神午睡时分酣畅的梦境,并且不在乎神的威严,竟然从神的梦境私下出走,不像祭司那般,必须接受魔法师给他委派的重任。前者具有显而易见的被动性,因为梦中的受造者,还有最后时刻恍然大悟的魔法师,始终不知道自己到底基于何种神奇的因缘,才降临人世;不清楚自己究竟肩负何种使命,也不明白他们到底受造于何人、何时、何地。后者拥有不言自明的主动性,因为麋鹿至少自以为知道自己的来历,或出处(它甚至自以为看见了生下它的那条产道);还有能力摆脱神之梦的管辖,或控制,只因为"真正的出生地是人们第一次把理智的目光投向自己的地方"①。《圆形废墟》的背景是遥远的古代,作为书记员的博尔赫斯诚实地写道:那时,"尊德语尚未受到希腊语的浸染,麻风病也不常见"②。《麋鹿》的写作背景,则是全球化异常嚣张甚或完全失控的当下语境,亦即遍地垃圾和绝对孤独的单子式个人彼此注视、相互对峙的现代性情景——正可谓"怅望千秋一洒泪,萧条异代不同时"(杜甫:《咏怀古迹五首·其二》)。

保罗·蒂里希(Paul Tillich)认为,在西方,古人的自我只得作为部分而存在。在这种或幸或不幸的情况下,"自我之为自我,只是因为它拥有一个世界、一个被构造过的世界,它既属于世界,又与之相分离"③。博尔赫斯虽然被欧美学界一致认作后现代主义者,却更愿意一反后现代主义者之常态,将目光朝向古代,或曰过去;他更乐于描画的,是尚处在"既属于世界,又与

---

① 尤瑟纳尔(Marguerite Yourcenar):《哈德良回忆录》,陈筱卿译,东方出版社,2002年,第35页。
② 博尔赫斯:《圆形废墟》,《博尔赫斯文集》(小说卷),前揭,第99页。《圆形废墟》的译者陈众议为"尊德语"给出的译者注为"古波斯语"。
③ 蒂里希:《蒂里希选集》,何光沪等编译,上海三联书店,1999年,第213页。

之相分离"状态之中的那些个体。那些个体（比如丹麦王子哈姆雷特）的自我，是被强制分配而来的；当然，也可以说得更美妙、动听一些：是被慷慨赠予的。因此，无论是受造于魔法师的梦中人，还是不知道自己究竟获造于何种神秘力量的魔法师，都只须认领分发给他们的自我配额，事情即告完成；剩下来的任务，不过是将一成不变的自我按部就班地推衍下去，直至生命的终结，恰似一辆匀速行驶在直道上的小汽车。而所谓匀速，正"是一种没有表情，或表情呆滞的速度"①。雅各布·布克哈特（Jacob Burckhardt）认为：文艺复兴以前的欧洲人（包括博尔赫斯虚构的魔法师以及他的产品），都不过是些种族、党派、帮会、家庭的附属物；这种性质和样态的人，既无须费力于寻找理想的确定性自我，更没有必要斤斤于、纠缠于何为理想的确定性自我②。他的自我打一开始就是确定的、无从更改的；至于理想与否，全然不在谈论和考虑之列。因是之故，祭司和魔法师在小说的叙事者那里，就没有任何主动性可言。

自从现代汉语（或曰视觉化汉语）将古老的中国带入全球化，为它注入了现代性，中国随即开始在踉踉跄跄中，试探着与现代西方世界同步骤、共振幅、一心情③。因此，保罗·蒂里希

---

① 敬文东：《从唯一之词到任意一词》（上），《东吴学术》2018 年第 3 期。

② 布克哈特：《意大利文艺复兴时期的文化》，何新译，商务印书馆，1979 年，第 197 页。前现代的中国何尝不如此呢？司马迁、班固、王充等人写自传（《太史公自序》《汉书·自纪》《论衡·自纪》）时必先叙及自己的家世。为什么会这样？因为个人或自我必须融入家世背景之中才有意义，才有附丽。

③ 现代汉语取代古代汉语成为传播媒介，是中国三千年所未有之大变局；但这个问题和思维路径至今仍被严重低估，以至于鲜有人问津。关于这个问题的详细论述可参阅敬文东：《味、气象与诗》，2019 年，北京，未刊稿。

描述的西方现代意义上的自我，就大体上适用于眼下的中国。保罗·蒂里希认为，现代意义上的自我，只能作为不可替代的个体而存在，亦即只可以作为绝对孤独的单子式个人存乎于世；现代人对他只能作为自我而存在这个基本事实应当具有足够强劲的勇气，也就是"对独立的、自我中心的、个性化的、不可比较的、自由的、自我决定的这样一个自我的肯定"①。这种性状的自我即使明知自己是被预先给定的，是被分配而来的，也必须采取主动出击的姿势；它因为清楚自己的出处和来历，才不甘于被给定的命运，不屈从于被分配的处境。更为关键的是：正因为它知道自己的来历和出处，才有了攻击的目标和对象，不似魔法师和祭司，空有一身好力气、好本事，却终不知泻火的目标到底何在、对象究竟是谁。这就是麋鹿，也就是它的代言者或抒情主人公"我"，必须"蹑足潜踪，偷跑出"神之梦的唯一理由。但这是一种强制性的理由，拥有一种不得不如此的必然性；打一开篇，《麋鹿》就暗示道：主动出击，乃是现代天命给出的指令，不得违抗。现代天命源于视觉化汉语，是这种语言给予麋鹿的礼物。而事情何以一至于此的缘由，正存乎于赵汀阳精彩的言说之中："现代创造了个人，想象了自我，使自我成为一种虚构的身份（identity）和价值标准的制定者。"② ——当然，也必须成为他自己到底是谁的确认者，或自以为能够成为他自己到底是谁的裁判员，或鉴定师。

　　作为一门古老的传统学科，起自亚里士多德的普通动物学非

---

① 蒂里希：《蒂里希选集》，前揭，第 212 页。

② 赵汀阳：《第一哲学的支点》，生活·读书·新知三联书店，2013 年，第 119 页。

常清楚：麋鹿是一种珍稀到近乎绝迹于当下中国的动物①。它的头脸像马、角像鹿、蹄子像牛、尾像驴，俗名"四不像"。这种面相奇异的灵物，很早就出没于浩渺的汉语典籍，悠游于古老的汉语思维。《春秋·庄公十七年》以描述性的口吻缓缓道来："冬，多麋。"孔颖达则疏之以实话实说："麋是泽兽，鲁常有。"《山海经·西山经》也说得十分平易：西皇之山"其兽多麋鹿怍牛"。郭璞则如实地注之曰："麋大如小牛，鹿属也。"有迹象表明，最早以抒情的方式提及四不像的人，很可能是有史以来的第一位汉语个体诗人，楚大夫屈原，那个沉江者："麋何食兮庭中，蛟何为兮水裔？"（屈原：《九歌·湘夫人》）② 其后咏诵麋鹿者，代不乏人。其中，有释门修行者："丘壑身心麋鹿共，江湖风月白鸥分"（释正觉：《禅人并化主写真求赞》）；有高高在上的皇帝："麋鹿同群方可信，逢春但笑乐花秋"（宋太宗：《缘识》）；也有因失意而忙于自我安慰的小官僚："寄语山中麋鹿，断云相次东还"（李之仪：《朝中措·败荷枯苇夕阳天》）；更有倾向于清心寡欲的修仙者："清福。松间步月，石上眠云，性如麋鹿"（长筌子：《瑞鹤仙·岁华如转辇》）；当然，还少不了身材瘦长的婉约着的江南词人："残雪未融青草死，苦无麋鹿过姑苏"（姜夔：《除夜自石湖归苕溪·其二》）……

　　和孔子西狩获麟后"反袂拭面，涕泣沾衿"③ 大异其趣，也

---

① 参阅李春旺等：《麋鹿繁殖行为和粪样激素水平变化的关系》，《兽类学报》2002 年第 2 期。

② 此处不敢掠美，三则文献的来源均出自徐中舒主编：《汉语大辞典》，四川辞书出版社、湖北辞书出版社，1995 年，第 1964 页。

③ 《孔子家语·辨物》。

和孔子为所获之麟大加嗟叹以作歌诗截然不同①，面对形貌如此特出、怪异的麋鹿，中国古人并无丝毫诧异之情，视之以理所当然；也似乎从未有人以灵物的四不像特性为出发地，反思"四不'像'"的麋鹿在麋鹿自身如其所"是"（as it is）的层面上，究竟应该"像"什么，但首当其冲的应该"是"什么。华夏古人更愿意将麋鹿视作"黄耳音书寄怀抱"（王之望：《和友人》）的理想之物，不在乎它确确实实"是"什么，或应当"是"什么。修行的释子、有染于烛影斧声的皇帝、自我安慰的小官僚、渴慕仙界的道士，更有那凄清、婉约的江南词人，其言其行，莫不指向这个初看上去着实令人费解的结论。这似乎正应了列斐伏尔（Henri Lefebvre）的暗示：被压迫的空间里，必有被强制的观念②。但事情的真相更有可能是：天下万物被认为尽皆受造于君子的至诚之心，华夏古人在面对麋鹿及其四不像的特征时，才无须怀有任何诧异之情；在此基础上，才会出现让当下中国人至难理解的"子绝四：毋意，毋必，毋固，毋我"③。在华夏古人那里，只可能存在伦理层面上的真诚反省，不太可能出现自我层面上的深刻反思④。赵汀阳认为，儒家编织的纲常之网既不支持列

① 孔子做歌曰："麟之趾，振振公子，于嗟麟兮！麟之定，振振公姓，于嗟麟兮！麟之角，振振公族，于嗟麟兮！"此处从高亨说。高亨认为，《周南·麟之趾》乃孔子所作的"获麟歌"，被后代儒者编入《诗经》（参阅高亨：《诗经今注》，清华大学出版社，2010年，第5—6页）。

② 参阅亨利·列斐伏尔：《空间与政治》，李春译，上海人民出版社，2008年，第54页。

③ 《论语·子罕》。

④ 中国古典时期倡导"无我"，亦即超越一己之私，先有群、社、族，然后才有我（参阅吴晓番：《古代中国哲学中的"自我"》，《江南大学学报》2013年第4期）。因此，王阳明才站在儒家立场如是说："圣人之学，以无我为

维纳斯（Emmanuel Levinas）所说的"自我中心主义"（egoism），也不会受教于列氏心目中的"自我学"（egology）①；因此，反省可行，反思绝无可能。与儒家孔门大不相同，道家的老子路线乐于如此宣称："道生一，一生二，二生三，三生万物。"② 或许，这非常深刻但也很质朴地意味着：中国人的宇宙起源论"并不必须要受限于由一位有确切名谓的神以强力来制造秩序的说法"③。因此，才有道家的庄子路线倡导的那种高迈的境界："至人无己，神人无功，圣人无名。"④ 释家乐于宣扬诸法无我、诸行无常、涅槃寂静，就更不会存在反思自我这等匪夷所思的问题。

众所周知，建基于味觉化汉语的中国传统文化向来以儒家为主干⑤。在提倡实用理性的儒门思想家看来⑥，对天命的顺从构成了中国古人的自我，此即天命之我；天命的展开，即为人伦纲

[接上页] 本，而庸以成之。"（《王阳明全集》卷七，《别方叔贤》）亦即超越一己之见一己之私，才是理想人格。

① 参阅赵汀阳：《第一哲学的支点》，前揭，第 146 页。

② 《老子》第四十二章。

③ 金鹏程（Paul R. Goldin）：《"中国没有创世神话"就是一种神话》，谢波译，《复旦学报》2020 年第 2 期。

④ 《庄子·逍遥游》。

⑤ 葛兆光对此说得很平易："汉族中国文化里面一个很重要的特点就是'三教合一'的信仰世界。宋孝宗、永乐皇帝、雍正皇帝不约而同讲过几乎相同的话，叫'儒家治世、佛教治心、道教治身'。也就是说，儒家管社会治理，佛教管精神修养，道教管身体修炼，三教看起来蛮融洽的。"（葛兆光：《中国文化的五个特点》，央广网 http：//health. cnr. cn/jkgdxw/20150925/t20150925 _519974373. shtml，2020 年 5 月 10 日 10：35 访问）但是很显然，社会管理是第一位的，何况儒家在强调修行、强身方面难道会弱于佛道两家？

⑥ 儒家的实用理性说出自李泽厚，参阅李泽厚：《中国古代思想史论》，生活·读书·新知三联书店，2008 年，第 320—323 页。

纪。"大哉乾元，万物资始，乃统天。"① 天命生生不已，因此，天命是开放的，永无完成之日；也因是之故，天命之我是未定型的，处于开放状态。很容易推想，儒家的天命之我有着极为强烈的本质主义（essentialism）之嫌：人之为人是先定的，是被分配而来的②。这在性质上，等同于魔法师和祭司遭遇的情形。天命之我不可能成为个体意义上的自我③，如此面相的天命之我自然无须加以反思。在现代之前，身体被认作人的自然边界，人因此只有自身（self），而无自我（ego）——自我是对自身的突破④。因此，反思自我只可能是一桩扎扎实实的现代性事件；反思自我的目的，不过是为获取理想的确定性自我做准备，打基础，充当前哨，正所谓"革命军中马前卒"。作为中国古人的心理镜像（亦即"黄耳音书寄怀抱"的理想之物），麋鹿，俗名四不像者，无须满世界寻找存乎于莫须有处的理想性自我；它只能是它如其所"是"（as it is）的那个样子，不存在任何其他可能性，但也无须任何其他可能性。在味觉化汉语构筑的整一性语境中，麋鹿的古典性就此成为定局。

古代汉语诗面对的，是具有本质主义之嫌的天命之我，当然，还有围绕天命之我组建起来的物、事、情、人。古诗既为天命之我"言志"，也必将为天命之我"缘情"。因此，假如古诗真有自我，其自我也必然是事先给定的，但似乎更应该将之认作

---

① 《周易·乾·象》。

② 参阅吴晓番：《古代中国哲学中的"自我"》，《江南大学学报》2013 年第 4 期。

③ 参阅冯契：《人的自由和真善美》，华东师范大学出版社，1996 年，第 109—110 页。

④ 参阅赵汀阳：《第一哲学的支点》，前揭，第 128 页。

天命之我的镜像，无须加以反思和检讨①：它只是天命之我言志的工具、缘情的器物。这在性质上，必将再一次等同于魔法师和祭司曾经遭遇过的那种情形。新诗（或曰现代汉语诗）面对的自我，被认作"独立的、自我中心的、个性化的、不可比较的、自由的、自我决定的这样一个自我"。因此，作为一种前所未有的汉语文学新体式，现代汉语诗（或曰新诗）必须具有反思能力；具有反思能力的前提，则是新诗必须拥有独立自裁的自我。这样的自我不依赖于抒情主人公的自我，它更愿意和抒情主人公保持一种对话关系。巴赫金倡言：唯有平等，方有对话。法官和罪犯彼此间的一问一答，不叫对话，叫审判和被审判；连长和士兵之间的答与问，也不叫对话，叫命令和接受命令。因此，新诗的自我拥有强烈的欲望：它时刻渴望着展现自我以惹人注目，思谋着对自我的表现以引发关注。新诗在和诗人、抒情主人公进行谈判以至于最终成全诗篇的过程中，必定是相互造就的，是彼此生成的。这意味着：诗篇成型、诞生之时，正是新诗的自我、诗人的自我和抒情主人公的自我共同——并且同时——完成之际②。

因此，作为新诗中较为晚近出现的杰作，《麋鹿》在面对麋

① 参阅戴伟华：《论五言诗的起源——从"诗言志""诗缘情"的差异说起》，《中国社会科学》2005 年第 6 期

② 古诗是言志缘情的工具，没有自我。卡莱尔（T. Carlyle）说："诗人（poet）和神启的创造者（inspired Maker），像普罗米修斯一样，能够创造新的象征，能给人间带来又一把天堂之火。"（转引自贡布里希［E. H. Gombrich］：《艺术与人文科学——贡布里希文选》，杨思梁等译，浙江摄影出版社，1989 年，第 80 页）对于西方的古典诗人也许可以这么说；但对于作现代诗的那些人，则显然夸大其词了。

鹿及其四不像特性时，才显得如此犹豫再三，这般困难重重。《麋鹿》的代言人，亦即抒情主人公"我"，一定会受制于《麋鹿》自身的欲望，还必得听取现代天命从旁给予的提醒。由此，麋鹿早已具备——但也必须同时拥有——如此这般的意识：它既像马、像鹿、像牛，又像驴，却从来不是这四种动物中的任何一种；它像别的走兽牲畜，独独不像它自己。在《麋鹿》诞生之前，麋鹿未曾被人从它自身如其所"是"的层面出发，得到观察，得到辨识，直至得到承认；古典性的麋鹿就此成功地守住了它的古典性。人们更乐于以别的动物的相貌，在比喻的层面上定义它，描述它，陈说它；比喻意味着"像"（或者"如""似""譬"），从来不意味着"是"。也许，世间确实存在这样的修辞格："是马鹿牛驴亦无奇，如马鹿牛驴乃可乐。"① 这种修辞格还很可能具有钱钟书乐于称赞的那种品格："'是'就'无奇'，'如'才'可乐'；简洁了当地说出了比喻的性质和情感价值。"② 但颇为要命的是，在质朴的"无奇"之外，在珍贵的"可乐"之余，麋鹿（作为抒情主人公）的自我必将受制于《麋鹿》（作为一种文体亦即新诗）自身的欲望，因此，必将在麋鹿的内心深处引发或突出一个重大的问题：我不是马、不是鹿、不是牛、不是驴——我是谁？由此，麋鹿本该获取或拥有的理想的确定性自我，顿时深陷于失明状态（或曰无明之境）。这可是自打盘古王开天辟地到而今的头一回；这来自视觉化汉语破天荒的

---

① 此处模仿了南宋诗人龚丰的诗句："是雨亦无奇，如雨乃可乐。"（龚丰：《芋洋岭背闻雨水满山。细听，岭上槁叶风过之，相戛击而成音，后先疏数中节，清绝难状。篷笼夜雨，未足为奇》）

② 钱钟书：《七缀集》，生活·读书·新知三联书店，2002年，第44页。

一问，意味着古典性麋鹿终结于现代性麋鹿诞生的那一个瞬间，就像屁声不过是"死在诞生之时的事物"①。意味深长的是，受造于杨政的众多抒情主人公们似乎很早就知道：理想的确定性自我必将遭遇这等难堪，以至于过于难看的经历——

> 我是否还能长久地感激下去
>
> 可疑的岁月，万物都徒然忍受
>
> 并在幽暗的今夜放声痛哭！
>
> （《大雨》（断章），1987 年）

一个"能"字有分教：不是"我"不想感激，而是"我"是否有能力感激；或者，"我"是否能被允许感激。是否有能力感激，取决于作为抒情主人公的"我"，它是内在的；能否被允许感激，则取决于别人或某种特定的情势，它必定是外在的。句式"我想……"，表达的是主观愿望；句式"我能……"，表达的则是客观现实。主观愿望在愿望自身的层面上，必定成真②——"假的愿望"和"方的圆"在构词法上，恰相等同③；客观现实因受制于当下情景，必然摇摆不定。"能"字带来的客观现实层面上的摇摆性，以及它拥有的内在和外在两层属性，与

---

① 罗歇-亨利·盖朗（Roger-Henri Guerrand）：《何处解急：厕所的历史》，黄艳红译，中国人民大学出版社，2015 年，第 26 页。

② 参阅敬文东：《随"贝格尔号"出游》，河南大学出版社，2010 年，第 104—109 页。

③ 诸如"方的圆"一类说法符合语法，只能存在于语言空间，却与现实世界无涉，因而是不真实的（参阅艾耶尔［A. J. Ayer］：《二十世纪哲学》，李步楼等译，上海译文出版社，1987 年，第 31 页）。

"可疑的岁月""幽暗的今夜"相叠加，使忠实于"我想……"的抒情主人公有理由为处于失明状态的理想性自我"放声痛哭"，并在多年后，被现代性麇鹿的天问——"我是谁"——无缝对接。

"我是谁"纯属现代话题，意味着"我"是不确定的，但也同时意味着"我想（要）……"自己是确定的，或"我"特别希望自己是确定的。这需要从正面加以肯定，拒绝任何型号的否定性句式，比如："那不是（我）……"尽管现代之"我"也很可能像古代之"我"那般，预先被分配、被赐予，但这等局面很可能会得到反击。只不过，即使反击也未必一定能让"我"免于深陷不确定性的泥淖——这可比娜拉愤然出走后或许完蛋或许重新难堪地返家，要复杂、难缠得多①。T. E. 休姆（Thomas Ernest Hulme）认为："天赐不是最强烈意义上的生命，它以一个方式包含了一个几乎反生命的成分。"② 果若休姆所言，则孤独的单子式个人必然内含"反生命的成分"，就像天生长有反骨的蜀将魏文长；他也就有可能面临着反击"天赐"的任务，或曰责任，但更应当说成无法辞去的义务。因此，"我是谁"只可能源于现代天命；所谓现代天命，就是那些意欲在清醒状态中生活的存在者，亦即大有勇气的单子式个人们，为实现理想的确定性自我迫使自己主动出击，在辨别、辨识各色可能性自我的基础

---

① 这个问题是中国现代文学史上最早处理的问题，比如"铁屋子"的出走者魏连殳等人，就可以被视作反抗铁屋子预先赋予其自我的先行者（参阅李欧梵：《铁屋中的呐喊》，尹慧珉译，岳麓书社，1999 年，第 80—100 页；参阅赵园：《艰难的选择》，上海文艺出版社，1986 年，第 27—38 页）。

② 转引自查尔斯·泰勒（Charles Taylor）：《自我的根源：现代认同的形成》，韩震等译，译林出版社，2001 年，第 716 页。

上，获取自我认同（self-identification）。最终，让所是之我（亦即 to be as it is），也就是被天赐之我，一变而为应是之我（亦即 ought to be），也就是理想的确定性自我。这等样态的自我，想必是一种全新意义上的天命之我，也可以恰当地谓之为焕然一新的天命之我。现代天命可以被视作现代人的绝对命令；而受制于视觉化汉语的热情和激情，近代以来的中国知识分子，也就是那些急于知道自己究竟应该充当何种角色的单子式个人，一直寄希望于"借思想-文化以解决（政治、社会等）问题的途径"（the cultural-intellectualistic approach）①。在现代中国，个人作为概念很有可能部分性地诞生于这条途径；个人作为现代天命的被掌控者，但尤其或首先作为俯首帖耳者，也很有可能部分性地出自这条途径。宛若贪吃、贪色，顶多能够"放屁添风"②的二师兄被美食美色所惑，不要命地走出孙悟空用金箍棒画就的圆圈，麋鹿忍受不了现代天命发出的塞壬之声，私下偷跑出神的梦境——

　　　　当我驻足汀岸，或于河泽间游弋
　　　我总惊诧于我的怪样子，但，并不确定它与我
　　　是否真实地对应，或许，我只是神未经熟虑的
　　　一闪念？是他梦里弄出那些奇思异想的瘢痕？

　　麋鹿（亦即"我"）从神之梦境出走后，借河泽作水镜，才看清了自己的怪模样（亦即麋鹿的现代性）。和无法"却顾所来径"（李白：《下终南山过斛斯山人宿置酒》）的祭司、魔法

---

① 参阅林毓生：《思想与人物》，联经出版事业公司，1983年，第147—151页。
② 吴承恩：《西游记》第七十五回。

师截然相反，抒情主人公或麋鹿的代言人"我"① 受惊之下，本能性地认为："我"的这幅怪模样，很可能是神一时大意使然（"我只是神未经熟虑的/一闪念?"）；要不，就是神的恶作剧所致（"是他梦里弄出那些奇思异想的瘢痕?"）。"我"私下里认为："我"的样貌并非不得不如此，也决非只得如此，或必须如此；如果"我"和神打个商量，也许会有一个令"我"满意的"我"（亦即 ought to be）出现，一种新的天命之我现身于世。遗憾的是，因受制于新诗的自我，"我"暂时没能弄明白：无论是神的大意使然，还是神的恶作剧所致，都意味着"我"的四不像特性是天赐的，是被分配而来的，像魔法师，像魔法师制造的梦中人。在借河泽作水镜之前，"我"显然高估了"我"之所知：虽然"我"打一开始就自以为知道"我"为神的梦境所造就；却不可能知道：神的梦境造出来的这个"我"像马、像鹿、像牛、像驴，却独独不"像""我"自己，更不"是""我"自

---

① 关于代言，龚鹏程认为："因为是代人啼笑，所以作者必须运用想象，体贴人情物理，在诗篇的文字组合上，构筑一个与当事人切身相应的情景。因为是就题敷陈，作者也得深思默运，拟构一月照冰池、桃李无言之境，在内心经验之。然后用文字幻设此景，令读者仿佛见此月照冰池、桃李无言。这跟情动于中而形于外、若有郁结不得不吐的言志形态迥然异趣。"（龚鹏程：《中国诗歌史论》，北京大学出版社，2008 年，第 93 页）作为一个现代诗人，杨政的代言决不仅仅止于龚鹏程谈论的那种境地，亦即代言者融入被代言者，D. A. 米勒（D. A. Miller）称之为"贴着写"（close writing）（参阅詹姆斯·伍德［James Wood］：《小说机杼》，黄远帆译，河南大学出版社，2015 年，第 5 页）。在新诗中，代言者和抒情主人公合二为一。作为代言者，他必须尊重被代言者的自我；作为抒情主人公，他必须尊重新诗的自我。因此，新诗里的代言远比古诗里的代言复杂，后者无须考虑古诗的喜怒哀乐，因为它没有喜怒哀乐，后者只需做到龚鹏程谈论的境地即可。

己——"是"被似"是"而非的"四不像"侵蚀殆尽。也许，世上唯有镜子或可以被镜子隐喻之物，能让人清楚、准确地凝视自我①；神有意将"我"囚禁于它的梦境，极有可能是不想让"我"知道"我"到底被分配了何种样态的自我，被天赐了何种性状的模样，从而让"我"安于现状，在无知无觉中接受命运的安排。让-保罗·萨特（Jean-Paul Sartre）说："人是首先生存着，有过各种遭遇，在世界上活动，然后才确定自己。在生存主义者看来，如果人是不能被决定的，那是因为一开始，人什么都不是；只是到了后来他才成了某种东西，他按照自己的意愿把自己创造成的东西。……人不仅仅是他自己构想的人，还是他投入生存之后，自己所愿意成为的人。"② 萨特颇为大胆的论断，也就是人打一开始"什么都不是"，既有违于基本事实（对此，被天赐以四不像特征的麋鹿完全可以作证），也过于理想化（对此，浪漫主义者卢梭可谓最好的证人："人是生而自由的，但却无往不在枷锁之中。"③）。但作为一个臣服于现代天命的个体，"我"渴望自己为自己赋予自我，以至于"我想……"获取理想的确定性自我，不仅合理，还既是"我"的权利，也必定是

---

① 参阅萨比娜·梅尔基奥尔-博奈（Sabine Melchior-Bonnet）：《镜像的历史》，周行译，广西师范大学出版社，2005年，第23页。

② 萨特：《萨特自述》，黄忠晶等译，天津人民出版社，2008年，第237页。有论者认为，汉语思想界耳熟能详的萨特的著名观点"存在先于本质"的准确翻译应该是"生存先于本质"（参阅黄忠晶：《萨特的"存在先于本质"简析》，《大庆师范学院学报》2010年第5期）。

③ 卢梭：《社会契约论》，何兆武译，商务印书馆，2003年，第4页。

"我"的义务：毕竟"我们终将变成我们所追寻的东西"①。

应新诗自身的欲望所请，但似乎更应该说成了满足新诗自身的欲望，杨政早年制造过一个体量不大的抒情主人公"我"：看木偶表演的这个"我"，后来一变而为作为木偶的那个"我"，并以木偶"我"的习性被操纵、被牵引着继续生活。木偶"我"情急之下禁不住发问："当宇宙黑暗的铁幕关闭/谁曾经是我？一个妄想/一个伪装成舞蹈的幻影"（杨政：《小木偶》，1988）无论是作为被给定的"我"看木偶表演，还是这个"我"变作了一个被天赐的木偶，都是"宇宙黑暗的铁幕"使然，是它的意志的产物，就像祭司出自魔法师的暗黑的意志，但好在还曾有一个已知——并且固定——的自我形象存活于世（亦即看木偶的这个"我"和作为木偶的那个"我"）。比麋鹿更为不堪的是："当宇宙黑暗的铁幕关闭"，先前那个固定的、已知的自我，在一个微不足道的瞬间，没了踪影。在铁幕（的意志）关闭前，是现在，是当下；在铁幕（的意志）关闭后，是"曾经"，是只有长达一个瞬间的古老。最后，只剩下没有实体的"妄想"、没有肉身"幻影"，活像不怕火烧的祭司和魔法师，却无法成为"放声痛哭"的那个坦开的"我"。为免于这等可怖的境地计，麋鹿加紧了行动：

于是，我旋风般奔回幽眇的殿堂，俯卧他膝前
主人，我是您奇巧的造物，您是我全部的尊荣
那为何我身上会挤满这些怪模样，鹿角与马面？

---

① 孔亚雷：《极乐生活指南》，杰夫·戴尔（Geoff Dyer）：《一怒之下：与 D. H. 劳伦斯搏斗》，叶芽译，浙江文艺出版社，2016 年，第 18 页。

我是谁？活在谁的存在里？我要我原来的样子！

释子、道士、小官僚、皇帝和江南词人咏诵古典性麋鹿的诗篇，不可能有自我意识；作为新诗的《麋鹿》却必有其独立的自我，因为它面对的是现代性麋鹿，或麋鹿的现代性。这个自我有它特定的欲望，这个特定的欲望一直在向"我"，也就是抒情主人公或现代性麋鹿的代言人，发出指令：梦境是现代性麋鹿的正出子宫；现代性麋鹿一旦擅自从梦境出走，就再也不可能回到当初孕育它的地方——古典性麋鹿不会发生出走–回返这类悖谬的事情。从跑出梦境，途经河泽之水镜，再"旋风般奔回幽眇的殿堂"，只在漫长复漫长的一个微不足道的瞬间。释子、修仙的道士、自慰的小官僚、风雅的皇帝，乃至江南词人面对的顷刻间，完全不同于《麋鹿》认可的那个瞬间：后者早已打上现代的烙印，"尘满面、鬓如霜"。"所谓现代，就是今天忙不迭地否定昨天，罢黜二十四小时以前的生殖与繁衍，好像昨天是今天的污点；所谓现代性，就是未来的某一刻，唾弃眼前的这一瞬，宛若眼前笃定是未来的丑闻或笑话。"① 被现代性定义的顷刻间极为漫长，也无端端地古老；现代性麋鹿一出走一回归花费的时间，实在当得起阿什伯利（John Ashbery）在某首诗中的咏诵：

---

① 敬文东：《子，与世界之停顿》，《上海文化》2017 年第 7 期。诺斯洛普·弗莱（Northrop Fry）有精辟的言说："中世纪有所谓'狂奔逐猎'的传说，死者的灵魂必须整日整夜地向前飞奔，却又不知该上哪儿去。谁如果体力不支而掉队，顿时就会化为齑粉。这有点儿像现代世界上很常见的一种心态，总有什么在催逼着你往前赶，越来越快，越来越快，致使你最终感到绝望。这种心态，我称之为进步的异化。"（诺斯洛普·弗莱：《现代百年》，盛宁译，辽宁教育出版社，1998 年，第 8 页）

"距离出走的日子已经十分遥远了。"因此，"我"，这头可怜的四不像啊，只得乖乖地"俯卧"在神的"膝前"。这毋宁是说："我"（现代性麋鹿）必须忠于"我"（而非古典性麋鹿）的自我，谨遵现代天命无可抗拒的旨意，有权而且有必要从梦境出走，用以反对被给定、被预制和被天赐，像娜拉；但也必须同时允许新诗忠于新诗自身的意志。"我"（现代性麋鹿）因为部分性地受制于新诗自身的欲望，只得匍匐于神的殿堂。这是现代性麋鹿的幸运，毕竟祭司和魔法师一旦作别，再也无缘谋面；但同时也是现代性麋鹿的不幸：它到底无从自决，只得重新回到神的身边，和神商量自己的形象，除此之外，断没有第二条路可走，顶多部分性地像娜拉。萨特说："人除了是自我创造之外，什么也不是。……人只是在他计划自己成为什么的时候才获得生存。"[1] 现代性麋鹿和《麋鹿》构成的对话关系，否定了萨特关于自我的乌托邦想象。面对"我"（现代性麋鹿）向神提出的恳请（亦即"我要我原来的样子"），神秉承新诗的自我意志向现代性麋鹿亮出了底牌：

> 呵你，可笑的共同体，千万不要太把自己当真
> 我用别的模样拼凑出你，是为给世界一个神谕
> 我指给你四个类比，你要在它们之中找出自己
> 我还给了第五个类比，慎勿外传，你的那颗心
> 其实就是人的心！

神亮出的谜底，颠覆了味觉化汉语对麋鹿的想象；在新诗个

---

① 萨特：《萨特自述》，前揭，第 237—238 页。

性鲜明的自我意识中，麋鹿除了四个比喻性的传统之"像"外，还得再加一个非比喻性的现代之"是"（"是人的心"）。这意味着，麋鹿必须在如此这般难以想象的复杂环境中，寻找理想的确定性自我，决非没有实体的"妄想"、没有肉身"幻影"；作为新诗史上的杰作，《麋鹿》有意识地满足了现代天意的内涵：唯有在更复杂的境况下寻找理想的确定性自我，以填充作为句式的"我想……"（而非"那不是……"），才更能显现寻我之旅的悲壮、艰难、凄楚，以及唯有押上自身，才能抵押不远处狩猎般守候他们（或她们）的那个巨大的宿命。

新诗的普世性及其他

在汉语学界通常被译名为"哈姆雷特"的诗剧，大致上成稿于 1599 年至 1602 年之间；在作为原产地的英国，它有一个完整的名号："丹麦王子哈姆雷特的悲剧"（The Tragedy of Hamlet, Prince of Denmark）。特里·伊格尔顿（Terry Eagleton）认为，包括诗和小说在内的"文学是最接近创世的人类行为"[①]。莎士比亚真可谓不世出之奇才，早在欧洲曙光再度重现的十六、十七世纪之交，就比很多现代作家更懂得一个深刻的道理：作为文体的诗剧必有其自我[②]，自不必像"挨光"需以"潘驴邓小闲"为前

---

① 伊格尔顿：《文学阅读指南》，范浩译，河南大学出版社，2015 年，第 8 页。

② 比如苏珊·桑塔格（Susan Sontag）就认为："艺术是意志在某物品或某表演中的客观化，是意志的激发或振奋。从艺术家的视角看，艺术是意志力的客观化；从观赏者的视角看，艺术是为意志创造出来的想象性装饰品。"（苏珊·桑塔格：《反对阐释》，程巍译，上海译文出版社，2011 年，第 34 页）

提那般①，"挨"到爱伦·坡甚或波德莱尔的时代，以去诗人的个人化为筹码成全现代诗的自我意识。莎翁意到事成：诗剧的自我获得了作者亦即莎士比亚应有的尊重；莎翁并没有将自己置于纯粹创世者的位置②。因此，才造就了数百年来备受关注的哈姆雷特：此人在人本渐次战胜神本的文艺复兴时期，却对高贵的、一时间备受赞赏和称颂的人类，持蔑视的态度："这一个泥土塑成的生命算得了什么？"③ A. 阿尔托（Antonin Artaud）恰可谓哈姆雷特的同调和知己，此人竟然坚持认为："文艺复兴时期人文主义不是把人变伟大了，而是把人变得更加渺小。"④ 面对如此这般的人类质疑者，杨政伙同作为文体的新诗制造的抒情主人公乐于充当丹麦王子的代言人，并乐于如是放言：

　　谁是谁？谁赋予世界这些界限？

[接上页] 这样的言说表明：桑塔特在艺术上依然以艺术家为本位，对作为文体的艺术形式没有任何尊重。与桑塔格看法相左，她的同代人布朗肖（Maurice Blanchot）深知作为一种具体的艺术形式，现代诗一定具有其稳健、倔强的自我："从这个角度来看，我们会发现诗歌就如一个浩瀚的词语天地，这些词语之间的关系、组合及能力，通过音、像和节拍的变动，在一个统一和安全自主的空间里得以体现。这样，诗人把纯语言变为作品，而这作品中的语言回归到了它的本质。"（莫里斯·布朗肖：《文学空间》，顾嘉琛译，商务印书馆，2003年，第23页）

① 参阅施耐庵：《水浒传》第二十四回。

② 有意思的是，时至今日，莎士比亚的研究者，并且是《哈姆雷特》的专门研究者，依然认为：哈姆雷特在很大的程度上是莎士比亚的代言人（参阅张沛：《哈姆雷特的问题》，北京大学出版社，2006年，第132页）。

③ 参阅莎士比亚：《哈姆雷特》，朱生豪译，译林出版社，2013年，第39页。

④ 参阅詹姆斯·米勒（James E. Miller）：《福柯的生死爱欲》，高毅译，上海人民出版社，2003年，第139页。

夜的身后是否蹀躞着另一个夜？

镜子里的夜，像从火中抽身的火

站在你外面的我，怎么会是我？

（杨政：《哈姆雷特〈王子的谜局〉》，2010 年）

　　祭司和魔法师不清楚自身的来历，《麋鹿》治下的麋鹿——而非众多古诗词乐于观照的麋鹿——自以为知道它的出处；在莎剧中，哈姆雷特没有任何能力哪怕稍微更动一下被配发给他的自我份额，遂酿成包括他在内八人殒命的悲剧。杨政以代言为方式，给出了抒情主人公"我"——亦即丹麦王子——一条道走到黑的原因：是"宇宙黑暗的铁幕""赋予世界的这些界限"，这些不可以被随意僭越的"界限"，才让"我"——亦即哈姆雷特——无法想象这样一个事实：原产地为中国的麋鹿居然可以向神要求"我要我原来的样子"，以至于该王子终于发出了悲剧的头号主角"怎么会是我"的凄惨呼声，用以回应哈姆雷特凭借诗剧之自我才有能力给出的那个著名的设疑："生存还是毁灭，这是一个值得考虑的问题。"[①] 哈姆雷特因此破罐破摔，任由毁灭加诸其身而不顾。在《丹麦王子哈姆雷特的悲剧》中，哈姆雷特集怀疑主义者和宿命论者于一身：他质疑人的价值（包括他自己的存在价值），却没有能力改善人的处境，甚至连改善的意愿都在他不间断的犹豫和摇摆中，被全部抵消，被消耗殆尽；他任由命运裹挟直至毁灭，却又极度不满于命运，以至于对命运恶

---

① 莎士比亚：《哈姆雷特》，前揭，第 51 页。

语相向、心存愤恨①。在《哈姆雷特（王子的谜局）》中，抒情主人公或代言者"我"仅凭新诗本有的自我，不过是花费了两个喘息着并且充满加速度的问号，不，仅仅是破费了两个没啥含金量的便士（penny），就将原产地为英国的哈姆雷特上好地描画了出来。哈姆雷特既犹豫又自相矛盾的性格，源自诗剧本有的自我（它得到了莎士比亚的充分尊重）；诗剧凭靠其自我意志，既让哈姆雷特接管了他的自我，并且让他不满于他的自我，又任他怀揣其自我一条道走到黑（这是因为莎翁过于尊重诗剧的自我而宁愿大幅度放弃作者的自我）。此等情形似乎不言而喻地意味着：现代天命终归不愿待见拥有如此性状的哈姆雷特，不愿意让丹麦王子获取一个焕然一新的天命之我，它更愿意让这个自认倒霉蛋的家伙，在哀叹声中，不情愿地"负起重整乾坤的责任"②。

---

① 此处之所以这样说，是因为能从莎翁的原作中找到内证。哈姆雷特的发小对哈姆雷特说："无荣无辱便是我们的幸福；我们不是命运女神帽子上的纽扣。"哈姆雷特揶揄道："也不是她鞋子的底吗？"另一个发小回答："也不是，殿下。"哈姆雷特继续揶揄："那么你们是在她的腰上，或是在她的怀抱之中吗？"发小回答："说老实话，我们在她的私处。"哈姆雷特继续揶揄："在命运身上的秘密的那部分吗？啊，对了；她本来是一个娼妓。"（莎士比亚：《哈姆雷特》，前揭，第37页）

② 《丹麦王子哈姆雷特的悲剧》第一幕第五场最末几句的原文是："The time is out of joint：——O cursed spite，/That ever I was born to set it right！"朱生豪将它翻译为："这是一个颠倒混乱的时代，唉，倒霉的我却要负起重整乾坤的责任！"（莎士比亚：《哈姆雷特》，前揭，第26页）比之于卞之琳将"O"翻译为"啊"（参阅《哈姆雷特》，卞之琳译，浙江文艺出版社，2001年，第36页），比之于孙大雨在英译汉时有意略去了"O"（参阅《哈姆雷特》，孙大雨译，上海译文出版社，2012年，第50页），朱氏有理由被认为更尊重汉语的感叹习性。感叹乃汉语之魂（参阅敬文东：《诗与感叹》，《诗建设》2017年第一卷，作家出版社，2017年，第206—224页）；汉语的感叹本质

但一句"站在你外面的我，怎么会是我？"却大有深意："你"原本就是代言人"我"，亦即哈姆雷特，或曰抒情主人公。对此，《哈姆雷特（王子的谜局）》自有内证；而充当内证的，恰好是那个具有点睛之笔的关键性诗句："瞧瞧，你，一个叫哈姆雷特的我。"因此，"站在你外面"的"我"，就不过是"你"的分身；而"我"之所以作为"你"的分身出现，是为了方便"我"对"你"详加打量，但也同样方便"你"仔细观察"我"："我"看见"你"和"我"正在互相观看，反之亦然。或者："你"就是镜中的"我"；"我"和"你"互为镜像。因此，"站在你外面的我"只可能是"我"，不会是"我"之外的其他任何人。那个急促的问号在反讽性地故意混淆视听，却不免于连连喘息间，从反面肯定了这个不争的事实，宛若"从火中抽

[接上页] 深刻地意味着：华夏人民在面对万事万物，甚至在面对生死和命运时，都更倾向于施之以叹息的心态。作为感叹的声音化，最早的叹词被认作"呜呼"和"兮"（参阅闻一多：《神话与诗》，上海人民出版社，2005年，第149页），既表达赞美和歌颂，也表达惋惜或哀叹（刘淇《助字辩略》"呜呼"条："呜呼"可为"叹美之辞""伤感之辞"，或者只是叹词，"非有所赞美伤痛也。"）。"唉"和"啊"是言文分途培植的后起之秀，更接近口语，因此大盛于民间和人民的唇齿（参阅崔山佳：《语气词"啊"出现在〈红楼梦〉前》，《中国语文》1997年第4期；参阅孙锡信：《近代汉语语气词》，语文出版社，1999年，第173页）。语言学家认为，在语用上，"唉"更多的时候与惋惜、哀叹靠得更近，"啊"更愿意亲近赞美和歌颂（参阅郭攀：《叹词、语气词共现所标示的混分性情绪结构及其基本类型》，《语言研究》2014年第3期）。比之于译"O"为"啊"的卞之琳，朱生豪似乎更准确地传达出了丹麦王子无可奈何的心境。朱生豪以"唉"释"O"，不仅表明他是忠实的翻译者，更表明他有能力将哈姆雷特的心境高度地汉语化。因为这个问题极为重要，且与本文有关，但因为不想在行文上再生枝节，故附注于此。

身的火"反倒造就了"镜子里的夜"；或者，"夜的身后""蹀躞
着"的"另一个夜"，只不过是同一个夜的分身而已。"你"外
面的"我"，类似于出走神之梦的麋鹿；而"我"回不到镜中的
"你"，也如同麋鹿无法再度回到神之梦。但在中国，神一向很
和蔼，甚至很慈祥。人神之间的界限并非绝对不可僭越①，神也
并非每时每刻板着面孔整治人，比如，被唤作"趾离"②的梦神
就常遭中国古人欺侮③；在培根（Francis Bacon）的中国同道，
亦即崇尚培根崇尚的戡天主义（Conquest of Nature）④的荀子眼
里，连天帝都可以始而被说服，继而被指使，再而被利用⑤。尽
管"宇宙黑暗的铁幕"着实令人恐惧，却不过是一桩现代性事
件，何况入住汉语空间还相当晚近。因此，虽然现代性麋鹿再也
回不到神的梦境，却可以匍匐在神的殿堂，向神撒娇，向神要求
它的理想性自我。

两希文明合流后⑥，镜子里的"你"天然有罪。按照神学语

---

① 参阅薛爱华（Edward Hetzel Schafer）：《神女：唐代文学中的龙女与雨女》，
程章灿等译，生活·读书·新知三联书店，2014年，第7—62页。

② 参阅明人无名氏：《致虚阁杂俎》；参阅清人钱泳：《记事珠》。

③ 参阅钱泳：《履园丛话》卷二十二；参阅段成式：《西阳杂俎》卷八；参阅张
君房编撰：《云笈七籤》卷八三。

④ 参阅弗兰西斯·培根：《培根随笔》，中国华侨出版社，2013年，第184页；
参阅胡适：《中国哲学史大纲》，中华书局，2013年，第233页；参阅周策
纵：《文史杂谈》，世界图书出版社，2014年，第11页。

⑤ 参阅《荀子·天论》《荀子·大略》。

⑥ 西方文明为古希腊和古希伯来文明合流之产物，参阅艾瑞克·弗洛姆（Erich
Fromm）：《心理分析与禅佛教》，林木大拙、弗洛姆等：《禅与心理分析》，
孟祥森译，海南出版社，2012年，第120页。

义："人的最大罪恶"无他，仅仅是因为"他诞生了"①；具有神学背景的马克斯·舍勒（Max Scheler）精确地谓之为存在即罪过②。而那些有罪者不仅要呼吸，还必须学会控制呼吸；为的是能在呼吸中听到神的名字以自救③。因此，镜子外的"我"，也就是《哈姆雷特（王子的谜局）》的抒情主人公，十分乐于向《丹麦王子哈姆雷特的悲剧》的头号主角深表同情：不是现代汉语里的"宇宙黑暗的铁幕"，而是你身上还未洗净的原罪（original sin），亦即神特意为你制定的自我，让你一条道走到黑，直至走向不可更改的悲剧；而唯有站在神的绝对性立场，才有资格蔑视有罪的人类，只因为上帝言之凿凿："你本是尘土，仍要归于尘土。"（for dust you are and to the dust you will go back）④ 沃格林（Eric Voegelin）慧眼独具而能另辟蹊径，他认为，《圣经》成功地"把以色列的历史变成流浪律法"⑤。沃格林的潜台词或许是：有罪者，亦即居然"诞生了"的那个"他"，必定随身携带上帝赋予他的无从更改的自我，不是走向新生，而是走向毁灭。

　　杨政与新诗合谋制造的抒情主人公，或曰代言人"我"，既

---

① 西班牙剧作家卡尔德隆（Calderón de la Barca）语，转引自叔本华（Arthur Schopenhauer）：《作为意志与表象的世界》，石冲白译，商务印书馆，1982年，第352页。

② 参阅舍勒：《论悲剧性现象》，魏育青译，刘小枫主编：《人类困境中的审美精神：哲人、诗人论美文选》，东方出版中心，1994年，第286—287页。

③ 参阅 C. Geertz, *The Interpretation of Culrure* : *Selected Essays*, New York : Basic Books, 1973, p. 53.

④ 《圣经·创世记》3：19。

⑤ 沃格林：《以色列与启示》，霍伟岸等译，译林出版社，2010年，第502页。

舍弃了有罪或蔑视人类的哈姆雷特，又摒除了作为宿命论者的那个哈姆雷特，却刻意、有意、故意甚至肆意——而非恶意——地，保留了作为怀疑主义者的哈姆雷特。这实在是一个意味深长、值得咀嚼的诗学事件，体量不大，却意义深远。始而堕入怀疑主义的低洼之地，继而沦于虚无主义的泥淖，是典型的现代病灶。自诩为太阳的那个人甚至认为，所谓"现代精神"，在本质上，无非是一种不折不扣的"虚无主义"（Nihilismus）[1]；此人继续认为：虚无主义"意味着最高价值的自行贬值。没有目的。没有对目的的回答"[2]。在全球化和现代性汪洋恣肆的时代，被多"意"——却并非恶"意"——保留下来的哈姆雷特形象具有强烈的普世性：它既是世界的，也是中国的。杨政似乎于挥手之间，就促成了一个初看上去很隐蔽再看上去很扎眼的诗学现实：作为视觉化汉语的产物，新诗也应该具有普世性。它急需要处理的，不仅是中国问题，也是世界问题。事情很可能就是这样的：被处理的中国问题（比如发问"我是谁"的现代性麋鹿）作为世界问题的一部分，迅疾发育、成长为世界问题，因为"我是谁"是现代人类的集体之问，不应该仅仅归属于中国；或者，被处理的世界问题（比如被保留了怀疑主义者之身份的哈姆雷特）作为中国问题的一部分，立马改头换面为中国问题，因为怀疑主义以至于虚无主义，原本是现代人类的本真处境，天然意味着"我是谁"的设问，不可能自外于现代汉语治下的中国[3]。

---

① 尼采：《权力意志》，张念东等译，商务印书馆，1991 年，第 229 页。

② 尼采：《瞧，这个人》，刘崎译，改革出版社，1995 年，第 280 页。

③ 这只需要拿杨政的《哈姆雷特（幽魂的对话）》和《哈姆雷特（王子的谜局）》和帕斯捷尔纳克的《哈姆雷特》相比，就更能看出何为新诗的普世性，因为帕氏只在莎翁的哈姆雷特的层面上再次讲述了一遍哈姆雷特："嘈

杨政的发现称得上意义重大：普世性理应成为新诗的自我意志的重要组成部分；新诗的普世性特征堪称功力超群：它能让新诗在全球化时代，有能力拒绝成为任何形式、任何种类的"地方性知识"（Local Knowledge）①。很容易获知："地方性知识"是全球化的反讽，是为现代性贡献的盲肠，它不切实际地夸大了中国元素；作为一种认识论上的著名教条（或命题），"越是民族的，越是世界的"要想成立，首先得着眼于世界性、人类性、全球性，而不是珍贵和多少有些保守、狭隘的民族性②。唯有如此，如下命题才可能成真："对人类命运的关注，哪怕是对一个

［接上页］杂的人声已经安静。/我走上舞台，倚在门边，/通过远方传来的回声/倾听此生将发生的事件。//一千架观剧望远镜/用夜的昏暗瞄准了我。/我的圣父啊，倘若可行，/求你叫这苦杯把我绕过。//我爱你执拗的意旨，/我同意把这个角色扮演。/但现在上演的是另一出戏，/这次我求你把我豁免。//可是场次早就有了安排，/终局的到来无可拦阻。/我孤独，伪善淹没了一切。活在世，岂能比田间漫步。"（帕斯捷尔纳克：《哈姆雷特》，飞白译）

① 关于"地方性知识"，可参阅克利福德·吉尔兹（Clifford Geertz）的大著《地方性知识》（王海龙等译，中央编译出版社，2000年）的详细论述。

② 在歌德的时代，全球化尚未来临，但歌德已经开始设想"世界文学"这一概念。某一天，当歌德看到一套莎士比亚剧作的插图时，禁不住说："浏览这些小图使人感到震惊。由此人们可以初次认识到，莎士比亚多么无限丰富和伟大呀！他把人类生活中的一切动机都画出来和说出来了！"当歌德读到《好逑传》时说："中国人在思想、行为和情感方面几乎和我们一样，使我们很快就感到他们是我们的同类人，只是在他们那里一切都比我们这里更明朗，更纯洁，也更合乎道德。……和我写的《赫尔曼和窦绿台》以及英国理查生写的小说有很多类似的地方。"（爱克曼［J. P. Eckermann］：《歌德谈话录》，朱光潜译，人民文学出版社，1978年，第93页、第111页）歌德很清醒，他强调的，绝不是作为"地方性知识"或等同于"地方性知识"的民族性，而是人类性/世界性。

小小的部落作深刻的理解，它也是会有人类性的。"①钱钟书说得很幽默、很有动感："中国'走向世界'，也可以说是'世界走向中国'。咱们开门走出去，正由于外面有人推门，敲门，撞门，甚至破门跳窗进来。"② 不多不少，新诗正建立在钱氏申说的基础上③；因此，和作为纯粹"地方性知识"的古诗迥乎其异④，新诗打一开始，就理应具有诚不我欺的普世性。现代汉语诗相当于瓦特·本雅明（Walter Benjamin）热情称道的那个从远方归来的水手，有一肚皮讲不完的奇珍异事；虽然奇珍异事来自远方，却总是能够想方设法点亮此地和当下，尽管这绝非轻而易举之事⑤。于此之间，奇珍异事终不免改头换面，成为当下和此地的故事。但百年来波谲云诡的中国世事，让现代汉语诗长期以来偏居一隅、苟且偷安，竟至自顾自沉浸于纯粹的中国故事（或者：它以为当真存在纯粹的中国故事），自动放弃了世界眼光，自外

---

① 吉狄马加：《一种声音》，吉狄马加：《鹰翅和太阳》，作家出版社，2009年，第442页。
② 钱钟书：《走向未来丛书·序》，钱钟书：《钱钟书散文》，浙江文艺出版社，1997年，第460页。
③ 参阅敬文东：《新诗失败了么?》，《南京理工大学学报》2009年第3期。
④ 说古诗乃道地的"地方性知识"，绝非贬低古诗，而是在一个封闭的时代里，古诗只能表达中国人独有的经验。钱穆认为："仰观宇宙之大故能兴，俯察品类之盛故能比。由天地大自然引起人生佳兴，并亦可与万物比并。远自古诗三百首以来，中国人所特有之人生妙义，即常在诗文中显现。故不通中国之文学，即亦不知中国人之人生。"（钱穆：《晚学盲言》上，生活·读书·新知三联书店，2018年，第64页）作为"地方性知识"，古诗对中国人而言，其意义之巨大，无论如何估计都不过分。
⑤ 参阅本雅明：《写作与救赎：本雅明文选》，李茂增等译，东方出版中心，2009年，第79—104页。

于世界问题，甘愿沦为"地方性知识"，忘记了自己的身份和本分。杨政等人重新唤醒新诗本该拥有的自我，恰可谓意义重大①。

不用说：新诗的普世性和哈姆雷特在形象上的普世性，理应具有高度的一致性：它们必须联手面对现代天命，共同回答尼采问题（Nietzsche problem）：现代人最重要的目标，乃是"人如何成其所是"（How one becomes what one is）②。麋鹿之问——"我是谁"——意味着：现代人必须寻找以至于争取获得理想的确定性自我；普世性的哈姆雷特形象中寄寓的尼采问题则意味着：必须要将"我是谁"化为行动，踏上真资格的寻我之旅，直至让寻我者将焕然一新的天命之我加诸其身。抒情主人公"我"，亦即始终怀疑着的哈姆雷特，需要将寻找本身化作普世性的行动；新诗则需要仰仗它不无顽强甚或顽固的自我，竭其所能，帮助抒情主人公完成使命。但也就是在帮助抒情主人公的艰难之旅中，现代汉语诗很是趁手地令其自我占据了普世性的要塞——

　　哈姆雷特：……我想知道我究竟是谁？
　　幽魂（久久不语）：活着是一个谜，答案在下一分钟里。

　　（杨政：《哈姆雷特〈幽魂的对话〉》，2001 年）

---

① 1990 年代的中国诗人过于强调及物问题，实际上是强调新诗必须讲述中国故事（参阅肖开愚：《90 年代诗歌：抱负、特征和资料》，贺照田等主编：《学术思想评论》，前揭，第 224 页），却令人遗憾地仅将中国故事中国化，没有将之世界化，这再度削弱了新诗的自我。

② 尼采：《瞧，这个人：人如何成其所是》，孙周兴译，商务印书馆，2016 年。

波德里亚（Jean Baudrillard）为"明天"给出的定义，让人心悦诚服，令人脑洞大开："明天是你剩余人生的第一天。"① 果如是言，则"下一分钟"就是"你剩余人生"遭遇到的最初那个瞬刻间，但它更是你全部光阴中最滑头、最"滋溜"的那一瞬，像泥鳅，像鳝鱼，难以被把捉。虽然"语言中的将来时态意味着对死亡的颠覆"②，但事情的真相只能是：人始终渴望却永远休想占有"下一分钟"；事实上，当你以为抵达了"下一分钟"那个微不足道的瞬刻间，"下一分钟"要么立马消失，要么迅速躲进了另一个"下一分钟"，宛若雨滴相会于雨滴：它是挂在驴脖上的胡萝卜，诱使蠢驴向前，却让这个笨伯终其一生可望不可即。"我是谁"的答案存乎于"下一分钟"；这个答案就像"将飞而未翔"③ 的洛神，在作势引诱每一位有心于理想性自我的单子式个人。

或许，普世性问题亘古未曾改变其容颜，它用尽了岁月而岁月却未能用尽它④：那就是永远被预先派定的生活。祭司、魔法师如此，麋鹿、哈姆雷特也无所遁形于其间。毕竟任何时代、任何形式或性质的社会，都倾向于倡导某种——而非随便哪一种——特定的逻辑⑤；按照弗洛伊德的老一套说教，该逻辑会本

---

① 让·波德里亚：《美国》，张生译，南京大学出版社，2011 年，第 20 页。
② 乔治·斯坦纳（George Steiner）：《语言与沉默》，李小均译，上海人民出版社，2013 年，第 46 页。
③ 曹植：《洛神赋》。
④ 这句话戏仿了博尔赫斯的著名诗句："你用尽了岁月而岁月也用尽了你。"（博尔赫斯：《马太福音，xxv，30》，《博尔赫斯文集》（诗歌随笔卷），陈东飚等译，海南国际新闻出版中心，1996 年，第 71 页。
⑤ 参阅敬文东：《逻辑研究》，《扬子江评论》2007 年第 6 期。

能性地为每一个人分配恰如其分的自我①，亦即生产了合乎时代
与社会需求的那种人②，以及包围这种特定之人的特定生活。对
于古今之变，赵汀阳有着既务实，又十分透彻的认识："古人的
反思是以自然正确的标准、社会标准或文化共识去检讨自己的观
念和行为，力图向公共价值看齐，校正自己的错误或不良行为；
现代人的反思是反社会、反传统、反历史的行为，试图以我为准
去重新理解和定义价值标准，于是，我的现时性成为我的世界的
标准和我的历史的起点。"③ 赵汀阳暗示的很有可能是：在现代
人以己为圆心所做的反思中，必将思谋自己未来的模样，也就是
存放于鳝鱼、泥鳅般"下一分钟"里的颜值，那难以被把捉的
容貌。或许，弗洛伊德算是"提前"为赵汀阳的论断给出了
"前提"："一个幸福的人绝不会幻想，只有一个愿望未满足的人
才会。幻想的动力是未得到满足的愿望，每一次幻想就是一个愿
望的履行，它与使人不能感到满足的现实关联。"④ 而源于或存
乎于思谋之中的未来模样，不会以"自然正确的标准、社会标准
或文化共识"为准绳，只因为每一个自以为是的思谋者都自诩为
现代人。罗尔斯（John Rawls）倾向于认为：古代西方人的中心
问题是善，现代西方人的中心问题则是正义⑤。允许人成为自己

---

① 参阅弗洛伊德：《弗洛伊德论美文选》，张唤民等译，知识出版社，1987 年，
　第 16 页。
② 参阅阿尔都塞（Louis Althusser）：《意识形态和意识形态国家机器》，李迅
　译，《当代电影》1987 年第 4 期。
③ 赵汀阳：《第一哲学的支点》，前揭，第 129 页。
④ 弗洛伊德：《弗洛伊德论美文选》，前揭，第 28 页。
⑤ John Rawls, *Political Liberalism*, New York：Columbia University Press, 1996,
　P. xl.

意欲成为的那种人，亦即任由他们（或她们）践履现代天命或回答复杂、难缠的尼采问题，不一定绝对是善（比如：有人自动选择成为恶棍或人渣），却很有可能多多少少事关正义——无论罗尔斯的正义概念在"摩登学究"（黄仁宇语）或"文化二奶"（李劼语）那里，到底有什么确切的释义。

麋鹿，奇怪的四不像者，在古代中国决不会令人惊奇；与古典性麋鹿恰相对照的是：自我设疑的《天问》在中国诗学史上乃极为罕见的例外，甚至可以被目之为唯一一宗特大诗学事故①。麋鹿在现代性境遇中不仅令人大惑不解，也令麋鹿严重不满于自己的怪异形象：为什么"我"只"像"它们，却又既不"是"它们，也不"是""我"自己？因此，麋鹿终不免本能性

---

① 非常有意思的是，据郭沫若考证，在写《天问》和《九章》中的许多作品时，屈原已经患有严重的疾病，郭氏甚至指名道姓地说屈原患有"神经痛""肋膜炎""心悸亢进"，甚至还有点"印版语的倾向"（参阅郭沫若：《历史人物》，人民文学出版社，1979 年，第 106 页）。宋人葛立方有言："余观渔夫告屈原之语曰：'圣人不凝滞于物，而能与世推移，'又云：'世人皆浊，何不淈其泥而扬其波？众人皆醉，何不餔其糟而啜其醨？'此与孔子和而不同之方何异？使屈原能听其说，安时处顺，置得丧于度外，安知不在圣贤之域？而仕不得志，猖急褊躁，甘葬江鱼之腹，知命者肯如是乎！班固谓露才扬己，忿怼沉江。刘勰谓依彭咸之遗则者，狷狭之志也。扬雄谓遇不遇命也，何必沉身哉！孟郊云：'三黜有愠色，即非贤哲模。'孙郃云：'道废固命也，何事葬江鱼。'皆贬之也。而张文潜独以谓'楚国茫茫尽醉人，独醒惟有一灵均。哺糟更使同流俗，渔父由来亦不仁。'"（葛立方：《韵语阳秋》卷八）情形果如葛氏以及葛氏所引诸位（张文潜除外）所言那样，屈原就寻找到了稳定性的自我，亦即儒家的天命之我，也就不会有沉江这回事。屈原对儒家天命之我的罕见对抗，成就了伟大的诗人和伟大的诗篇（参阅刘小枫：《拯救与逍遥》［修订本二版］，华东师范大学出版社，2007 年，第 85—100 页）。

地思谋着存乎于"下一分钟"的理想样貌（这样的麋鹿自然充满了现代性和普世性）。《丹麦王子哈姆雷特的悲剧》中的王子虽然痛恨其自我配额，却在不断的犹犹豫豫中，接受了被配发给他的自我；《哈姆雷特（王子的谜局）》的抒情主人公"我"不满意自己的形象，很"想"成为《哈姆雷特（幽魂的对话）》中寄希望于"下一分钟"的丹麦王子。就这样，原产地中国的麋鹿和原产地英国的哈姆雷特，经由被普世性自我武装到牙齿和腰身的新诗，双双成为普世性形象。麋鹿首先是中国的，哈姆雷特首先是英国的；但它和他都得回应普世性的现代天命和尼采问题，因而麋鹿必然同时是世界的，哈姆雷特必然同时是中国的。在杨政迄今为止的全部诗作形成的整一性语境中，麋鹿和哈姆雷特必然在彼此对视；还从对方的专注之"视"里，看见了自己正在实施的"视"，却不会，但也不必彼此诘问："站在你外面的我，怎么会是我？"

诺斯洛普·弗莱（Northrop Frye）认为，想要准确理解一个诗人的某一行诗，最理想的方式是：弄清楚这个诗人所有的诗①。弗莱的着眼点，显然是语境问题；语境问题宛若气象学家爱德华·罗伦兹（Edward Norton Lorenz）首次道及的蝴蝶效应（The Butterfly Effect）：它是文学写作中隐藏得极深的混沌现象。罗兰·巴尔特（Roland Barthes）之言好像比弗莱要具体得多：即使"一个词语可能只在整部作品里出现一次，但借助于一定数量的转换，可以确定其为具有结构功能的事实，它可以无处不

---

① 参阅诺斯洛普·弗莱：《批评的解剖》，陈慧等译，百花文艺出版社，2002年，第99页。

在，无时不在"①。循此原则和逻辑，只要将杨政（抑或任何一个诗人）的全部诗作视为整一性语境，便不难获知：不同意象之间，不同口吻之间，或其他各项诗学要素之间，必定具有家族相似（Family Resemblance）层面上的某种共通性，因为所有的作品要素都必将汇聚于整一性语境，也必然会受制于整一性语境②。因此，无论哈姆雷特的形象和麋鹿的形象在杨氏的作品中出现得有多晚，或有多早，都不影响它们必有其杨氏作品之中的出处和来历。如果再考虑到新诗自身的普世性自我，情形就更其如此：

> 迷途的孩子找不到世界
> 他在花儿的河流边哭泣
> ……

---

① 罗兰·巴尔特：《批评与真实》，上海人民出版社，温晋仪译，1999 年，第 66 页。

② 钱钟书说："乾嘉'朴学'教人，必知字之诂，而后识句之意，识句之意，而后通全篇之义，进而窥全书之旨。……复须解全篇之义乃至全书之旨（'志'），庶得以定某句之意（'词'），解全句之意，庶得以定某字之诂（'文'）；或并须晓会作者立言之宗尚、当时流行之文风以及修词province之著述体裁，方概知全篇或全书之指归。"这就是"阐释之循环"（der hermeneutische Zirkel）（钱钟书：《管锥编》，中华书局，1986 年，第 171 页）。各个单篇诗作和整一性语境之间的关系，有类于解释学循环：所有的单篇诗作形成整一性语境，整一性语境反过来控制每个单篇诗作。或者：唯有准确理解所有的单篇诗作，才能准确理解整一性语境；唯有准确理解了整一性语境，才能保证准确地理解每一个单篇诗作（参阅 E. H. 舒里加：《什么是解释学循环》，曹介民等译，《哲学译丛》1988 年第 2 期）。

> 小蜜蜂不知道他是谁
> 他可耗尽了钱财和历史?
>
> 他可会走遍天下的大路
> 最后来带领迷途的孩子?
> (杨政:《迷途的孩子》)

仔细琢磨,便不难明白:有可能"走遍天下大路",更有可能"耗尽了钱财和历史"的那个"他",正是长大了的"迷途的孩子";"他"能"溯洄从之"(《诗经·蒹葭》),带领孩子走出最初的迷途吗?问题是:长大后的"他",在何种程度上还算得上那个"迷途的孩子"?"迷途的孩子"是否还有走出迷途的希望和可能?杨政另一首诗作表达的,几乎是完全相同的意思:

> 小孩子,心明又眼亮
> 我是谁?来自哪儿要往何方?
> ……
>
> 小孩子,我是被光阴阻隔的你
> 走遍万水千山找寻出发的地方
> (杨政:《小孩子和苦行僧》)

小孩子是苦行僧的过去,苦行僧是小孩子的将来。问题是:"走遍万水千山"的"我",能像"他""带领迷途的孩子"那般,再次回到居于出发地的那个"小孩子"吗?这种感觉初看上去，还当真可以被称之为"古今无不同"①。李笠翁有言在先：
"伊为新至我，我是旧来伊，拈花一笑，心是口。"② 李渔很可能
有资格充满喜感地放言如是，因为他满足于被分配给他的天命之
我；所谓"新至我"，所谓"旧来伊"，不过是儒家天命之我在
不同时段中的不同形象，有量上的大差异，不应该有质上的小区
别。因此，细查之下，这种感觉还当真不会"古今无不同"：无
论是迷途的孩子（《迷途的孩子》），还是作为小孩子的那个
"我"（《小孩子和苦行僧》），都无法想象自己的将来；当他们
处于现有的位置回望过去时，不明白经历过漫长的寻我之旅后，
为什么仅仅拥有区区一个可以让人"放声痛哭"的今天，而不
是寄居于"下一分钟"里的容颜。他们处于寻我之旅的途中，
有过多的疑问，不可能故作轻松态地"拈花一笑"。不满于自身
形象的现代性麋鹿，被有意保留了怀疑主义者之身份的哈姆雷
特，两者都心存疑问；因受制于整一性语境，他（或它）的疑
问，就是那两个小孩遍历寻我之旅后的疑问："他"能否以过来
人的身份，带领孩子走出迷途？或者，"他"自以为带领孩子走
出迷途时，是否会沿着原路走到现在的"他"？也就是说："他"
能否确定"他"现在的形象，就是迷途的孩子当初想要的形象？
"我"又能否以过来人的身份，重返出发地，见到正打算出发的
孩子？或者，"我"见到那个孩子时，孩子是否愿意承认"我"
就是他出发时希望得到的那副模样，亦即存于"下一分钟"里
的容貌？有新诗的普世性在照耀、在指引、在悉心调教，麋鹿和
哈姆雷特的普世性必定内含于杨政的整一性语境；它们的普世性

---

① 王小波：《王小波文集》第 3 卷，中国青年出版社，2000 年，第 153 页。
② 李渔：《奈何天·巧怖》。

有如巴尔特称道的那样，"可以无处不在，无时不在"。柯克（G. S. Kirk）则谓之为"无所不在性"（ommipresence）①。这两个形象是整一性语境有意推举的代表；它们必须以代表的身份，反过来对整一性语境进行完好的展示和总结。

无论是具有普世性的哈姆雷特形象，也无论是和哈姆雷特相互对视的现代性麋鹿，还是作为这两者之出处的"我"和"他"，甚至包括"放声痛哭"者以及变作木偶的"我"，都不得不承认，有一个至关重要的语词内含于他们（或它们）的身体。但更优雅、更贤淑的说法是：存乎于他们（或它们）的灵魂内部——即使在"身体转向"（body turn）②后的全球化语境中，"灵魂"至少在纸面上仍然是高于"身体"的名号③。这个至关重要的语词，就是诗句"迷途的孩子"中做修饰词的"迷途"一词。有了福柯的睿智发现在前，就实在没有必要将比较愚蠢的怀疑设置于后：任何信仰，无论世俗的还是有神论的，都仅仅是某种——而非随便哪一种——精神，断不会是思想。思想的标准一向是：要么真，要么假；精神的唯一标准是：要么信，要么不信④。牟宗三说得很精辟："认知系统是横摄的，而凡指向终极形态之层次皆属于纵贯系统。"⑤ 思想（或认知系统）尽可以广泛质疑，精神（或纵贯系统）则毋庸置疑。信众的自我是生而

---

① G. S. Kirk, *Myth: Its Meaning and Function in Ancient and Other Cultures*, Cambridge University Press, 1971, p. 249.

② 参阅汪民安等：《身体转向》，《外国文学》2004 年第 1 期。

③ 参阅王江：《身体修辞文化批评》，《国外文学》2012 年第 3 期。

④ 参阅罗素：《权力论》，吴友三译，商务印书馆，1998 年，第 187 页。

⑤ 牟宗三：《中国哲学十九讲》，上海古籍出版社，2005 年版，第 327 页。

有之的；他们（或她们）被预先给定、被天赐的本质，决定他们（或她们）随后而至的生存状况——这与萨特的信条"生存先于本质"刚好相反。任何型号和性质的信众，都不会沦于迷途的境地。圣奥古斯汀（Saint Augustine）之所以主动忏悔，是因为他没能按照主的意愿行事，背离了被分配给他的自我，以至于成为迷途的羔羊（All we like sheep have gone astray）[1]，何况这个羔羊还愉快地吃下了"这些神秘的饼"，在陶醉中，喝下了"那杯偷来的甘液"[2]。现代性统治下的社会盛行怀疑主义，虚无主义因此必然逻辑性地大行于世，迷途则合乎逻辑地成为现代人的本质属性；"怎么都行"的实质恰好是：哪条路都不行，因为每一条路都让人扫兴，都最终提不起人的"兴"致和"性"致。以海德格尔之见，历史的内涵无他，迷雾而已矣[3]。因此，反讽主体的迷途终不免和历史的迷雾勾肩搭背，这不免让反讽主义者的迷途本质雪上加霜。哈姆雷特和现代性麋鹿受制于新诗的普世性，并听命于现代天命和尼采问题；因此，它们踏上的，乃是在历史的迷雾中寻找走出自我迷途的寻我之旅——杨政那首类似于《锦瑟》一般难缠和费解的小长诗《无题》（2020 年），把寻我之旅自身的费解和难缠暴露得淋漓尽致。而寻我之旅的总纲，则普遍被认为完好地存乎于高更（Paul Gauguin）的著名画题："我们从哪里来？我们是谁？我们向何处去？"（Where Do We Come

---

① 《圣经·以赛亚书》53：6。

② 奥古斯丁：《忏悔录》，周士良译，商务印书馆，1963 年，第 43 页。

③ 参阅海德格尔：《林中路》，孙周兴译，上海译文出版社，1997 年，第 345 页。

From？What Are We？Where Are We Going？）① 味觉化汉语的古代中国人预先被赋予了具有本质主义之嫌的天命之我，知道自己去往何处；古典时代的西方人出于深刻的原罪意识，更清楚他们（或她们）的目的地。因此，恰如存在主义神学家保罗·蒂里希暗示的那样，寻我之旅只可能是一个普世性的现代问题；和麋鹿之问一样，高更之问也是迷雾当中的迷途之问。是新诗的自我，但更是新诗的自我中内含的普世性成分，发动了在历史的迷雾中寻找走出自我之迷途的寻我之旅。不用说，这样的行动也必将是普世性的；普世性行动对仗于将新诗武装到牙齿和腰身的普世性自我，也呼应了绝大的普世性问题——那总是永远被预先派定的生活。

　　无论普世性行动如何辛劳，只要"下一分钟"的"滋溜"特性依然如故，只要"下一分钟"的"滑头"性质不变，不仅迷途之"途"永不结束、迷雾之"雾"永不飘散，情况反倒会因麋鹿、哈姆雷特的普世性特征显得更加严峻——就像神不甘于麋鹿的"四不像"，还要给它另安一颗人心，让事情变得更复杂、难缠，更具有宿命性。这些早已符号化的现代人，这些反讽主体或反讽主义者，将继续处于他们（或她们）内在的流浪途中；对此，渐次沦为小丑的明星思想家齐泽克（Slavoj Žižek）皮笑肉不笑地说："'符号化'就是'符号性谋杀'（Symbolic murder）。"②

① 毛姆的著名小说《月亮与六便士》（傅惟慈译，上海译文出版社，2006 年）以高更为原型，但超出了高更的生平，却将这个画题很好地演义了一番。
② 齐泽克：《斜目而视》，季广茂译，浙江大学出版社，2011 年，第 39 页。

自我的灰状态

多亏了视觉化汉语的悉心栽培，习惯公元纪年区区数十载的中国人已然能像现代西方人那般，特地将 2000 年呼之为"千禧年"。许慎曰："禧：礼吉也。"① 战国至两汉间某个伟大的无名氏则曰："禧，福也。"② 无论公元 2000 年到底算不算"礼吉"之年，也无论它能否够得上有"福"之岁，对于踏上寻我之旅的那些人来说，依然是人在迷途之年；迷途之上，依然满是迷雾，气味浓烈，能见度不高，让寻我者顿生前途渺茫之感。杨政在"千禧年"某月某日制造的某位抒情主人公顽固、激烈，性情执拗，显得不依不饶，依旧心心念念于"我是谁"，以至于"中有千千结"：

> 我满足于我的一生。这条循环的道路望不到尽头，我是一个也是无数个。看清我的人尖叫，看不清我的人沉沦。对于我自己，我知道问题便是回答：你从哪一个自我出发？又将回到哪一个？后面推动你的是哪一个？前方牵引你的是哪一个？你在哪一个里面睡眠？在哪一个里面喧哗？一心一意的是哪一个？冷眼旁观的是哪一个？一个冲向一个，一个逃离一个。我是多么不同的我，我使生命忘形，我使时光沉睡，我是旋转的中心，旋转是我的哲学。我还要问：那么穿

---

① 许慎：《说文解字》示部。
② 佚名：《尔雅·释诂》。

梭在无数个自我中的这一个又是谁？看清我的人迷醉，看不清我的人死去。（杨政：《旋转的木马》，2000年）

这个不知"我"到底为何物的抒情主人公，迷惑于自我的程度应当数倍于充满现代性的麋鹿，也似乎多倍于具有普世性的哈姆雷特。这位以"旋转"为人生"哲学"的抒情主人公，儿童游乐园里忙于旋转"科"的木马，甫一登场就忙不迭地自我夸口道："我满足于我的一生。"很遗憾，也很不幸，这个乐于如此胡夸海侃的"我"，和魔法师、祭司遭遇的境况在性质上恰相等同："我"搞不清楚为什么必须以旋转为哲学；也闹不明白究竟是哪个神秘的谁，为"我"预先派定了这等样态的生活。但这并不表明：新诗居然愿意放弃它的普世性，允许抒情主人公"我"满身古典性而竟至于心安理得、无所挂碍。接下来九个喘息着的问号，否定了抒情主人公的自我夸口；一个对自己在九个方面心存疑虑的人（"九"在古代中国是公认的极数），当真能对自己的一生感到心"满"意"足"？海德格尔说："自我完成的现代的本质正在融合而进入不言自明的东西之中。唯当这种不言自明的东西通过世界观而得到了确证之际，适合于一种原始的存在之疑问的可能温床才能成长起来。"[1]"我"对自己心存太多疑问；作为此在（Dasein）的"我"不仅陷理想性自我于失明的不义状态，更糟糕的是："我"竟然没有能力搞清楚"穿梭在无数个自我中的这一个又是谁"。因此，于"我"而言，不存在任何一种"不言自明的东西"，更没有"可能温床"的存身之地（葬身之地在搜寻之下或许勉强还有可能）。如果不尽快找到走

---

[1] 海德格尔：《林中路》，前揭，第109页。

出这条"望不到尽头"的"循环的道路","我"最多只能让"看清我的人尖叫",或者"迷醉";让"看不清我的人沉沦",或者"死去"。总之,"我"不仅依旧处于迷雾中的迷途,并且更上一层楼:让迷雾中的迷途深陷于无限循环的境地,像不断旋转的木马;理想的确定性自我处于永久性的眩晕之中,就是当仁不让的大概率事件,更是不请自到的未来,却一定不会是"下一分钟"。

本雅明的洞察力委实令人称道,他发现:卡夫卡的小说主人公总是在出人意料的紧要关头,莫名其妙地鼓起掌来①。深入杨政以其全部诗作构成的整一性语境,便不难发现:他炮弄出来的所有抒情主人公(是的,所有),总是莫名其妙永远处于自相矛盾的境地(是的,永远)。"我"号称"满足于我的一生",却不知道自己到底是谁,顶多像借河泽作水镜的麋鹿窥见自己的四不像那般,"我"看到了无数个"我",却无从确证:到底哪一个是真正的"我",只好暗中徒唤一声"也么哥"。看木偶戏的"我"竟至于成为木偶"我",这在虚无主义空前高涨的全球化时代,似乎并不稀罕;终成木偶的"我",可以被视之为那个看木偶戏之"我"的升级版,或加强版。但木偶"我"提出的问题竟然是:"谁曾经是我?"(杨政:《小木偶》)这就是说:木偶"我"不仅大大地不屑于木偶"我"自身,还以佯装不知道"谁曾经是我"为噱头、为引子,更大大地不屑于看木偶戏的"我"。而木偶"我"和看木偶戏的"我"共同喜欢的那个"我",亦即 ought to be 或理想的确定性自我,只可能存乎于无法

① 本雅明:《本雅明:作品与画像》,王庆余等译,文汇出版社,1999 年,第 54 页。

被把捉的"下一分钟"。托整一性语境的福：在怀疑主义盛行的全球化时代，每一个"我"似乎都是具有普世性的哈姆雷特，都必然出源于某个"迷途的孩子"。"走遍天下的大路"之后，"我"的问题居然是："我"能否返回当初的出发地，"带领迷途的孩子"走出迷途？（杨政：《迷途孩子》）这样的情形更有可能意味着：虽然走遍了天下的大路，"我"仍然没有走出迷途；迷途依然是"我"随身携带的行囊，"我"依旧不满意于眼下这个区区之"我"。因此，"我"只得自顾自地边走边问：理想的确定性自我到底归于何处？答案仍然是："在下一分钟里。"

绝大多数的当代中国诗人，莫不乐于跻身新诗的显在谱系；唯有很少量很少量的作诗者，有胆量身居意在无名的隐在谱系①。杨政似乎从作诗伊始，就自愿成为隐在谱系的挂单者。但这个"隐"君子比绝大多数诗人更懂得一个诗学道理；这个道理被隐藏多时，以至于被绝大多数作诗者当作子虚乌有之物：新诗的自我，尤其是它的普世性部分，在和抒情主人公相互生成、彼此造就的过程中，不仅要成就体量不一、成色各别、性格有异的诗篇，还必须制造行之有效的诗学隐喻。诗学隐喻是整一性语境得以成立的条件；它在整一性语境中具有基础性地位。对于杨

---

① 所谓居于显在谱系的诗人，指的是勇于和热衷于发表诗作以求扬名立万甚至渴求诗歌史地位的那些诗人；所谓居于隐在谱系的诗人，指的是那些"甚至拒绝发表作品"的诗人，这样的怪物"宁愿相信少数几个信得过的读者，宁愿让诗处于潜伏、隐藏和无名的状态，就像圣杯骑士团（Knight of Cups）的成员在暗中秘密传递自己的使命，却从实际行动那方面，凸显了诗的贵重、体面、尊严、坚定和不妥协的精神"（敬文东：《作为诗学问题与主题的表达之难》，《当代作家评论》2016 年第 5 期）。

政而言，诗学隐喻的原型，正好可以被认作迷途的孩子、看木偶戏的"我"①。青年杨政曾写过一首对他而言可能不太重要，却和诗学隐喻的基础性地位大有关联的诗篇：

> 哦，欢呼的夏天，我的梦幻和红领巾
> 你多像一幅狂妄的蜡笔画
> 冲进天空睡思昏沉的蓝色眼睛
> ……
> 我和你，就像忘川河面泛起的金色沉渣
> 正从礁石和衰草间浮出邪恶的脑袋
> 为这个夏天献上一支无畏的歌曲！
> （杨政：《回忆十年前的夏天》）

梦幻、红领巾、"为这个夏天献上"的那支"无畏的歌曲"……不消说，这等性状的激动本身就意味着诗，热情洋溢的诗："迎向诗歌狂喜的形式，一场菲律宾芒果风暴/啊，透明的语言，悠长的韵律/比爱琴海更灿烂的幻想惊呆了荷马"（杨政：《湖荡》，1988 年）。那些"惊呆了荷马"的高昂的意象、神奇的幻想，理应归属于某种被预先派定的生活，一种火辣辣、热腾腾的生活。事实上，在每一种预先被派定的生活的背后，一定挺立着某种特定的历史目的论，高大而凶猛②；支撑历史目的论

---

① 关于这个问题的一般性论述，可参阅荣格（Carl Gustuv Jung）：《心理学和文学》，陈泰宇译，戴维·洛奇（David Lodge）编：《二十世纪文学评论》（上册），葛林等译，上海译文出版社，1987 年，第 313 页。

② 参阅敬文东：《随"贝格尔号"出游》，前揭，第 144—153 页。

的，一定是普适性的宗教-神学思维，雄辩而虔敬①。如果某个
孩子生活在如此火热、火爆的意象丛林，就一定不会迷途；但这
个孩子，这些孩子，将注定成为观看木偶戏的那一个个无止歇的
"我"。被预先派定的生活，自当不免于它整齐划一的模样；整
齐划一的生活，则理所当然地"被其居住者看作是正常的和永恒
不变的"②。正是这种模样的生活，构成和组建了木偶剧场；凡
是走进剧场的人，终不免于木偶的身位、木偶的品格。欧阳江河
诗曰："如果一个孩子在吹，月亮就是泡沫/如果一个孩子沉默，
他将终生沉默"（欧阳江河：《关于海的十三行诗》）。如果一
个孩子在剧场外游玩呢？他将终生成为观看木偶戏的"我"。但
预先被派定的生活——亦即普世性问题——更倾向于一网打尽，
不允许自己遗漏任何一个人。因此，观看木偶戏的"我"必将
成为木偶"我"。杨政制造的所有抒情主人公之所以永远处于自
相矛盾的境地，首先是因为观看木偶戏的"我"原本不想成为
木偶"我"，却又不能不成为木偶"我"；一旦这样的事情真的
发生，原本没有迷途的孩子必将立刻被迷途所沦陷，犹如"这大
腿间沦陷了南京"（柏桦：《种子》）。"我（不）想……"或许
从来不成问题，"我（不）能（不）……"则永远大成问题。因
此，迷途终将成为必然之事，无所遁形于普世性问题的如来之
掌。观看木偶戏的"我"为何不想成为木偶"我"却又终究成
了木偶"我"，这与其说相关于天意或神秘主义（"'神秘主义'

---

① 参阅杨国荣：《神学形式下的人文内涵》，《江淮论坛》1992 年第 3 期；参阅
　　李小娟：《过程神学与儒家宗教性探究》，《学习与探索》2010 年第 6 期。
② 索尔仁尼琴（Alexander Solzhenitsyn）语，参阅彼得·沃森（Peter Watson）：
　　《20 世纪思想史》，朱进东等译，上海译文出版社，第 629 页。

［mysticism］始于'雾'［mist］终于'疯'［schism］。"①），不如说有染于新诗的普世性。事情的真相在这里：杨政唆使新诗的普世性帮助抒情主人公完成其使命，才始而让抒情主人公集不会迷途的孩子和观看木偶戏的"我"于一身，继而才让不"想"成为木偶却不"能"不成为木偶的那个"我"，陷另一个孩子于不义的迷途之中。作为诗学隐喻的原型，这两个孩子为作诗者杨政提供了基础性的平台，开启或支持了令杨政满意甚或得意的整一性诗学语境。

诗学隐喻的含义深刻、丰富，极具启示性。寻我之人距离出发地很久以后无意间蓦然回首，才得以发现怪异的一幕：伫立于出发地的"我"在调笑眼下的"我"。眼下之"我"唯有向出发地之"我"表示悔意，因为"我"在眼下所能获得的，正是"我"当初出发时最想要的那个东西的反面：我要的是 A，得到的，却是一脸讪笑的 –A，有似于"内典语中无佛性，金丹法外有仙舟"（《红楼梦》第一一八回）。看起来，杨政的所有抒情主人公都心知肚明：他们（或她们）应该——并且必须——尊重居于基础性地位的诗学隐喻；唯有诗学隐喻，才是整一性语境的命脉之所在：

> 那不是真的，那阵匆忙的风，在我耳鬓说起十年前的邂逅
> 那不是十年前的那阵风，在世界浩淼的风中被我选中的风
> 在涟漪间踟蹰，在麦浪上旋舞，追逐天涯的风又追上了我
> 那不是风，那是杨树枝搅动的晴空，晴空下，红墙和灰瓦
> 跳跃着絮语的光亮，我说，转瞬即逝的光亮不能算是光亮

---

① 乔治·斯坦纳：《语言与沉默》，前揭，第 20 页。

> 那不是光亮，却在鸟翅上闪耀，池间一枝摇曳的映日荷花
>
> 那不是风，那不是把我陷落在风里的那阵风，一阵风吹过。
>
> （杨政：《风过什刹海》，2010 年）

抒情主人公的自相矛盾的状态，正存乎于这种形态的否定性句式："那不是……"这是一种过于凄凉的句式，它像巴西诗人若昂·卡布拉尔（Joao Cabral）在某首诗中所说的那样：不负责任的阅读"不但没有把我们带到准确的城市/反而给了我们另外的国籍"。作为一种特定的传播媒介，句式应该表征的，向来都不应该是句式自身，而是特定的思维方式①。麦克卢汉宣称"媒介即讯息"②；思维方式正是作为媒介的句式下的蛋、产的卵。否定性句式产下的思维方式意味着：现代性麋鹿和哈姆雷特的天问，亦即"我是谁"，只得从否定性的"我'不'是谁"中谋求定义，求取答案，就像走遍天下的大路之后，"我"自以为早就走出了迷途（亦即 A），事实上，却一直反讽性地迷途于迷途本身（亦即 -A），却既无力自拔，又尚不自知。否定性句式意味着：在每一个抒情主人公的有生之年，寻我之旅当永无尽头——小长诗《无题》正好以此为主题，呼应了杨政的整一性语境。这本身就是一桩令人绝望又自相矛盾的事体，就像 K 面对近在咫尺的城堡，自以为可以轻松迈进，却永远不得其门而入。在此，整一性语境在得到诗学隐喻的支持后可以作证：杨政制造的

---

① 参阅乔小六：《汉英民族思维方式对英汉句式的影响》，《外语研究》2007 年第 1 期。

② 马歇尔·麦克卢汉：《媒介即按摩：麦克卢汉媒介效应一览》，昆廷·菲奥里、杰罗姆·阿吉尔编，何道宽译，机械工业出版社，2016 年，第 5 页。

所有抒情主人公，都永远处于所有的"那不是……"之中；但所有的"那不是……"，都必将具体化为"这"一个特定的"那不是……"："那不是真的""那不是十年前的那阵风""那不是风""那不是光亮""那不是风""那不是把我陷落在风里的那阵风"，如此等等。

"那不是……"当中的"那"字，相当于英语中的 the；"那"特有所指，拒绝泛泛而言：每个具体的抒情主人公，都将被新诗之自我授之以具体的"这"一个"那不是……"。现代性制造的现代经验，总是转瞬即逝；转瞬则意味着一个瞬刻间的古老和沧桑。一切"坚固的东西都烟消云散了，一切神圣的东西都被亵渎了"[1]；抒情主人公因为必须面对这等样态的经验，必将随时随地处于变动不居的状态，毕竟"人之像其时代，远胜于像其父亲"[2]。一个"那"（the）字大有深意：它让常变之中，必存不变；它让万变当中，必有恒定之"一"。"那"字意味着：只要诗学隐喻的基础性地位得到尊重，整一性语境就将一直发挥效力；果若如是，则无论现代经验的多变性造就的抒情主人公有多少个、面孔有多少种，都将深陷于被"那"字绑定的"那"个——而不是"这"个——具体的自相矛盾。一般来说，"那不是……"总是倾向于和"而是……"组合成一个完整、平衡、稳定，尤其是具有对称性的句子——"那不是（A），而是（B）"——以投合世人对于安全感的心理渴求[3]。但在杨政的整

---

① 《马克思恩格斯选集》（第一卷），中共中央马克思恩格斯列宁斯大林著作编译局编译，人民出版社，2012 年，第 403 页。

② 参阅 Marc Bloch, *The Historian's Craft*, New York：Vintage Books, 1953, p. 35.

③ 参阅 A. H. 马斯洛（Abraham H. Maslow）：《存在心理学探索》，李文湉译，云南人民出版社，1987 年，第 17—62 页、第 121—169 页。

一性语境中，"那不是……"倾向于独身，舍弃了它在正常婚配状态中应有的另一半（亦即"而是……"），唯余自己这个孤家寡人，渴望着"只手之声"与己作伴。这其间的微言大义很可能是：因为事关"宇宙黑暗的铁幕"，因为"黑暗的铁幕"具有恒久性，理想的确定性自我必将永远乎于"下一分钟"；但诸多抒情主人公的经历反复证明："下一分钟"万难被迷途中的寻我者所把握。因此，不是"那不是……"在主动中，断然舍弃了"而是……"；归根结底，是因为杨政伙同新诗制造的抒情主人公只配拥有"那不是……"。从一开始，亦即从诗学隐喻的层面上，所有的抒情主人公都预先丧失了那份好运道，领取"而是……"以获取自身平衡的好运道①。

现代性带来的后果之一是："平庸化（banalization）摧残生活的方方面面，既是精神疾病也是物质疾病。"② 现代性的另一

---

① 杨政的另一首是这样的："闪亮的并不是刀，刀的身子早惯于弯曲/闪亮的不是刀的梦，梦是被梦吞吃的死焰/闪亮的也不是闪亮自己，那太抽象，太急切/闪亮的必来自别的世界，一个在虚空中端坐的/执拗的裁判员，我们越习惯于破碎，他就越急于/将事物分出两面，破碎之后还有更碎的对立面/切开我们的不是刀，而是它闪亮的美学！"（杨政：《刀锋》，2010 年）虽然这首诗中所有否定性句式都没有以"那不是……"为面目而出现，但考虑到整一性语境所起的作用，再经过罗素的摹状词（discription）的改写后，诸如"并不是刀……""也不是闪亮自己……"等，都能暴露出"那不是……"特有的口吻；全诗结尾出现的"而是……"经过改写，也能暴露出"那是……"的真面相（参阅罗素：《摹状词》，马蒂尼奇［A. P. Martinich］编：《语言哲学》，牟博等译，1998 年，第 400—413 页）。如果再考虑到有一般必有例外，事情就只能更其如此了。

② 安迪·梅里菲尔德（Andy Merrifield）：《居伊·德波》，赵柔柔等译，北京大学出版社，2011 年，第 22 页。

个本质，"就是使一切廉价化"①。在此背景下，"那不是……"
还额外意味着：所有的抒情主人公"我"，永远和其理想的确定
性自我背道而驰；A 和-A 总是处于相互厌弃的结盟状态；而怨
偶的婚姻，亦即作为精神疾病的隐喻，或作为一切事物得以廉价
化的标本，反倒既出人意料又反讽性地更持久、更有耐心，只因
为这是一个反讽时代。事实上，A 和-A 拥有同一个荒芜的世界，
拥有同一个残忍的理想：在对峙中，彼此将对方耗尽，以进驻将
自己耗尽的至高境界。更为动听的说法是：生同衾，死同穴。反
倒是那些不期而至的例外，乍看上去确实值得欣喜："朱丽叶，
在你美不胜收的花窗下，我啊，我已变得多么像我。"（杨政：
《致朱丽叶》，2011 年）秉承诗学隐喻给予的教诲，但尤其是它
成功培植出来的激情，让另一个抒情主人公以同样颓唐的心绪如
是发言："幽深里，我像极了我，在明灭的姿影面前丧魂落魄。"
（杨政：《酒》，2013 年）可是，"多么像我"和"我像极了我"，
真的会有何区别吗？只消稍加分辨，就不难闻见现代性麋鹿充满
焦煳味的焦虑感："我""像""我"，却终归不"是""我"；更
很容易从中侦听出哈姆雷特的疑惑："……我想知道我究竟是
谁？"（杨政：《哈姆雷特（幽魂的对话）》）这等实在情形令
人尴尬：它不仅表明"我"和"我"总是背道而驰，还更能表
明"我"始终在"我"之外；事实上，背道而驰的"我"和
"我"不过是"我"在"我"之外的特殊形式，除了显得更加滑
稽可笑，实在没什么值得自我夸耀的，更没什么令人侧目的。但
这刚好是哈姆雷特揣着明白装糊涂的明知故问："站在你外面的
我，怎么会是我？"（杨政：《哈姆雷特（王子的谜局）》）为

---

① 赵汀阳：《论可能生活》，中国人民大学出版社，2004 年，第 153 页。

了效忠于整一性语境，也听命于诗学隐喻，受制于现代天命的另一个抒情主人公乐于公开呼应哈姆雷特的明知故问："我啊我，水中月，我不是你，你为什么会是我？"（杨政：《十三不靠》，2014年）但令人更加惊心动魄的例证在这里："我的昨日之躯已化为醴渣，我加入我时正把他抛下/我在远方喂我，却有另一个更孤峭的我等在更远处。"（杨政：《酒》，2013年）用不着怀疑，"昨日之'我'固然早已成尘，无主名之'我'加入看似确定之'我'时抛弃的那个'他'究竟是谁？一个'我'在远方'喂'眼前之'我'，但比远方之'我'更远的孤峭之'我'在等着'喂''我'之'我'，那些'我'到底是谁？……这些看似无'解'的问题，有一个很合理的'解'：'我'在'我'之外，'我'总是够不着'我'"[①]。如此等等，构成了"那不是……"的题中应有之义，却万万不肯结盟于"而是……"。

在杨政用其全部诗作构建起来的整一性语境中，新诗的自我，包括其普世性，打一开始就得到了尊重；作为回报，新诗乐于帮助抒情主人公安全、有效地行走在有雾之迷途。眼见着抒情主人公越来越背离自己的目标，眼见着"我"愈是行走在有雾之迷途，"我"就愈加存乎于"我"之外，新诗对此虽不免心存忧虑，却自信有办法破除危局，有能力化解僵局。多亏了新诗的非工具论特性，才让它不似古诗那般，一任抒情主人公放肆任

① 敬文东：《成我未遂乃成灰》，《中西诗歌》2019年第3期。

性，胡吃海喝①。新诗乐于同抒情主人公谈判、对话，并希望以此为途径，矫正抒情主人公的行动，调整抒情主人公的情绪，规划抒情主人公的行走路径，有类于陀思妥耶夫斯基的主人公与陀思妥耶夫斯基构成的那种相互制衡、彼此掣肘的对话关系②。"我"够不着"我"，亦即否定性的"那不是我……"，早已成为既定事实，何况那还是新诗的普世性和抒情主人公共同商量、协议的结果，因此无从变更；但让"我"够不着"我"还不至于演化为"我"跟"我"完全无关，则是新诗必尽的义务。否则，新诗就丧失了它的自我，湮灭了它的普世性，终至于伤及现代天命，漠视尼采问题。在此，诗学隐喻和整一性语境都能作证："我"够不着"我"的前一个"我"，意指行走在迷雾中的迷途之"我"；后一个"我"则是理想的确定性自我，它被全世界的单子式个人"寤寐求之"，"求之不得"，终至于"寤寐思服"的境地。新诗几经说项、几经调停和斡旋，抒情主人公终于同意："我"在"我"之外作为既成事实无须变更；但它同时保证："我"决不能完全消失于"我"的视线之外。由此，"那不是……"得到了弱化，虽然依旧不会有"而是……"前来补位；

---

① 古诗只是中国古人言志缘情的器具，理论上只接受作诗者的驱遣；诗一旦成为成品，还需担负个人化的言志缘情之外的社会性任务，同样是工具论的。比如文中子就说：诗有四名五志。四名："一曰化，天子所以风天下也；二曰政，蕃臣所以移其俗也；三曰颂，以成功告于神明者也；四曰叹，以陈悔立戒于家也。凡此四者，或美焉，或勉焉，或伤焉，或恶焉，或诫焉，是谓五志。"（王通：《中说·事君篇》）新诗具有自我意志，既不能任由诗人无条件地操纵它；它作为成品，也不能无条件地担任所谓的社会性任务（参阅敬文东：《诗歌：在生活与虚构之间》，《文艺评论》2000 年第 2 期）。

② 参阅巴赫金：《陀思妥耶夫斯基诗学问题》，白春仁等译，河北教育出版社，1998 年，第 61—100 页。

抒情主人公因此才能用心悦诚服的口吻说："火：鄙人属于半成品，还在速成班上苦修烧灰。"（杨政：《十三不靠》，2014 年）

《无题》是杨政的一首小长诗，完成于 2020 年早春。它很可能是杨政自落草为寇于新诗写作以来，罕有的自传体诗篇；《无题》力图在作者和抒情主人公之间，求取程度最大的交集（The largest intersection），谋求最大公约数（Greatest Common Divisor），但以不伤害新诗的自我和普世性为前提。这极有可能是因为"我"够不着"我"（或"我"在"我"之外）已成痼疾和顽症，急需药石之助以求滋阴壮阳的迫不得已之举。在《无题》的正文开篇之前，引用了宋人周弼《采香径》一诗的颈尾两联："响屦薛埋丹凤迹，缕衣花变粉蛾灰。谁知子夜歌残日，树满西山似绿苔。"诸如"粉蛾灰""子夜""残日"这类偏于消极和否定性的东西，在罗兰·巴尔特或整一性语境看来，其实质无他，不过"灰"而已矣。在此，"灰"大体上意味着："那不是（理想的确定性自我）……"；或者更进一步："那不是（距离理想的确定性自我不远或很遥远的任何一个'我'：亦即无数个可以用不定冠词［a］加以修饰的'我'）……"。如此面相的否定性句式负责从反面、从消极的角度（而不是从"绿苔""丹凤迹"这个充满喜气的层面），给予"我是谁"以明确的答案：我是灰[1]。或许，这正是《无题》结尾那一节的真实含义——

_____

[1]　从反面、消极的层面去定义某物某事，不是修辞，不是为了故意获得某种表达效果，更不是语言花招，而是现代性的深刻危机在语言句式上的直观呈现，显示了某种不得不如此的急促性。维特根斯坦说："我们欲说的一切都先天地要成为无意义。尽管这样，我们总还是力图冲破语言的界限。"（维特根斯坦：《论海德格尔》，何卫平译，湖北大学哲学研究所《德国哲学论丛》编委会编：《德国哲学论丛 1998 年卷》，中国人民大学出版社，1999 年，第 81 页）

八面来风了！雷声的骰子已被掷进虚空

白虎吞吐曦月，古镜上，黑鸟遗世孑立

谁是她枯槁的唇颊上缭绕的第九个天使

废黜我们，这些赴死的离经叛道的儿子①

　　"我"在"我"之外的极端状态，无疑是——但也不过是——"我"完全消失于"我"的视线；夹在"我"在"我"之外与其极端状态之间的，正是灰，唯有灰；灰是两者的折中状态，是抒情主人公和新诗的自我在相互妥协中制造的产品。有整一性语境和诗学隐喻为之担保，这个结论自有不可抗拒的内证："（那）不是水，是水的灰。抵达了灰的水/灰的今生，夹在水和水之间……"（杨政：《雪》，2010 年）必须得再一次托整一性语境的福，否定性的"那不是……"一直在致力于为自我的灰状态（或曰自我的灰实质）予以坚定的辩护，与此同时，还完美地回报了新诗的调停、说项与斡旋：

[接上页] 维特根斯坦的言说，很可能是对"不得不如此的急促性"的某种机智的表达。

① 《无题》有对"白虎"的注释："二十八宿中西方七宿奎、娄、胃、昴、毕、觜、参之称，主秋季；又为星命凶神，主杀伐。作者诗中喻指开明兽，《山海经·海内西经》：'昆仑南渊深三百仞。开明兽身大类虎而九首，皆人面，东向立昆仑上。'昆仑即古岷山。蜀王鳖灵开国亦自称开明氏。太阳鸟，又为不死鸟，为古蜀先民太阳崇拜的图腾。蜀人先王有以'鱼凫'为号者。"《无题》对"堕天使"（Fallen angel）也有注释："又名堕落天使，因叛逆而被上帝从天堂逐出，第九个是'贡蒭'（Python）即失去天使。堕落天使一直在大地上漫游，直到审判日来临，它们会被扔进火湖。作者出版的第一本诗文集《从天而降》即暗寓此意。"

我的存在就是不存在，我叫灰

意思是乌有，乌有像乌有的鬼脸儿

我躲在里面瞪着谜样的灰眼睛

湿的泪、虚的光阴、乱纷纷的雄心

天下美色，落花流水，你和你们

像我假扮的前世，比灰退一步的样子

是灰的海市蜃楼，与灰背道而驰的灰

我温柔的模样是否令你揪心，用我

灰的耳朵听一听，那并不存在的灰的心

我，被灰的辩证法武装到牙齿的

灰的法西斯，是否像你调皮的宿营地？

唉，难道从灰里面显形的可以不是灰？

用我灰的耳朵听一听，灰原来是无声的

万古愁，你和你们，正被我吃进去！

（杨政：《灰》，2001 年）

    这首新诗中的精短杰作，把自我的灰状态（或曰自我的灰实质）状写无遗。自我的灰状态意味着："我"永远够不着"我"，永远无法进驻"下一分钟"，永远在理想的确定性自我之外要么一点点，要么无限远，就像苏珊·桑塔格所说："建构自我的过程及其成果总是来得过于缓慢。人始终落后于其自身。"① 而差以无限远，在更多的时刻，仅仅是因为失之一点点。"那不是

① 苏珊·桑塔格：《在土星的标志下》，姚君伟译，上海译文出版社，2006 年，第 117 页。

（我）……"不能被"而是（灰）……"来补位；这两者之间构筑的对称、平衡和滑溜的关系，不可能得到整一性语境的支持，因为它严重有违于诗学隐喻的初心。新诗的普世性对"那是（灰）……"替代"那不是（我）……"深表赞同，亦即"我叫灰"、"我，被灰的辩证法武装到牙齿的/灰的法西斯……"。在所有可能的句式中，唯有用"那是（灰）……"来替代或置换"那不是（我）……"，更能准确表达抒情主人公随时面对的自相矛盾的境地。几经努力之下，"我是灰"或自我的灰状态（亦即"那是灰……"），而不是理想的确定性自我，才是抒情主人公所能获取的自我的现实境况。因此，它不在具有"滋溜"特性和"滑头"性质的"下一分钟里"，它就在眼下；存乎于"下一分钟"的，是永远处于尿道阻塞之途中的理想性自我。自我的灰状态、自我的灰实质既是寻我之旅的唯一现实（它在色泽上忠实于迷雾之"雾"，对称于迷途之"途"），也是寻我之旅者极不满意，但又无可如何的苦果，必为践履现代天命的勇敢者所接受。

西西弗文体

自新文化运动以来的百余年间，新诗无疑是所有文体中最多灾多难的文体。它也许和小说、散文、话剧一道，遭遇过同等性质、同等程度的其他方面的伤害，但它在语言层面经受的蹂躏，决非小说等文体可堪比拟，这首先是因为和小说等文体相比，诗向来以语言为第一要素，为绝对的生命线。在西方，甚至有一种专门为凸显语言的崇高地位而出现的诗学品类，名曰语言诗

(language poetry)①。新文化运动的划时代贡献之一，应当是促成了现代汉语的诞生②，决非白话文的问世③。杨政恰如其分地认为，现代汉语使"书面表达更精确、更适于思辨和数理逻辑的推演，具有了时间的流动感；同时，作为象形文字，汉字本身的历史记忆、孤立和微妙，还有萦绕在它内部悠远的回声，则得以保存。这是一种尤益于诗歌的语言样式，它深沉、灵活、比古汉语更精确和富有张力，这种创造本身即打开了母语的现代经验之门，这个民族应该贡献出划时代的大诗人才对，可惜，它未至盛年便匆匆老去……"④ "未至盛年便匆匆老去"云云，暂且搁置勿论；杨政的担忧，似乎更应该落实于令他欲说还休的那个"整整百年"。他的言下之意很有可能是：能够促成反讽时代的视觉化汉语自其诞生那一天起，也许就开启了它自身的腐败和危机之门，这本身就充满了反讽性⑤；一部百年现代汉语史，既是一部

---

① 参阅张子清：《美国语言诗》，《国外文学》2012 年第 1 期。

② 对于这个问题，汪晖有很深刻、准确的评论："不是白话，而是对白话的科学化和技术化洗礼，才是现代白话文的更为鲜明的特征。"（汪晖：《现代中国思想的兴起》下卷第二部，生活·读书·新知三联书店，2004 年，第 1139 页）

③ 汉语的书面白话自晚唐起，至少存在了九个多世纪（参阅王力：《古代汉语》第一册，中华书局，1962 年，第 1 页），所以，白话文原本不构成问题。

④ 杨政：《走向孤绝》，杨政：《苍蝇：杨政诗选》，海豚出版社，2016 年，第 3—4 页。

⑤ 比如，陈独秀有关提倡白话文而答胡适的某封信里有这样的表述："……必不容反对者有讨论之余地。"这封信（《新青年》，第 3 卷第 3 号，1917 年 5 月）透露出的独断、坚硬和霸道，或可被视之为百年现代汉语腐败的胚胎所在。钱玄同则说得更为强硬和独断："欲使中国不亡，欲使中国民族为二十世纪文明之民族，必以废孔学，灭道教为根本之解决，而废记载孔门学说及道教妖言之汉文，尤为根本解决之根本解决。"（钱玄同：《中国今后之文字

表达上的辉煌灿烂史，与此同时，它也是一部被戕残、被侮辱、被戏弄、被损毁直至被腐败的危机史，但似乎还不应当说成悲观人士们心目中的失败史①。所谓语言的腐败或危机，乔治·斯坦纳自有妙论和高论："鉴于纳粹统治下的德语状况，我在其他地方也表明，当语言从道德生活和情感生活的根部斩断，当语言随着陈词滥调、未经省察的定义和残余的语词而僵化，政治暴行与谎言将会怎样改变一门语言。……当对放射性辐射尘的研究被取名为'阳光行动'时，这个共同体的语言已经陷于危机。"② 从理论或原则上讲，所有的词语都可以，似乎也都可能像维克多·克莱普勒（Victor Klemperer）所说的那样，"始终是栖身于制服之中的，并且在三种不同的制服里，而从来不曾身着便装"③。苏格拉底认为：对语言的仇恨，乃诸恶中之最恶④；而仇恨语言，实乃诸种败坏语言的方式中，最糟糕的方式。韩少功从具象的维度，雄辩并且令人信服地论证过：知识的危机是当今世界一切危机的渊薮，而知识的危机不偏不倚，恰好起源于语言的危机⑤。

有如此凶相的语言危机存乎于世，新诗，当然还包括和视觉

[接上页] 问题》，蔡尚思主编：《中国现代思想史资料简编》第一卷，浙江人民出版社，1982 年，第 416 页）

① 近年来，有关现代汉语的失败论甚嚣尘上，其中，以李春阳的大著《白话文运动的危机》（生活·读书·新知三联书店，2017 年）最为典型。但失败论不为本文所接受。

② 乔治·斯坦纳：《语言与沉默》，前揭，第 34 页。

③ 维克多·克莱普勒：《第三帝国的语言：一个语文学者的笔记》，印芝虹译，商务印书馆，2013 年，第 3 页。

④ 参阅《柏拉图对话录》，王太庆译，商务印书馆，2004 年，第 251 页。

⑤ 参阅韩少功：《暗示》，人民文学出版社，2002 年，第 303—304 页。

化汉语相关的其他一切人类行为，就无往而不在危机和腐败之中。对此，杨政有高度的警醒和觉悟："语言本身也正在砂化，变得枯涩、轻浮，难以承载思想，只起遮蔽作用，且无法自我净化……我们发现已无从表达，也不必表达，语言已经丧失了应有的功能，诗歌也远离了自己。……诗歌正在死去。"① 就是在这种样态的语言氛围里，一百余年来，新诗仰仗它执拗的自我，尤其是自我中的普世性部分，一次次像西西弗（Sisyphus）那样，将巨石推向山顶；当巨石因其自身的重力作用再度滑落下来，新诗必将又一次将它推向顶端，如此往复不已②。因此，在善解人意的诗人和抒情主人公那里，新诗为自己赢得了西西弗的悲壮形象。

在阿贝尔·加缪（Albert Camus）看来，西西弗实在是一位荒谬的英雄，这个英雄浑身上下满是荒谬的激情，在其激情支撑下的辛苦劳作既费力，又无用："诸神处罚西西弗不停地把一块巨石推向山顶，而石头因为自身的重量又滚下山去。诸神认为再也没有比进行这种无效无望的劳动更为严厉的惩罚了。"③ 新诗一次次绝处逢生，一次次再度陷入绝境，又一次次以其本来该有的模样和姿态重新归来，却是新诗乐此不疲的事情。西西弗之所以如此荒谬，是因为诸神特地为他分发了残酷的自我配额；在尚

① 杨政：《走向孤绝》，杨政：《苍蝇：杨政诗选》，前揭，第 1 页、第 9 页。
② 比如，杨政就注意到："直到今天，……汉语诗歌较之（19）80 年代总体上逡巡不前，甚至正一步步走向绝地。"在他看来，面对此情此景，诗人能够做的，不过是"再次走向孤绝"（杨政：《走向孤绝》，杨政：《苍蝇：杨政诗选》，前揭，第 9 页）。这正是新诗的西西弗形象的自我本质：新诗走向孤绝意味着新诗将再次把巨石推向山顶。
③ 加缪：《西西弗神话》，杜小真译，商务印书馆，2017 年，第 115 页。

未有原罪观念的希腊日子里，他却像有罪的哈姆雷特那样，没有任何能力变更其自我于万一。新诗的西西弗形象有如新诗自身那般具有普世性：它将古希腊的荒谬者，也就是寄居于"地方性知识"谱系的西西弗，给现代中国化了①，宛若现代性麋鹿在神面前执着于自己的长相。新诗的西西弗形象虽然悲壮，却既不荒谬，还反倒充满了快乐：它臣服于现代天命而忠实于自我；它在表达权被肆意剥夺的环境中、日子里，竭尽所能，一次次重新索回了专属于新诗的表达方式，不愿意新诗的一毫克自我蒙受损毁。王家新诗曰："终于能按照自己的内心写作了/却不能按一个人的内心生活。"（王家新：《帕斯捷尔纳克》）但这又有什么关系呢？和新诗高大、挺拔的自我相比，诗人的内心生活很多时候不免渺小、琐碎而冗余，甚至不乏自恋的成分——自恋正是单子式个人的本质属性之一②；或者：在某些极端的年代，诗人以牺牲自己的内心生活为筹码赢得新诗的完整的自我，是值得诗人和新诗共同庆幸的事情。

能自救者，不仅人恒救之，还能救人。新诗因忠于其自我而获取的西西弗形象，仅仅是完成了自救的任务；它接下来要做的，是帮助深陷于迷雾和迷途的抒情主人公获取他们（或她们）的理想性自我（亦即确定性自我）。事实上，作为中国历史上前所未有的新文体，新诗首先是为应对中国历史上同样前所未有的

---

① 中国神话中也有类似于西西弗那样被罚而做无用功的神，这就是吴刚。段成式这样写道："旧言月中有桂，有蟾蜍，故异书言，月桂高五百丈，下有一人常斫之，树创随合。人姓吴名刚，西河人，学仙有过，谪令伐树。"（段成式：《酉阳杂俎·天咫》）此处之所以用西西弗配新诗，是为了说明新诗的自我中的普世性。

② 参阅敬文东：《论垃圾》，《西部》2015 年第 4 期。

现代经验而出现①；与现代经验相伴相随的，则同样是中国历史上前所未有的单子式个人，那些恒久性迷途于历史迷雾的可怜虫，那些反讽主体。古诗为确定性的天命之我充当言志的工具、缘情的器物，没有自我，也无须自我；它从一开始，就与作为天命之我的诗人合二为一（可称之为诗人合一，其构词法模仿了天人合一）。新诗的自我虽然孤独，但其自我意识却无比浓烈。它甫一亮相，就和迷途于历史迷雾的单子式个人彼此对峙；但为了成全诗篇（诗篇是二者共同的目的），必须彼此合作。因此，归根结底，新诗是为抒情主人公获取其确定性自我（亦即理想性自我）而出现；其目的，是帮助单子式个人精彩地回答尼采问题，忠实地践履现代天命。对此，杨政有极为强烈的自觉性："我们始终试图以自己的写作来确认：我，到底是谁？或者，我想成为哪一个？"② 因此，新诗满可以被目之为愿望的产物。愿望不仅是诗的发源地，它本身就是最大、最高的诗③；愿望的句式向来是肯定性的"我想……"，绝非否定性的"那不是……"。"那不是……"只能被认作愿望破产的标志，但破产的愿望还算愿望吗？新诗的西西弗形象自然而然地意味着：新诗是一种西西弗文体。西西弗文体自愿臣服于现代天命，视阻碍新诗完成其自我的所有羁绊之物为寇仇；把妨碍单子式个人回答尼采问题的所有难言之隐，统统目之为必须突破的堡垒。因此，西西弗形象必然是快乐的形象，就像红色电影里的革命者在面对敌人的屠刀时，因

---

① 参阅敬文东：《新诗失败了么？》，《南京理工大学学报》2009 年第 3 期；参阅敬文东：《丰益桥的夏天——张后访谈敬文东》，《山花》2010 年第 7 期。

② 杨政：《走向孤绝》，杨政：《苍蝇：杨政诗选》，前揭，第 9 页。

③ 参阅敬文东：《随"贝格尔号"出游》，河南大学出版社，2010 年，第 265 页。

即将完美地实现他们（或她们）的自我价值，放声大笑："砍头不要紧，只要主义真。杀了夏明翰，还有后来人！"① 西西弗文体则是一种快乐的文体，就像革命者临死前写道："毒刑拷打算得了什么？／死亡也无法叫我开口！／对着死亡我放声大笑，／魔鬼的宫殿在笑声中动摇；／这就是我——一个共产党员的'自白'，／高唱凯歌埋葬蒋家王朝！"（陈然：《我的"自白"书》）② 因此，新诗在破房平蛮、排除艰难险阻的征程中，虽不乏风尘和倦意，却必定面带笑容，不似古希腊每天推着巨石上山的那个人，愁肠百结，一筹莫展。

齐泽克很小心地区分过道德（morals）与伦理（ethic）："道德事关我和别人关系中的对等性，其最起码的规则是'你所不欲，勿施于我'；相反，伦理处理的是我和我自己的一致性，我忠实于我自己的欲望。"③ 古代汉语诗因服务于具有本质主义之嫌的天命之我，自带工具色彩；它以服务性的工具身份为其基本伦理。这种伦理没有丝毫的自觉性和自主性，它是被赋予和被征用的。新诗忠于自身的欲望及其普适性，以至屡屡自救于各种陷阱和险境（比如语言的腐败和腐败的语言）。它通过这种渠道获取的西西弗形象，乃是新诗的基础伦理的标准造型。新诗恪尽职守，倾尽全力帮助抒情主人公回答尼采问题，践履现代天命。它以此为途径获取的西西弗文体，则是新诗的高级伦理的快乐版本。这两种不同层次但彼此相关的伦理，都极富自觉性：它们都

---

① 参阅电影《夏明翰》，贾士纮导演，1985 年。

② 后人对陈然被处决前的坦然和勇敢有生动的文字铺陈（参阅厉华等《来自白公馆、渣滓洞集中营的报告》，重庆出版社，2003 年，第 297—298 页）。

③ 斯拉沃热·齐泽克：《弗洛伊德—拉康》，何伊译，张一兵主编《社会批判理论纪事》第三辑，江苏人民出版社，2009 年，第 8 页。

忠实于自己的欲望。作为当下中国为数不多的现代主义诗人，杨政深知诗人和抒情主人公之间的关系，更通晓抒情主人公和新诗这种文体之间的复杂交情。整一性语境可以担保，杨政对如下局面了然于胸：新诗的两种伦理从来不会有问题；问题总是出在抒情主人公那一边。在现代中国，新诗作为一种来源特殊、用途特殊的媒介，致使抒情主人公总是被迫成为的，就像所有的英雄都是被逼而成的：不会有任何人在拥有确定性自我的情况下，自虐般踏上艰险、崎岖的寻我之途。和快乐的西西弗文体相映成趣的是：抒情主人公注定是忧郁的；以乔治·巴塔耶（Georges Bataille）之见，忧郁是一种普世性的现代性心理状态①。熟悉巴塔耶的耿占春因此明知故问："这个时代，谁能免除忧郁？"② 无论抒情主人公如何努力回答尼采问题，"下一分钟"都永远自外于他；无论抒情主人公多么渴求理想的确定性自我，拍马前来的，永远都是自我的灰状态，并且是以忧郁打底的灰状态：

> 第八夜，踩着大地的凹凸，浓雾之子来了！
> 解开万事万物的罗裳吧，事物本就是衣裳
> 如果抹平疑窦与界限，如果我们赤裸着
> 并集体吞灰，你还会再为一次钟情哭泣吗？
> （杨政：《第十二夜》，2014 年）

自我的灰状态要么是浓雾之子，永远与历史的迷雾合二为

---

① 参阅乔治·巴塔耶：《内在体验》，尉光吉译，广西师范大学出版社，2016 年，第4—5页。

② 耿占春：《谁能免除忧郁？》，《天涯》2012 年第 2 期。

一，"我"与"我"永远相忘于也相望于迷途；但更有可能是浓雾之子的挟持者，永远身在迷雾之中，伤心于迷途，最终，达致醉心于迷途的荒谬境界，就像古希腊的大力士以荒谬本身为继续存活下去的激情①。自我的灰实质不仅意味着灰，还意味着（集体）吞灰。因此，陷入绝境的抒情主人公裹挟着新诗的自我偶尔自暴自弃，就是完全可以理解的事情："啜饮我吧，啜饮我，这酒一般的存在才是/真的我！穿透自身的裂隙方能将相反偷觑/把我喂你的也正把你喂我，光荣尽归尘土。"（杨政：《米》，2014年）加斯东·巴什拉说："一个音调深重的词，它的后面一定是一个深沉的事物。"② 整一性语境和诗学隐喻皆可担保：作为"光荣"的归宿地，作为一个音调比较深重的语词，"尘土"可以被视作自我的灰状态，如此完美，如此贴切和准确③。但即便如此，现代性麋鹿仰仗新诗的高级伦理，依然怀有一颗不屈不挠的执拗之心：它仍然试图向神讨要唯一确定的自我形象。神在给了它四个"像"（头脸像马、角像鹿、蹄子像牛、尾像驴）和一个"是"（是人心）之后，心怀善意地告诫现代性麋鹿：

---

① 参阅加缪：《西西弗神话》，前揭，第115页。
② 转引自弗朗索瓦·达高涅：《理性与激情：巴什拉传》，尚衡译，北京大学出版社，1997年，第67页。
③ 傅修延认为："单个的汉字是最小的叙事单位，汉字构建之间的联系与冲突（如'尘'中的'鹿'与'土'、'忍'中的'刃'与'心'），容易激起读者心中的动感与下意识联想。"（傅修延：《中国叙事学》，北京大学出版社，2015年，第81页）汉字"尘"本有飞散的意思，比如《左传·成公十六年》："甚嚣且尘矣。"给人以人生飞散如寄的叙事感觉，和灰这种燃烧后留下的余烬有体貌上的相似性。

> 想一想，我的傻孩子，你究竟要成为哪一个？
> 唯一即囚笼，
> ……
> 去吧，乌托邦！在缤纷的自我间必有一个真你
> 从此出没天地的空隙，替我将世界的丧钟鸣响！

作为诗人的杨政很清楚，事情到得这般境地，需要真正意义上的现代诗人发挥作用：他必须成为抒情主人公和新诗之间的调停人。调停人就是那个能够看到两边的人。他很清楚，不是身在寻我之途的抒情主人公不够勇敢，也不是新诗的两种伦理不够分量，而是以诗人为身份的那个人始终在诚实地认为，无论新诗如何挖空心思激发两种伦理的力量，都不"能"——而非不"想"——否认一个事实：唯有抒情主人公的自我的灰状态才是真实的；那唯一一个理想的确定性自我不仅是"囚笼"，还是"乌托邦"，更是替神敲响世界之丧钟的工具，仅仅拥有工具的价值。这才是真正意义上的现代主义诗人需要恪守的诗人伦理：他不仅首先要以尽可能多地去诗人的个人化为筹码，成全新诗的自我意识；紧接着，还必须将仅存的个人化，用于调停抒情主人公和新诗之间的关系，以求它们的合作结果能与灰暗的现实构成另一种更大规模的整一性语境。这就是说，新诗以其自我支撑起来的两种伦理和抒情主人公深度合作，首先形成一种诗学层面上的整一性语境；诗人调停新诗与抒情主人公的关系，最终，形成一种融合诗与现实的整一性语境。这就是诗人伦理具有的功效；两种语境交互作用，让自我的灰状态更加拥有普世性，亦即唯有

自我的灰状态，才更有资格被视作现代人类的现实处境，真正的处境①。智利诗人罗贝托·波拉尼奥（Roberto Bolaño）有云："……男孩/的玩具是想法。想法以及特定场景。/静止是一种透明而坚硬的雾气/从他的眼睛里飘逸。"（罗贝托·波拉尼奥：《天亮》，范晔、杨玲译）这个男孩就像迷途的孩子、看木偶戏的"我"，甚至还有胜于诗学隐喻的原型（亦即迷途的孩子、看木偶戏的"我"），因为这个男孩的眼睛自带雾气（亦即"静止"）；自带雾气的眼睛（亦即处于静止状态的眼睛）究竟能看见怎样的世界，答案似乎不言而喻。俄国人德拉戈莫申科如是写道："缺口在那里派生希望，让人目眩。/要么在低处，你在低处与雾混淆……"（德拉戈莫申科：《不是梦……》，刘文飞译）"与雾混淆"意味着，"我"不仅在"我"之外，"我"还与"雾"连为一体而成为"雾"，有类于"集体吞灰"和醉心于迷途的荒谬境界。诗人作为调停人，诗人恪守其伦理，造就了如此这般具有高度概括能力的诗学现实，的确值得新诗、抒情主人公和诗人兀自骄傲不已。

---

① 杨政从诗学上提供的普世性自我是极为重要的，但他到底又是"德不孤，必有邻"（《论语·里仁》）之人，德国大哲席勒（Friedrich Schiller）传达了几乎相似的意念："旧的原则将会继续存在，但会穿上时代的服装，哲学出借它自己的声望去进行从前由教会专权进行的镇压。自由在它最初的尝试中总是宣告自己是敌对者，因此，一方面，由于对自由的恐惧，人们心甘情愿投入奴役的怀抱。另一方面，由于受到迂腐的管制而陷入绝望，于是就一跃而落入自然状态的那种粗野的放肆之中。强夺基于人的天性的怯弱，反叛基于人的天性的尊严，这种状况要一直延续下去，直到最后盲目的强力这个人类一切事情的最大统治者出面仲裁，它像裁判普通拳击一样裁决这所谓的原则之间的斗争。"（弗里德里希·席勒：《审美教育书简》，冯至等译，北京大学出版社，1985年，第39页）

调停人当然支持如下现实：抒情主人公尽可以面带忧郁之色，甚至不妨妥协、软弱、撒娇、哭泣；西西弗文体本着它的两种伦理，却必定快乐、坚强。有诗人居中调停，西西弗文体的幸福之处正在于：抒情主人公每获得一次自我的灰状态，作为文体的新诗就和忧郁的抒情主人公一道成就了一个诗篇；西西弗文体在履行两种伦理的同时，既让诗篇得以成形，又保护了抒情主人公，还让抒情主人公获取了普世性的自我形象。虽然普世性的自我形象"不是"存乎于"下一分钟"的理想性自我，却足够令新诗深感快乐——它完成了自我，向世人展现了自我。有两种伦理保驾护航，现代汉语诗的愿望终究得到了保护，它因此依然有权享用作为句式的"我想……"；抒情主人公的愿望几乎从未达成，但他拥有一个诚实的现实，只得享用作为句式的"那不是我，那是灰……"，却依然可喜可贺。

新诗：一种愿以拯救性教义为自我的文体

歧路、偶然性和呕吐

话说"杨子见歧路而哭之，为其可以南，可以北；墨子见练丝而泣之，为其可以黄，可以黑"①，这个经典传说，对后世中国的诗文影响甚巨；借之为典以浇自家块垒者，在古典中国代不乏人。竹林人士有诗曰："杨朱泣歧路，墨子悲染丝。"（阮籍：《咏怀》之二十）世传阮嗣宗一生有三次著名的恸哭；效法杨朱的穷途之哭最为有名。正史（而非谣言或小道消息）有云："阮籍时率意独驾，不由路径，车迹所穷，辄痛哭而返。"② 咏诵杨子和墨子的阮步兵及其"痛哭而返"，也自此成为典故，不绝如

---

① 《淮南子·说林训》。

② 房玄龄等：《晋书·阮籍传》；刘义庆：《世说新语·栖逸》刘孝标注引《魏氏春秋》。

缕于后世的中国诗文。彼得（Peter）鸡鸣之前三次不认主，应验了其主耶稣的预言（Lord said：Before the cock crow, thou shalt deny me thrice）。到得鸡鸣时分，彼得的内心正处于"风雨如晦"（《诗经·风雨》）的激荡、难休之境；醒悟过来之后，"他就出去痛哭"①。这个典故随《圣经》在全球高调传扬，其影响力至今仍处于持续发酵的状态。西渡赓续前贤，作有短诗一首，即《他出去痛哭……》（2016 年）。此诗区区四节，每节征用一个著名的典故，以求谋构诗篇：墨翟哭染丝、杨朱泣歧路、阮籍效法穷途之哭、彼得出门痛洒热泪。墨翟、杨朱、彼得要么是某个学派（或教派）的创始人，要么就是某个教派（或学派）的重要继承者，唯阮步兵以诗人名世，在官本位持续看涨的帝制中国实在地位欠高；大型组诗《咏怀》满可以被认作效法穷途之哭的正宗产品。该产品的核心乃是感叹，但更有可能是感叹的极端化（亦即痛哭）②。"礼岂为我辈设也？"③ 的歪头、斜视复兼"青白眼"④ 之问，是否当真能够成为他佯狂、自救的依傍⑤？

在《他出去痛哭……》中，四个典故仿佛身处四个分量相等彼此平行的袖珍宇宙。它们相互映射、互为镜像，彼此间没有高低、贵贱、冷暖、小大之别。这种被特意谋划、精心制作出来

<hr>

① 参阅《圣经·路加福音》22：55-22：62。
② 参阅敬文东：《感叹与诗》，《诗刊》2017 年第 2 期。
③ 《世说新语·任诞》。
④ 史载："（阮）籍能为青白眼，见凡俗之士，以白眼对之。"（参阅《世说新语·简傲》注引《晋百官名》）
⑤ 此处之所以有此一问，并非无事生非，因为陆游就对阮籍此言大为忿恚，他怒斥阮籍曰："天生父子立君臣，万世宁容乱大伦！籍辈可诛无复议，礼非为我为何人？"（陆游：《读〈阮籍传〉》）。

的诗学安排，让短诗《他出去痛哭……》大有分教，也大有深意：教主和诗人生而面对的，都必将是人生的歧路（或穷途又曰末路），没有谁当真可以例外，或者幸免。在古旧的中国，"虞舜窘于井廪，伊尹负于鼎俎，傅说匿于傅险，吕尚困于棘津，夷吾桎梏，百里饭牛，仲尼畏匡，菜色陈、蔡"①。在苍茫的西方，圣如耶稣者在尚未三位一体时，也自有歧路：要么拥有世上万国以及万国带来的荣华，要么拒绝向撒旦伏拜②。教主们有能力要么将穷途抹去，要么将可以南（或可以黄）、可以北（或可以黑）的某条路认作天堂（或拯救）之路，将另一条认作通向堕落（或魔鬼）之途，亦即"被压碎的噩梦"③，但又似乎不能轻易地被目之为"草率的教义"（sloppy thinking）④。宛若某个无知、天真的孩子对前来问路者说："这条路通往我家，那条路不通往我家。"⑤ 诗人却无法确认他究竟应该踏上哪一条道路，才算得上得体的举止，才配称正确的选择，何况名唤诗人者有时还自觉无路可走，比如屈原、徐渭、朱湘、海子、戈麦（但不包括杀人犯顾城）。前者形成了教义，是绝对肯定性的、正面的；后者凝结为诗篇，更倾向于怀疑，甚或绝望，却同样不能被轻易地

① 司马迁：《史记·游侠列传》。
② 参阅《圣经·马太福音》4：8-4：9。
③ 梅芙·恩尼斯（Maeve Ennis）等：《梦》，李长山译，生活·读书·新知三联书店，2003年，第25页。
④ 苏卡尔（Alan Sokal）语，参阅刘擎：《悬而未决的时刻》，新星出版社，2006年，第56页。
⑤ 敬文东：《塔里塔外》，《莽原》1998年第3期。

目之为消极或者负面——事实就是事实，无所谓负面或者消极①。

在此基础上，《他出去痛哭……》乐于继续暗示：肯定性的教义自信能够一劳永逸地消解歧路和穷途，如果它成功地捕获了信众；怀疑性的诗篇将永远为面临歧路和穷途的人生而歌、而哭，如果诗人愿意诚实地正视穷途、诚恳地直面歧路。从逻辑上说，诗有机会发育、成长为另一种具有消解性、拯救性的教义。斯蒂芬·斯彭德（Stephen Spender）早已有言在先："人们大体上可以承认，诗本身并非诗的唯一目标。或者，人们更应该认为：纯诗之外还有一个目标——宗教的幻觉。"② 对于那些感染了不同症候的人来说，教义和诗同等重要：信众因教义而被救；诗人则以写作怀疑性的诗篇以自救，仿佛危险一经说出就没有了危险，或者恰如鲁迅所言："其实地上本没有路，走的人多了，也便成了路。"③ 这就是钟嵘说过的："使穷贱易安，幽居靡闷，莫尚于诗。"④ 西渡也早已有言："诗歌是人类大逃亡途中最后的驿站。诗歌的曙光出现在哪里，拯救的希望就出现在哪里。……

---

① 原始事实（brute fact）就是事情；事情的整体和片段被语言所吸纳则为经验事实（empirical evidence）。原始事实自在自为自足，不关人的事；经验事实因为有事情（原始事实）从旁控制，它在被人理解–解释之前，也自在自为自足（参阅敬文东：《随"贝格尔号"出游》，前揭，第 47—63 页）。因此，事实无所谓正面和负面、积极和消极或者偏激和持中。

② Stephen Spender, *"Rilke and Eliot"*, in Rilke: *The Alchemy of Alienation*, ed. F. Baron, E. S. Dick and W. R. Maurer, Lawrence: Regents Press of Kansas, 1980, p. 47.

③ 鲁迅：《呐喊·故乡》，《鲁迅全集》第一卷，人民文学出版社，2005 年，第 510 页。

④ 钟嵘：《诗品·序》。

在一个消费时代，写作，尤其是诗歌写作……是一声不那么响亮却坚定的'不'。虽然微弱，却是我们拯救自身的一个有限的机遇。"① 但它也正是臧棣特别想说的：虽然"每一首诗都可能是/一条蛇；但写出后，世界就不一样了"（臧棣：《为什么会是蛇协会》）。似乎很容易设想：被"写出后"的这个"不一样"的世界值得拥有，值得栖息、信赖，甚至值得赞美；它安全、舒适、宜居，适合一场类似于牛郎织女般的恋爱，一次刑场上的婚礼。雪莱（Percy Bysshe Shelley）有更上层楼的咏诵："最甜美的诗歌就是那些诉说最忧伤的思想的。"缪塞（Alfred de Musset）则云："最美丽的诗歌就是最绝望的，有些不朽的篇章是纯粹的眼泪。"② 在神学时代或充满上帝语义的空间内，诗不过是某种更高力量的婢女，或仆从；所谓"为诗辩护"，所谓以诗为手段觅取新感性，不过是从神本走向人本后的正常之举、无奈之举，但更是自救之举③。从《他出去痛哭……》暗示的方向望过去，诗正可谓一种没有教堂——但亦无须教堂——的自救性教义；对

① 西渡：《灵魂的未来》，河南大学出版社，2009年，第215—216页。
② 转引自钱钟书：《七级集》，生活·读书·新知三联书店，2002年，第125页。
③ 马尔库塞（Herbert Marcuse）甚至认为，生殖器性欲被无限推崇，乃是本能受到劳动的严重压抑所致。无限推崇生殖器性欲的结果是：性欲集中于一个小小的器官上，最终，让除此之外的其他所有身体部分非性欲化。但"这个过程导致的肉体非性欲化结果对社会是必要的，因为这样，力比多集中到了身体的某一个部位，而其他部位则可以自由地用作劳动工具。于是力比多不仅在时间上减少了，而且在空间上也缩小了"（马尔库塞：《爱欲与文明》，黄勇等译，上海译文出版社，1987年，第31页）。而以诗弥补力比多受损，正是诗作为拯救性教义的题中应有之义（参阅马尔库塞：《单向度的人》，刘继译，上海译文出版社，1989年，第129—152页）。

于无神论的种族或世俗性的文化而言，这个结论来得尤其真实无比。西渡的好友戈麦写道——

> 好了。我现在接受全部的失败
> 全部的空酒瓶子和漏着小眼儿的鸡蛋
> 好了。我已经可以完成一次重要的分裂
> 仅仅一次，就可以干得异常完美
>
> 对于我们身上的补品，抽干的校样
> 爱情、行为、唾液和革命理想
> 我完全可以把它们全部煮进锅里
> 送给你，渴望我完全垮掉的人
> （戈麦：《誓言》）

一部古代中国思想史有分教：和穷途比起来，歧路更为常人所常见①。在长江边自感面临歧路的王勃有自伤之言："关山难越，谁悲失路之人；……勃，三尺微命，一介书生，无路请缨"；为增加自伤之感，王勃还顺便提及"痛哭而返"者："阮籍猖狂，岂效穷途之哭？"② 王勃的自伤之言，既将阮籍的穷途之哭认作对杨朱的效法，也将穷途和歧路的关系摆明了：穷途更应当被视作歧路的极端形式。汉人王阳奉先人遗体返乡，途经蜀地邛

---

① 关于这个问题，李零的著作《中国方术考》（中华书局，2006 年）、《中国方术续考》（中华书局，2006 年）最能给人带来启示；如果没有歧路，方术就没有存在的理由。
② 王勃：《滕王阁序》。

�之九折阪，更可谓歧路之极数（"九"为数之极也）① ——这从量的角度，定义了歧路的极端形式。西渡另有一首短诗，也在平实地叙说某人面临歧途时到底该做何抉择，究竟该如何抉择。在这个小小的诗篇中，抒情主人公，亦即"中年的还乡者"，也就是像离家千年重返故里的丁令威一样念叨着"城郭如故人民非"②的那个人，再次目睹自己三十年前离村出走时面临的那两条可以南、可以北的道路，禁不住大发感慨。此人暗自默念，并自忖道："三十年前，你用/穿解放鞋的双脚一步步/丈量过的那条路，通向了/今天的这条路吗？"几经自我驳诘之后，醒悟过来的抒情主人公，那个"中年的还乡者"，也就是当代的丁令威，并没有像四个典故中人那般以泪洗面，反倒更加坚定了自己的坚定信念：

> 假如三十年前的一切重来
> 你能够选择的道路也不会
> 多于这一条。这是群山对你的
> 教育。弗罗斯特担心的
> 千差万别从没有发生；倒塌的
> 石墙下，穿过蛛网的风告诫
> 你，这就是所有道路的秘密
> （西渡：《再驳弗罗斯特》）

弗罗斯特（Robert Frost）在其名诗中是这么写的："两条路

---

① 参阅班固：《汉书》卷七十六。
② 佚名：《搜神后记》卷一。

在树林里分叉，而我——/我选择了那条少人行走的路，/这，造成了此后一切的不同。"（弗罗斯特：《未选择的路》，杨铁军译）老弗罗斯特以这几个满是感慨的诗句，兑现了他在同一首名作中预先给出的承诺："我将轻声叹息把往事回顾。"（I shall be telling this with a sigh）《再驳弗罗斯特》否定了弗氏的叹息，却并非有意抬杠；《再驳弗罗斯特》乐于认同的，依然是《他出去痛哭……》给予的暗示：只要暗自作为教义而无须教堂的诗存活于世，所有曾经被选择的道路都将是正确之路，或至少可以从心理上被认作正确的道途；在成型的诗篇和作诗这个动作面前，歧路（甚至包括极端如九折阪者）要么不那么重要，要么能够被克服，甚至已经被克服。选择这条道途的抒情主人公"我"，就是理应出现的"应是"之"我"（亦即 ought to be 所蕴含的 to be），不是受制于环境、情势甚或必然性的"所是"之"我"（亦即 to be as it is）。

《他出去痛哭……》早已将墨子、杨子、彼得和阮嗣宗现代汉语化了，因而把他们高度地现代化和中国化了①。教主或教主的继承者们大哭之后，纷纷迈出了坚定并且方向明确的步伐，以至于有资格被孟子斥为"禽兽也"②，实在无须谈论；被现代化

---

① 这里涉及一个至关重要的问题：和"写什么"相比，"怎么写"更重要；"怎么写"能决定被"写"的那个"什么"最终呈现出"什么"样态，因为"怎么写"意味着如何"看出一个名堂、说出一个意义"（human beings make sense of the world by telling stories about it），并最终，形塑（to form）了它意欲形塑的"名堂"和"意义"（Jerome S Bruner, *The Culture of Education*, Harvard University Press, 1996, p. 129.）。墨子、杨子、彼得和阮籍因现代汉语化而现代化和中国化了。

② 参阅《孟子·滕文公下》。

的阮籍却格外值得认真、仔细、小心地诉说。此人象征着或隐喻着的诗人和诗，乃现代诗人和新诗（而非古典诗人和古诗），毕竟媒介即讯息，"不可欺以方圆"①。从极端的角度看过去，现代汉语中的阮籍，亦即《他出去痛哭……》中的阮步兵，不过是魏晋时期那个阮籍的反环境，就像堤岸仅仅是鲫鱼、河豚的反环境。何况依卡尔·克劳斯（Karl Kraus）之见，"通过文字劫持了价值观"乃是轻而易举、唾手可得之事②。"王阳怀畏道，阮籍泪穷途"（文天祥：《卜神》）、"驾言穷所之，途穷涕亦浪"（员兴宗：《阮籍》）……诸如此类押着古韵的阮嗣宗象征着和隐喻着的，才是真正的古诗和古典诗人。

与古代汉语诗相较，新诗作为自救性的教义更具有紧迫性，这是因为在逻各斯的持久性操持下，"一切都四散了，再也保不住中心"（叶芝：《基督重临》，袁可嘉译）。有效法逻各斯的现代汉语从旁助威、掠阵，现代中国人所能拥有的，更可能是他们（或她们）不喜欢的"所是"，并非渴求中的"应是"；现代中国人时刻面对的，不仅是教主们和阮步兵曾经面对的歧路（或歧路的极端化），更有每时每刻随处可能遭遇到的偶然或偶然性。米兰·昆德拉（Milan Kundera）倾向于认为，一个绝对真理粉碎后，取而代之的，必然是数百个相对真理③；叶芝暗示的则是：具有向心力的中心粉碎而"四散"后，替代它的，必然是数不清的偶然和偶然性。在此，奥克塔维奥·帕斯（Octavio Paz）的

---

① 《荀子·礼论》。

② 参阅艾瑞克·霍布斯鲍姆（Eric Hobsbawm）：《断裂的年代》，林华译，中信出版社，2014 年，第 126 页。

③ 参阅米兰·昆德拉：《小说的艺术》，孟湄译，三联书店，1995 年，第 5 页。

见解来得极为直白和干脆：人不过是"时光和偶然性的玩物"而已①。偶然也许有理由被忽略，哪怕它很可能还是幸福的，比如"可怜/而渺小的人，偶然而稀见的幸福……"（西渡：《2017年6月10日，毛州岛》，2017年）。这种样态的忽略固然非常可惜，甚或值得为之抱憾，却并不令人绝望，还够不上里尔克道及的那个"严重的时刻"。偶然性必须得到重视，因为偶然性必须被视为歧路的加强版，但更应当被视作多倍——而非仅仅双倍——的歧路，足以陷现代人于难缠的泥淖，决非可惜甚或为之抱憾可堪比拟。

1860年代，惠特曼（Walt Whitman）在其诗作中以丰满的前腱幸福地宣称："我歌唱自己。/……我歌唱'现代人'。"（惠特曼：《我歌唱自己》，赵萝蕤译）此公未曾料到：在效法逻各斯的现代汉语的操持下，仅仅一个多世纪，现代中国人终于像极了现代西方人②。他们（或她们）必须像现代西方人那般，以应对密集的偶然性为其最根本和最基本的存在方式。"今天，在纽约美餐、到巴黎才感到消化不良的事情太容易发生了。"③ 这等有趣而常见的事体，固然像麦克卢汉认为的那样意味着全球化，但更意味着隐藏在全球化腹心地带的偶然性，并且是被习惯性放大、被习惯性聚焦的偶然性。全球化在意味着过多的其他要素之际，也意味着过度地制造偶然性，意味着时时处于激活偶然性的亢奋状态。过多的偶然性实在让人晕眩：早上兴冲冲出门，晚上

① 奥克塔维奥·帕斯：《双重火焰——爱与欲》，蒋显璟、真漫亚译，东方出版社，1998年，第113页。
② 参阅敬文东：《汉语与逻各斯》，《文艺争鸣》2019年第3期。
③ 麦克卢汉：《理解媒介》，何道宽译，译林出版社，2011年，第177页。

因各种意想不到的偶然性躺在医院或火葬场的机会比比皆是，就像苏珊·桑塔格说："照片的偶然性确认一切都是易凋亡的。"①

此处有理由将现代人直接谓之为偶然人，因为他们（或她们）被密集的偶然性所包围，难以动弹，更难以脱身。令终身怀揣一颗少年心性的惠特曼再一次意想不到的是，偶然人更容易也更倾向于相信："'偶然的爱情'似乎比'必然的爱情'／更易于使他确认自己的存在"（西渡：《存在主义者》，1999 年）。在现代性和全球化横行的时代，"偶然的爱情"在数量和机会上，肯定大大多于必然真理尚未粉碎的年月、中心尚未四散的时日；"必然的爱情"更倾向于媒妁之言，更倾心于"与子偕老"（《诗经·击鼓》），更愿意被中心和绝对真理所拥有。在西渡另一个体量不大的诗作中，抒情主人公对此给出了明确而真诚的呼应："但不管仁心还是医术都救／不了背叛的爱情。在这个／四散的时代，一切美好的／似乎都只用来背叛。"（西渡：《戴望舒在萧红墓前》，2017 年）无论是对《存在主义者》来说，还是对《戴望舒在萧红墓前》而言，"似乎"一词都显得过于客气，但尤其显得过于老套：它更常见于"老掉牙的（西方）诗歌传统"②；唯有"肯定"才是它们的真实内里。《存在主义者》里的那个"他"指称的不仅是让-保罗·萨特；从隐喻的角度看，可以泛指一切被逻各斯绑架、挟持和教唆的现代人（亦即偶然人）。萨特不过是偶然人中的佼佼者，不过是一个甘于被偶然性绑架，并

---

① 苏珊·桑塔格：《论摄影》，黄灿然译，上海译文出版社，2014 年，第 88 页。
② 詹姆斯·伍德（James Wood）：《小说机杼》，黄远帆译，河南大学出版社，2015 年，第 13 页。

且充分享受于偶然性的著名的"烂眼"①。

有精确的计时机器给予担保和助拳，高铁能精确到分，NBA（美国职业篮球联赛，亦即 National Basketball Association 的缩写）可以落实到秒；在各类时间表的安排和鼓励下，每一个人都知道下一个小时到底该做什么，究竟应当出现在哪里。因此，偶然人的生活看上去很符合逻辑，也几乎必然性地具有必然性。在此范围内，偶然性要么早已知趣地自动消失，要么早就甘于被化解于无形。但这只是电影中才可能出现的假象。作为一个著名的"烂眼"，萨特说得很诚实、很真诚："大街上没有必然性"，而"当我走出电影院时，我发现了偶然性"②。此人有一部小说名作《恶心》（又译作《呕吐》），其主角唤作洛根丁。洛根丁剖析过真实的生活（充满了偶然性）和电影里的生活（充满了必然性）之间的差异性。在晚年的回忆录中，萨特一脸真诚地说："我就是洛根丁，我在他身上展示了我的生活脉络。"③ 洛根丁因此获取了代萨特立言的机会："在生活中，什么事情都不会发生。只不过背景经常变换，有人上场，有人下场，如此而已。在生活中无所谓开始。日子毫无意义地积累起来，这是一种永无休止的、单调的增加。……是的，这就是生活。可是等到我们叙述生活的时候，一切又变了……故事从后面叙述起，每一分钟时间都不是乱七八糟地堆砌起来，而是被故事的结尾紧紧咬住，拖着向前；

---

① 蜀语，意为烂人、人渣，但更应该被称作人渣和烂人的昵称。

② 让-保尔·萨特语，转引自高青海、李家巍：《萨特存在给自由戴上镣铐》，辽海出版社，1999年，第18页。

③ 让-保罗·萨特：《词语》，潘培庆译，生活·读书·新知三联书店，1996年，第180页。

每一分钟本身又把它前面的一分钟拖着向前。"① 很容易想见，时时被偶然性包围的现代人，较之于魏晋时期的阮嗣宗，而非《他出去痛哭……》中的阮籍，更需要救助；这等性质的救助，似乎更具有无须讨论的迫切性。因此，与偶然人密切相关的新诗较之于古诗，更应该拥有教义的品格、教义的容貌，当然，还有教义的腰身。腰身意味着着床、繁衍与生育。

诞生于 1999 年的《存在主义者》敏锐地指出：被偶然性包围的现代人早已丧失了行动的能力。那些偶然人，比如萨特，唯有"用思想的唾沫调和生活中难以消化的部分/使它适合虚弱的脾胃"。书斋里的想象性革命，那茶杯里的风波，代替了波德莱尔时代真刀真枪的街垒式暴动，就更不消说残阳如血般莽莽苍苍的史诗时代。后者是用脚步丈量河山的行动性岁月。英雄们以其对族人的责任感，视歧路为必须征服的障碍和堡垒；唯有在歧路的交会点找准生路，在没有路的地方开辟道途，族人才有存活下去的一线希望。唯有行动，才是史诗时代的内核；行动上的雷同和格式化，甚至支持了结构主义者的结构主义理论②。虽然古代汉语诗或愿意自我标榜曰"无为在歧路，儿女共沾巾"（王勃：《送杜少府之任蜀州》），或乐于自我宣称曰"行到水穷处，坐

① 让-保罗·萨特：《萨特小说集》，亚丁等译，安徽文艺出版社，1998 年，第512—513 页。陈寅恪有更精辟的看法："今日之谈中国古代哲学者，大抵即谈其今日自身之哲学者也；所著之中国哲学史者，即其今日自身之哲学史者也。其言论愈有条理系统，则去古人学说之真相愈远；此弊至今日之谈墨学而极矣。"（陈寅恪：《审查报告一》，冯友兰：《中国哲学史（上）》，生活·读书·新知三联书店，2009 年，第448 页）

② 史诗的行动特性的格式化甚至让普洛普（Vladimir Propp）写出了举世闻名的大著《故事形态学》（贾放译，中华书局，2006 年），即为明证。

看云起时"（王维：《终南别业》），但迫于歧路及其极端状态
（亦即穷途或"水穷处"）蕴含的危机感和紧张感，最终，还是
组建了一个或可被视作以性格为地标的诗学空间。屈子的香草美
人之喻、陶诗的洒脱、杜诗的沉郁、李白歌行的佯狂不羁、子瞻
诗词的放达豪迈，皆可谓之为面对歧路时有意示人的鲜明性格。
如果再考虑到"诗言志"，以及"诗言志"导致的诗与人的合二
为一，这个判断就显得更加笃定无疑。被偶然性像空气那般紧紧
包围的现代人，则没那么幸运（或那么不幸）：面对多倍的歧
路，或面对歧路的加强版，他们（或她们）唯有存乎于内心的
复杂而难以释怀的感受①，却没有肱二头肌和腓肠肌参与其间的
行动，甚至连性格都省去了，至少"性格"一词的前边不一定
必须饰之以"鲜明的"②。卢卡契（Geong Lukács）很有可能点明
了此中真相："现实越是彻底的合理化，它的每一个现象越是能
更多地被织进这些规律体系和被把握，这样一种预测的可能性也

① 在鲁迅写给许广平的信中，有如下表述："走'人生'的长途，最易遇到的
有两大难关，其一是'歧路'，倘若是墨翟先生，相传是恸哭而返的。但我
不哭也不返，先在歧路头坐下，歇一会，或者睡一觉，于是选一条似乎可走
的路再走，倘遇见老实人，也许夺他食物来充饥，但也不问路，因为我料定
他并不知道。如果遇见老虎，我就爬上树去，等它饿走去了再下来，倘
若它竟不走，我就自己饿死在树上，而且先用带子缚住，连死尸也绝不给它
吃。但倘若没有树呢？那么，没有法子，只好请它吃了，但也不妨也咬它一
口。其二便是'穷途'了，听说阮籍先生也大哭而回，我却也像在歧路上的
办法一样，还是跨进去，在刺丛里姑且走走。但我也并未遇到全是荆棘毫无
可走的地方过，不知道是否世上本无所谓穷途，还是我幸而没有遇着。"
（《鲁迅全集》第三卷，新疆人民出版社，1995年，第91页）从鲁迅逻辑谨
严、层次分明的絮叨中，可以感受到的无他，正是"感受"而已矣。
② 参阅耿占春：《叙事美学》，郑州大学出版社，2002年，第37—50页。

就越大。但是另一方面，同样清楚的是，现实和行为主体的态度越是接近这种类型，主体也就越发变为只是对被认识的规律提供的机遇加以接受的机体。他的行为也就更局限在采取这样一种立场，以使这些规律根据他的意思，按照他的利益产生作用。主体的态度——从哲学的意义上来看——将变成纯直观的。"[1] 偶然性早已化为现代人的现实；这个"现实"，也早已"实现"了它"彻底地合理化"。因此，偶然人乐于"承认对于生活/他胃口不佳；骑马，游泳和旅行/一切行动都使他疲惫"（西渡：《存在主义者》）。这种人进而还乐于十分坦率地承认："'我最终的命运是成为/一本书，一些词语……'"（西渡：《存在主义者》）。没有必要怀疑，书是语言的凝聚物，词语则是语言的基本单位。作为二十世纪最著名的偶然人之一，海德格尔貌似精辟地认为："探讨语言意味着，恰恰不是把语言，而是把我们，带到语言之本质那里，也即：聚集入居有事件之中。"[2] 但也仅仅是"聚集"而已矣；它指称的，仍然不大可能是行动，仅仅是或者更多的是感受。事实上，海德格尔的所有著作，都可被视作对感受的絮叨或呈现。但最让偶然人高兴的事情不过是："'借助于女人/和思想，我出色地忍受了生活，现在/我再也不会为它呕吐了……'"（西渡：《存在主义者》）

　　看起来，偶然人对自己的"应是"状态似乎要求不算太高，却仍然显得有点自以为是；这种并非高调的自以为显然值得商

---

[1]　卢卡契：《历史与阶级意识》，杜章智译，商务印书馆，1992 年，第 202—203 页。

[2]　海德格尔：《在通向语言的途中》，孙周兴译，商务印书馆，1997 年，第 2 页。

权。呕吐（或恶心）来自偶然人面对迷雾和迷途时的无能为力；迷雾和迷途则分明来自稠密的偶然性，或偶然性的过于稠密。更准确的表述在这里：迷雾和迷途就是偶然性的稠密地带，就像巴赫金说的，对话是语言的稠密地带。对于迷途的命运特性，海德格尔有过上好的絮叨："真正的世界历史在存在之命运中。存在之命运的时代本质来自存在之悬搁。每每当存在在其命运中自行抑制之际，世界便突兀而出乎意表地发生了，世界历史的任何悬搁都是迷途之悬搁。"① 对于迷雾的命运特性，马克·波斯特（Mark Poster）也有过极佳的絮叨："在这个半机械人（cyborgs）、赛博空间和虚拟现实的纪元中，无论多么唯物和辩证，社群的外表都不会轻而易举地从历史的迷雾中辨别出来。"② 卢卡契的言外之意似乎可以与海氏、波氏相唱和：迷雾和迷途有必要被直接视作现代人，亦即那些可怜的偶然人，逃无可逃的命运或宿命。否则，就谈不上"主体的态度——从哲学的意义上来看——将变成纯直观的"，毕竟"纯直观的"很可能意味着感受，或者更多地倾向于感受。因为唯有感受，才称得上人对外物和对自身最直接、最迅速的反应，近乎本能，"有着针在痛中的速度"③。对于命运，赵汀阳有精彩的议论："人的存在因其自身相关性而不确定和不可测，因此人的存在有了命运问题。命运之不可测，不是指自然的偶然性，而是人为的创造性和自由度。命运由人们所做之事所定义，事可成也可不成，命运不是自己能够独立完成的，

① 海德格尔：《林中路》，孙周兴译，上海译文出版社，2008年，第**308**页。
② 马克·波斯特：《第二媒介时代》，范静哗译，南京大学出版社，2001年，第129页。
③ 欧阳江河：《柏桦诗歌中的道德承诺》，《象罔》（柏桦专号，1991年，成都）。

而必定与他人有关，因此，命运是人与他人的关系，人际就是命运之所在。"① 但无论如何，在现代性当家和全球化作主的日子里，命运之不可测亦即古人所谓的人生无常，首先应当相关于无处不在的偶然性；偶然性更乐于遵循测不准原理而显得喜怒无常，因而能够完美地呼应于人生无常。对人而言，从来就不存在纯自然的偶然性，毕竟唯有从自在的万物万事那里获取意义，人才获得了与世界打交道的能力和可能性②。这是因为只有人才是语言的动物，只有人才有能力从万事万物那里索取意义，并且即时即地或者异时异地消费意义。山洪、地震、海啸、蝗灾，甚至彗星撞地球，从表面上看恰似——更应该说成疑似——纯自然的偶然性。它们从来就是在不自然中，相关于人类的命运；甚至它们的来历、出处和渊薮，也未必真的全然无关于苍穹底下的人类。罗兰·巴特的看法来得很及时："符号学告诉我们，神话负有的责任就是把历史的意图建立在自然的基础之上，偶然性以永恒性为依据。"③

西渡写道：

呵，月亮
它的忠贞欣然迷途于
五月的绿色的夜。
（西渡：《风景》，2005 年）

———————

① 赵汀阳：《每个人的政治》，前揭，第 168 页。
② 参阅赵毅衡：《论艺术的"自身再现"》，《文艺争鸣》2019 年第 9 期。
③ 罗兰·巴特：《神话修辞术》，屠友祥译，上海人民出版社，2016 年，第 173 页。

　　月亮的忠贞总是并且依然迷途于五月之夜、缰绳只可能掌握在命运的手上，而命运中自有重重迷雾，以至于家乡难以被指望……这些源于偶然性的现实，这些出自偶然性的稠密地带的命运，这些面对命运和现实瞬刻间产生的莫名感受，可以直接将"我再也不会为它呕吐了"判为虚妄不实之言，或者自以为是的诳语。戴维·弗里斯比（David Frisby）说得委实不赖："现代体验的不连续性，对现代性之过渡、飞逝、任意或者偶然性的承认，引发了研究探询的诸多问题。"[1] 果如是言，则"再也不会为它呕吐"不仅显得更加难以成立，呕吐还更值得更进一步地研究和探寻。现代人游走于作为歧路之加强版的偶然性，颇有些类似于他们（或她们）小心翼翼、心怀恐惧地站立在游轮的甲板上，而此时的游轮正航行于惊涛骇浪中的百慕大（Bermuda）。这样的航行不仅有表面上的欢快："几朵漩涡与轮船周旋着"；还有其更深层的内里："生与死我不确定"（冯晏：《航行百慕大》），还有游轮必然的颠簸必然会导致的乘客们的必然的呕吐。就这样，密集的偶然性让命运的终端产品获取了一个恰如其分也合乎逻辑的隐喻性造型：呕吐。呕吐是偶然人的宿命，就像哭泣是墨子、杨朱、阮籍、陈子昂（"独怆然而涕下"）、杜甫（"少陵野老吞声哭"）的宿命。除此之外，呕吐还具有极强的普世性。中国诗人陈东东有这样的诗行："……土星/脱下奢侈的光环/事物们呕吐掉/各自内部疼痛的引力。"（陈东东：《回忆一棵树》）巴西诗人卡洛斯·德鲁蒙德（Carlos Drummond）则曰："事物。那些不引人注目的事物是多么悲伤。/沿着城市呕吐出这

---

① 　戴维·弗里斯比：《现代性的碎片：齐美尔、克拉考尔和本雅明作品中的现代性理论》，卢晖临等译，商务印书馆，2013 年，第 359 页。

种厌倦。"（卡洛斯·德鲁蒙德：《花与恶心》，胡续冬译）因此，偶然人如此这般的内心感受，亦即"我再也不会为它呕吐了"，终究是虚妄的。

古代汉语诗的源起，曾被有心人认作颂歌与赞词①；但人生歧路的无所不在，以及歧路的过早被发现、被坦开，遂使以哀悲为叹的怨刺很早就有机会取代赞词与颂歌。一曲"慨当以慷，忧思难忘"的《黍离》，亦即那曲"知我者，谓我心忧；不知我者，谓我何求。悠悠苍天，此何人哉"的深沉之问，开启了古代汉语诗以哀悲为叹的怨刺之旅，而《麦秀》顶多可以充当《黍离》力道不足的先声，或者先驱②。这使得哀悲为叹打一开始，就显得音调深沉、嗓声喑哑，并且欲哭无泪。托马斯·卡莱尔（Thomas Carlyle）说："未曾哭过长夜的人，不足以语人生。"过来人莫不清楚：欲哭无泪正可以被恰如其分地视作恸哭的至境，目之为痛苦的极致状态。所谓"诗言志"，所谓"诗缘情"，不过是古代汉语诗在履行分内的工具性职责：让面对歧路或末路的诗人哭出声来；让诗人在痛哭后获得自救，再次投身或火热或冰冷的生活。比如，阮籍"痛哭而返"后，尤其是八十二首《述怀》作成后，一点不影响他和另外六位同人"集于竹林之下，肆意酣畅"③；即使在母丧期间，也不妨碍他当着晋文王之面

---

① 参阅龚鹏程：《汉代思潮》，商务印书馆，2005 年，第 84 页；参阅钱穆：《中国学术思想史论丛》卷一，生活·读书·新知三联书店，2009 年，第 129 页。诗起源于赞颂有可能具有人类性和普世性（参阅昂苏尔·玛阿里：《卡布斯教诲录》，张晖译，商务印书馆，1990 年，第 144—147 页）。

② 参阅李敬泽：《〈黍离〉——它的作者，这伟大的正典诗人》，《十月》2020 年第 2 期。

③ 《世说新语·任诞》。

"饮啖不辍，神色自若"①。中国古代的作诗者更倾向于儒家的天命之我②，古诗也乐于萧规曹随般，追随作诗者以儒家的天命之我为其自我——假如有此必要的话③。因此之故，古代的作诗者及其称手的工具（亦即古诗），既不会遭遇数百个相对真理，也不会遭遇稠密的偶然性，因而不会陷自身于迷雾与迷途的不义之境。古代汉语诗作为一种具有拯救性——而无须教堂——的教义，乃是作诗者亲自赋予的，是被作诗者亲身委派的。作为思想性动作的委派和赋予，既表达了作诗者对古代汉语诗的感激之情，也让古诗因其主人的个性差异，各自获取了既鲜明又迥乎其

---

① 《世说新语·任诞》。

② 即便是号称"礼岂为我辈设也"的阮籍，即便此人在母丧期间饮酒自如，但正是这个阮籍，当要葬母时，"蒸一肥豚，饮酒二斗，然后临诀，直言：'穷矣！'都得一号，因吐血，废顿良久。"（《世说新语·任诞》）

③ 尽管如此，古诗纵有千般容颜、万般变化，却不以"我是谁"为主题。徐复观认为，由于深受儒家思想的熏染，"中国文化的主流，是人间的性格，是现世的性格"（徐复观：《中国艺术精神》，华东师范大学出版社，2001年，第1页）。刘若愚（James J. Y. Liu）虽然很感慨地说，《庄子》"比任何一本书都更深刻地影响了中国文人的艺术感觉"，但刘氏并没有否认，就诗文而言，儒家思想始终占据优势地位，甚至具有碾压性和统治性（参阅 James J. Y. Liu, *Chinese Theories of Literature*, University of Chicago Press, 1975, p. 31.）。这等事实导致的诗学后果更有可能是，古诗必须直面儒家的天命之我，它将不以"我是谁"为其承载的内容。与古诗的秉性相呼应，被配备了儒家天命之我的中国古代诗人则不以"我是谁"为其诗作的主题。零星的例外当然存在，比如张若虚的《春江花月夜》（"江畔何人初见月？江月何年初照人？人生代代无穷已，江月年年望相似。不知江月待何人，但见长江送流水。"），爱新觉罗·福临的《顺治归山诗》（"未曾生我谁是我？生我之时我是谁？长大成人方是我？合眼朦胧又是谁？"）；《天问》或许可以被目之为唯一——宗特大诗学事故。事实上，古代诗人只须把古诗的焦点对准"人间"与"现世"，古诗大体上就算完成了使命。

异的精彩性格。

　　归根结底，是分析性过于强劲的现代汉语而非任何其他因素，导致了密集的偶然性，以及偶然性的稠密地带，致使偶然人不得不认领迷雾和迷途为其自身的命运①。由此，呕吐成为偶然人在命运维度上的隐喻性造型。作为一种前所未有的新文体，新诗不仅是现代汉语的产物，像胡适认为的那样②；也不仅是为了应对前所未有的现代经验而出现，像闻一多认为的那样③。新诗降临现代汉语空间的另一个重要原因，正是偶然人的隐喻性造型。或许还可以这样表述：因为呕吐着的偶然人急需获取帮助，所以，呼唤出了作为新文体的汉语新诗，毕竟需求才是某物被发明出来的最大动力、最大理由。直抒胸臆的思想独白，是古诗的基本表达方式和基本个性④；在西方，诗和小说的独白特性源于有教堂的祈祷⑤，古代汉语诗的思想独白却直接等同于没有教堂的教义。和甘于工具身份因而没有自我意识的古诗迥然不同，新诗打一开始就渴望自我，而且如愿以偿地拥有了自我⑥；作为偶然人的新诗作者，或新诗作者制造出来的作为偶然人的抒情主人公，要想从呕吐中获救，就得让新诗同意将另一种教义，亦即具

① 关于这个问题的详细分析，请参阅敬文东：《李洱诗学问题》（上），《文艺争鸣》2019 年第 7 期。

② 参阅胡适：《谈新诗》，《星期评论》"双十"纪念专号（1919 年 10 月 10 日）。

③ 参阅闻一多：《闻一多全集》第三卷，生活·读书·新知三联书店，1982 年，第 351—360 页。

④ 参阅陈爱中：《20 世纪汉语新诗语言研究》，人民出版社，2013 年，第 45—46 页。

⑤ 参阅詹姆斯·伍德（James Wood）：《小说机杼》，黄远帆译，河南大学出版社，2015 年，第 101 页。

⑥ 参阅赵飞：《论现代汉诗叙述主体"我"的差异性——以张枣和臧棣为例》，《求索》2017 年第 11 期。

有拯救性的教义，认作它的自我内涵。这样的美事竟然很凑巧、很幸运地发生了：偶然人需要从呕吐中走出，新诗则同意将拯救性教义认作自己的本性（而非工具），用以容纳偶然人面对数百个相对真理和四散的碎片时生发的感受。

纯诗、杜甫问题以及教义的限度

梭罗（Henry David Thoreau）说得有意思："无论什么书都是第一人称在发言，我们却常把这点忘掉了。"① 现代诗致力于去个人化，它以表现自我的浪漫主义诗学为不远之殷鉴。众所周知，新诗的观念源自欧美（而非中国传统）②；虽然在新诗的草创阶段，浪漫主义的成色显得过于浓厚，甚至引起过外人——比如朱利安·贝尔（Julian Bell）——的不满、不解和不屑③，但新诗顺应自身逻辑，很快就调整方向，回归了文学现代主义和文学的现代性④。因此，新诗中的发声者不会，也不该是制作新诗的那些偶然人。这个戒律，应当被所有真正的现代主义诗人——鲁迅、李金发、卞之琳、废名、林庚、穆旦而非郭沫若、徐志摩、

---

① 梭罗：《瓦尔登湖》，徐迟译，上海译文出版社，2009 年，第 1 页。

② 参阅刘新民：《意象派与中国新诗》，《外国文学》1994 年第 2 期。

③ 和徐志摩很熟悉的朱利安·贝尔就指责徐志摩等人"突出个性、突出反抗精神的个性化的浪漫主义"（参阅帕特丽卡·劳伦斯 [P. Laurence]：《丽莉·布瑞斯珂的中国眼睛》，万江波等译，上海书店出版社，2008 年，第 165 页）。

④ 参阅赵小琪：《梁宗岱的纯诗系统论》，《文艺研究》2004 年第 2 期；参阅欧阳文风：《通向感悟：梁宗岱对西方纯诗理论的醇化》，《中国现代文学研究丛刊》2010 年第 2 期。

朱湘——铭刻在心，不得"把这点忘掉了"。真正的现代主义诗人很清楚：拥有自我并时刻忠于其自我的汉语新诗，不允许诗人亲自披挂上场，不允许他们（或她们）直接现身于诗作。诗人直接充当抒情主人公，意味着新诗不过是被诗人宰割的羔羊，宛若古诗那样，仅仅被善意地认作诗人的某个器官；即使新诗是其制作者最重要的那个器官，新诗的自我也会逻辑性地被否定、被掐灭。事实上，在诗人和新诗之间，早已结成了一种主体间性（Intersubjectivity）的关系①；写作现代汉语诗的人，必须与作为文体的新诗谈判、合作，以便联手完成对抒情主人公的虚构。对于其后得以成型的新诗诗篇而言，此项工作可谓至关重要；而抒情主人公的被虚构特性，满可以被视作新诗现代性最主要的指标之一②。被虚构出来的主人公必须同时得到诗人和新诗的认可，

---

① 有人认为，主体间性"这个概念在现象学那里曾被用来提出和讨论'生活世界'的问题，在逻辑经验主义那里曾被用来解释和澄清'客观性'的问题"。（童世骏：《"主体间性"概念是可以用来做重要的哲学工作的——以哈贝马斯的规则论为例》，《华东师范大学学报》2002年第4期）但要准确地讨论生活世界的问题、客观性问题，必须得让主体和主体处于相互平等的位置，才有更准确的答案，也才对得起"主体间性"这个被发明出来的概念。

② 值得注意的是，抒情主人公的被虚构，不同于1970年代大兴于法国文学中的"自我虚构"（Autofiction）。后者的意思是：努力表现"进行书写的主体'我'与被书写的客体'我'之间、生活经历与文字叙述之间、现实与真实之间的断裂"，以此获取对作者之自我的认知（车琳：《自我虚构》，《外国文学》2019年第1期）。抒情主人公的被虚构是为了更准确地刻画反讽时代；经由这种性质的主人公，新诗作为反讽主义者独有的文体更能起到这种文体独有的作用。

才真正具有身份上的合法性①。托多罗夫（Tzvetan Todorow）乐于如是断言："我们从来无法确切知晓某个虚构作品中的陈述是否道出了作者的心声。"② 西渡则曰："诗歌虚构的世界与现实并不相涉，它从根本性质上说是不及物的。"③ 托多罗夫和西渡敢于如此这般冒险放言的底气，很可能部分性地出源于被虚构的抒情主人公。此公既然是被虚构的，那此公道出的就不会也不大可能是作者的心声。被虚构的此公面对的，也不仅仅是纯粹的事情本身，恰如张枣贡献的极端之论："没有文学，哪来的现实呢？"④

如果从新诗的受众那边观察，事情可能会显得更加有趣。乔治·斯坦纳说："有证据表明，一种对于文字生活的训练有素而坚持不懈的献身以及一种能够深切批判地认同于虚构人物或情感

---

① 韦恩·布思（Wayne C. Booth）认为，诗人有必要在诗中隐藏自己，他给出的理由是："假如我们不加修饰，不假思索地倾倒出真诚的情感和想法，生活难道不会变得难以忍受吗？假如餐馆老板让服务生在真的想微笑的时候才微笑，你会想去这样的餐馆吗？假如你的行政领导不允许你以更为愉快、更有知识的面貌在课堂上出现，而要求你走向教室的那种平常状态来教课，你还想继续教下去吗？假如叶芝的诗仅仅是对他充满烦忧的生活的原始记录，你还会想读他的诗吗？假如每一个人都发誓要每时每刻都'诚心诚意'，我们的生活就整个会变得非常糟糕。"（韦恩·布思：《隐含作者的复活：为何要操心?》，佩吉·费伦［Peggy Phelan］等主编：《当代叙事理论指南》，申丹等译，北京大学出版社，2007年，第66页）但布思显然是在经验主义的角度考虑问题，丝毫没有从现代主义诗歌拥有自我的角度思考问题；但如果再加上布思的思考，虚构主人公就有更加完备的理由。

② 托多罗夫：《日常生活颂歌》，曹丹红译，华东师范大学出版社，2012年，第91页。

③ 西渡：《灵魂的未来》，河南大学出版社，2009年，第13页。

④ 张枣：《张枣随笔选》，人民文学出版社，2012年，第219页。

的能力，削减了直观性以及实际环境的尖利锋芒。相比于邻人的苦难，我们对文学中的悲伤更为敏感。"在另一处，乔治·斯坦纳更乐于如是放言："任何人身上的虚构反思能力或道德冒险能力都很有限，它能被虚构作品迅速吸收。因此，诗歌中的呼喊也许比外面街头的呼喊声音更大、更急迫、更真实。"① 虽然居伊·德波（Guy Debord）说："始终住在顶层的人们无法感受到来自街上的影响。"② 但乔治·斯坦纳的暗示还是不难得到理解：被虚构的抒情主人公较之于诗人，更容易获取受众的承认、赢得读者的同情，也更容易激发读诗者的感受力③。诗人的真实形象，不难从其传记材料中被受众所知晓；如果诗人披挂上阵直接现身于诗篇，他产生的诗学效应反倒会因其形象被广为知晓而大打折扣，因为被给定的形象容易让受众形成固定的心理预期，心理预期一旦落空，不满足、不满意等负面情绪就会自动降临④。这正是乔纳森·卡勒（Jonathan Culler）早就指出过的事实："诗歌和小说都是以要求认同的方式对我们述说的，而认同是可以创

---

① 乔治·斯坦纳：《语言与沉默》，李小均译，上海人民出版社，2013 年，第 11 页、第 72 页。

② 安迪·梅里菲尔德（Andy Merrifield）：《居伊·德波》，赵柔柔等译，北京大学出版社，2011 年，第 22 页。

③ 很显然，乔治·斯坦纳的观念充满了现代性，而在十八、十九世纪，作家们的信念与斯坦纳刚好相反。比如，十八世纪的英国随笔作家阿狄生（Joseph Addison）就公开表示："我曾默察：人当读书之际，先要知道作者肤色是深是浅，头发是黑是黄，脾气是好是坏，已婚还是单身，方才能够欣然开卷，因为诸如此类的详情细节对正确了解一个作家是大为有利的。"（阿狄生：《旁观者自述》，阿狄生等著：《伦敦的叫卖声》，刘炳善译，上海译文出版社，2006 年，第 6 页）。

④ 参阅 P. J. Rabinowitz, *Before Reading: Narrative Conventions and the Politics of Interpretation*, Ohio State University Press, 1987, p. 17.

造身份的：我们在与我们所读的那些人物的认同中成为我们自己。"① 被虚构的抒情主人公因新诗强烈的自我意识必须被虚构，但也刚好因其被虚构，更容易引发诗学效应。这是新诗的自我意识捎带出来的后果，堪称美满，富有喜剧性，让新诗欣慰；其情其形，恰合洛伊·C. 巴斯特所言：

> 真理的一半是理想
> 它的四分之三是虚构出来的。

如果某首新诗作品中出现的是第一人称"我"，这个"我"除了是被虚构的抒情主人公外，还很有可能是代言者，代言者亦步亦趋地模仿被代言者而发言，有如被代言者附体于代言者②；如果出现的是第二人称"你"或第三人称"他"（或"她"），这个被呼唤的"你"，这个被陈述的"他"（或"她"），背后一定站着被有意隐藏起来的抒情主人公，此人同样是被诗人和新诗联手虚构出来的，也就是梭罗特意强调的第一人称"我"，却不可能也不必是制作新诗的那个偶然人。无论新诗作品中出现的是第一人称、第二人称还是第三人称，无论这三种人称是单数还是复数，也无论是明显还是隐藏，抒情主人公都是单数"我"③。

---

① 乔纳森·卡勒：《文学理论入门》，李平译，译林出版社，2013 年，第 118 页。

② 参阅龚鹏程：《中国诗歌史论》，北京大学出版社，2008 年，第 93 页。

③ 参阅袁可嘉：《论新诗现代化》，生活·读书·新知三联书店，1988 年，第 25 页。

对于永远"站在虚构这边"的新诗来说①，围绕包括人在内的物②组建起来的事情并不重要，真正重要的是：事情首先得到了现代汉语的陈述，事情由此进入了由现代汉语构筑起来的语义空间。无论事情曾经存乎于何种性质、何种形式与何种型号的时空之中，只要它被现代汉语所诉说，它在理论上就一定会变作现代汉语空间中的事实，一定会被这种语言所塑造，进而被这种语言赋予饱满的现代性和中国性③。《他出去痛哭……》中的阮籍更有可能是现代的阮籍，喝着酒精度数很高的茅台，而非魏晋时期因技术原因酒精含量很低的米酒；《存在主义者》中的萨特作为现代中国人的可能性，要大于曾经登上天安门城楼的那个独眼的法国思想者，用筷子夹梅菜扣肉的频率高于用刀叉切割七分熟的牛排。但饶是如此，现代汉语在如何表述事情，仍然远比事情被现代汉语所陈述重要得多。莱斯利·A. 菲德勒（Leslie A. Fiedler）似乎道出了其间的原因："视角问题的基点是一个深刻的伦理复合体，它反映在作品本身的构成之中。"④ 如此说来，现代汉语究竟在如何表述事情，就更有能力决定事情在新诗中的地位、成色和其他各种属性，尤其是更能决定事情在新诗中如何

---

① 关于这个问题，可以参阅欧阳江河《站在虚构这边》（生活·读书·新知三联书店，2001 年）一书中相关而精彩的论述。

② "物"作为概念，在荀子那里被认作大共名，其间就包括人（参阅《荀子·正名》）。

③ 参阅敬文东：《随"贝格尔号"出游》，河南大学出版社，2010 年，第 56—63 页。

④ 莱斯利·A. 菲德勒：《中间反两头》，钱满素译，戴维·洛奇（David Lodge）编：《二十世纪文学评论》（下册），葛林等译，上海译文出版社，1987 年，第 220 页。

充任何种形态的诗学要素；如何诉说事情，将赋予被诉说的事情在语义空间中的全部形貌①。事情必须听命于新诗和诗人联合锻造而成的自我意志②。

从这个角度望过去，便不难发现：新诗更愿意成为一种反现象学的文体；所谓现象学，就是"对直观到的本质和直观本身进行实事求是的描述"③。新诗不从围绕物——这个大共名——组建起来的事情本身出发，它更乐意以其自我意志为启程的码头；新诗的自我意志可以、能够也乐于形塑（to form）事情在诗中的长相和腰身。因此，被虚构出来的抒情主人公（亦即"我"）和诗人一样，必定是偶然人，必将被密集的偶然性所包围，会时刻遭遇多倍的歧路（甚至被极数定义过的九折阪），这个"我"也许不哭泣，却会密集性地呕吐；在极端的情况下，"我"还能以痛哭充任呕吐的表现形式，比如，被现代化的墨翟、杨朱、阮

---

① 事情被现代汉语所表述，并不是决定事情是否获得现代性的决定性因素；现代汉语在如何表述事情，才更有可能是事情获取现代性的一锤定音者。这就解释了为什么并非所有的现代汉语诗都是现代主义诗，都具有现代性，也能解释为什么戴望舒对其成名作《雨巷》并不那么看重，"因为它确实太靠近传统了，甚至干脆就是对古典意境的直接挪用"（参阅敬文东：《宋炜的下南道》，《收获》2016 年第 5 期）。

② 特里·伊格尔顿（Terry Eagleton）有趣地说："传统的英国绅士厌恶令人苦恼的劳作，竟不愿正确地发音，因而有了贵族式含糊的发音和拖腔。"（特里·伊格尔顿：《理论之后》，商正译，商务印书馆，2010 年，第 8 页）但伊格尔顿百密一疏，极有可能把此间的因果关系搞反了。让-保罗·萨特深谙这个中要诀，其大著《恶心》的某个主人公就精辟地认为：要么生活，要么叙述。因为据萨特保证：要使最乏味的事情成为奇遇，只须叙述就足够了（参阅 A. C. 丹图：《萨特》，安延明译，工人出版社，1986 年，第 10 页）。由此不难发现，表述事情远比事情本身重要得多。

③ 彭锋：《诗可以兴》，安徽教育出版社，2003 年，第 5 页。

籍，以及被中国化的彼得。每一个被现代汉语形塑的中国人，除了拥有偶然人这个身份外，不管他是否承认、是否乐意，都还另有两重身份：孤独者、反讽主体（或曰反讽主义者）。所谓孤独者，就是人与人彼此之间视对方为可抛弃物，或多余物①。所谓反讽主体，是指现代人原本以 A 为追求的目标，最终到达的目的地，却是令他目瞪口呆的-A；A 与-A 不但同时成立、同时成真，还必须互为前提、互为镜像②。这就是说，"真理的对立面也可能是真理"③。反讽主体和偶然人必定是孤独者，必将深陷于迷雾与迷途以及这两者组成的命运，其自我也将处于失明状态和不确定的状态；但偶然人依然称得上更胜一筹（或曰"更上一层楼"）：他呕吐。这意味着，抒情主人公从一开始就拥有三重身份，以及三重身份各自必须携带的诸多要素：孤独、身陷迷雾和迷途、密集性地呕吐；"我"的自我意志也将命中注定地处于风雨飘摇之中：

> 你有，是你的未来
> 我存在，是我的顷刻
> 袒露无边的荒野。
> （西渡：《针》，2010 年）

---

① 参阅敬文东：《艺术与垃圾》，作家出版社，2016 年，第 10—23 页。

② 参阅敬文东：《李洱诗学问题》（中），《文艺争鸣》2019 年第 8 期。西渡在其诗中已经将反讽主体如何周旋于 A 与-A 之间的情形描画了出来："你走到所有的意料之外，也走到/自己的反面，犹如一阵急骤的风/翻转一片秋天的树叶；或者起于/星空深处的一声轻叹，倾覆了/黑暗之上的航船。那是来自/命运的律令吗？"（西渡：《你走到所有的意料之外……》，2014 年）

③ 李洱：《问答录》，上海文艺出版社，2013 年，第 237 页。

　　和抒情主人公相比，诗人自有其特殊性，虽然诗人和抒情主人公一样，也是集反讽主义者、偶然人和孤独者于一身：诗人至少认同他的诗人身份。他甚至乐于冒险确信："诗人们为一切生活事件提供了具体的操作性智慧。"① 诗人虽然也免不了孤独、呕吐、在 A 与-A 之间摇摆不定，却拥有一份理想的确定性自我。奥登对此说得很得意："我觉得诗根本上就是无聊的娱乐。我之所以写诗，仅仅是因为我喜欢为之。"② 所有暗自认可"喜欢为之"的诗人，都对自己的诗人身份深信不疑、怡然自得，还格外愿意恪守一个现代主义诗人不可不恪守的职业操守。职业操守意味着：新诗的制作者必须与作为文体的新诗合作，支持新诗坚守诗的立场和本位，护住诗的贞操；在此基础上，深入并且真实地揭示抒情主人公面临的孤独、呕吐和反讽境地。让新诗坚守诗的本位、诗的立场，意味着新诗的自我得到了很好的维护；深入、真实地揭示抒情主人公遭遇的境况，则是作诗者和新诗共同的义务，也是两者在相互成全对方时，对各自之自我的完成：诗人和新诗践履了自己对自己肩负的责任，尽到了自己对于自己应尽的义务。肉体上的有疾之人必须以药石帮助和辅佐，以身体康复为痊愈的标志，以痊愈为治疗的终极目标；作为精神上的有疾之人，抒情主人公从不敢奢望痊愈（因为不可能有真正的痊愈），"我"只得以自身的处境始而得到展示和关照，继而情绪得到宣泄和缓和，终而获取心理上的安慰，但也不排除偶尔可以获取暂

---

① 马歇尔·麦克卢汉：《理解媒介》，前揭，第 10—11 页。

② Alan Ansen, *The Table Talk of W. H. Auden*, Ontario Review Press, 1990, p. 119.

时性的愈合。与此同时，诗人因恪尽职守而自救，因忠于作为诗人的自我而获救。

任何不受约束的自我都必定倾向于自恋，新诗的自我像所有其他形式的自我一样，更钟情于它自身，但更像麦克卢汉指斥的那喀索斯（Narcissus）一样"全然麻木了"，全然"适应了自己延伸的形象，变成了一个封闭的系统"①。因此，纯诗（Poèsie Pure）成为新诗在自我形象上一种本能性的选择和追求，便丝毫不令人意外；纯诗成为现代汉语诗心目中最理想的自我状态，就是再自然不过的事情。纯诗是一种典型的现代观念：它反对浪漫主义诗学将诗视为纯粹的工具，更反对诗沦为浪漫主义者泄欲的某个神秘，却又故意使之公然显露的器官——保罗·瓦莱里（Paul Valéry）在关于纯诗的某次演讲中，很"明"确地"暗"示了这一点②。现代诗迫切要求它自己回到诗本身（poem itself）③。魏尔伦（Paul Verlaine）扬言道："诗的绝对形式和纯粹性"，就是纯诗④。梁宗岱接受魏尔伦的启发，进而认为："所谓的纯诗，便是摒除一切客观的写景、叙事、说理以至感伤的情调，而纯粹凭借那构成它的形体的原素——音乐和色彩——产生

---

① 米歇尔·麦克卢汉：《理解媒介》，前揭，第58页。

② 瓦雷里：《纯诗》，丰华瞻译，伍蠡甫主编：《现代西方文论选》，上海译文出版社，1983年，第26—29页。

③ 西方人（尤其是唯美的法国人）提倡纯诗，是为了反击浪漫主义诗学；李金发、穆木天、梁宗岱、李健吾等人倡导纯诗，是为了反击早期新诗的散文化，以及由散文化导致的反诗化（参阅陈太胜：《走向诗的本体：中国现代"纯诗"理论》，《社会科学》2005年第5期）。

④ 魏尔伦：《加布里埃尔·维凯尔的〈在那美丽的丛林里〉》，黄晋凯等主编：《象征主义·意象派》，中国人民大学出版社，1989年，第27页。

一种符咒似的暗示力，以唤起我们感官与想象的感应，而超度我们的灵魂到一种神游物表的光明极乐的境域。"① 但魏尔伦、梁宗岱道明的情形，或许仅仅是纯诗应该具有的表面现象、拥有的及格线，还无法满足新诗对自我的设定和期许。和魏尔伦、瓦莱里相比，穆木天只算得上小角色；但他关于纯诗的言说，也许离真相反倒更近。穆氏有言："我们如果想找诗，我们思想时，得当诗去思想（penser en poésie, to think in poetry）。"② 这话听上去很不错：像诗本身那样去思想，即为纯诗。所谓诗本身，应该首先被明确地认作诗的自我；诗本身既作为运思的工具，又必须成为运思的唯一目的。新诗只想成为它应该成为的那个样子（亦即 ought to be 所蕴含的 to be），像那喀索斯；它受其自我的教唆本能性地将自身认作目的："诗歌以超然的态度运用语言：它不直接对着读者说话。"③ 现代诗在处于它自身的纯诗状态（亦即最理想的状态）时，甚至有理由不愿意、不屑于对读者说任何话。因此，根本就无须深究兰波（Arthur Rimbaud）在令人费解的《元音》中到底说了什么，因为那终究不过是《元音》愿意说给《元音》听的一些私房话。胡戈·弗里德里希说得很恳切："诗歌本身是自我封闭的构造物。它既不传达真理，也不传达'心灵的沉醉'，根本就不传达任何事物，而只是自为存在的诗

---

① 梁宗岱：《诗与真·诗与真二集》，外国文学出版社，1984 年，第 95 页。
② 穆木天：《谭诗》，杨匡汉、刘福春编：《中国现代诗论》（上编），花城出版社，1985 年，第 101 页。
③ 诺斯罗普·弗莱：《批评的解剖》，陈慧等译，百花文艺出版社，2006 年，第 6 页。

歌（the poem per se）。"① 唯其如此，方为纯诗；纯诗只为心智高洁者或意欲高洁者所渴望，阴谋家和弄权者永远不在此列。如此情景，恰如杀兄娶嫂的丹麦国王的喃喃自语："我的言语高高飞起，我的思想滞留地下；没有思想的言语永远不会上升天界。"②

以马拉美（Stéphane Mallarmé）之见，"（纯）诗应当永远是个谜"，它只能"叫人一点一点去猜想"③。当新诗撇开诗人，仰仗其自我单独制造抒情主人公时，被制造出来的抒情主人公仅仅是新诗的自我的代言人，或新诗的自我的影子，"以"影——而非"如"影——随行于新诗的自我。此人不呕吐，不迷茫，不周旋往来于 A 与-A；一切都显得完美无缺，正好是新诗自恋中认为自己最应该成为的那个样子。这种样态的纯诗就像西渡笔下的风，在自己追随自己的"来龙去脉"时，"一首伟大的诗在暗中完成"（西渡：《对风的一种修辞学观察》，2002 年）。这首被"暗中完成"的"伟大的诗"意味着：它只为自己而完成它自己。但这首只为自己"而'生'"的伟大的诗篇，却永远不可能"诞'生'"。即便是为纯诗大声鼓噪的瓦莱里也不得不承认：纯诗只能是一种理想状态；"纯诗的概念是一个达不到的类型，是诗人的愿望、努力和力量的理想的一个边界"④。明眼人

---

① 胡戈·弗里德里希：《现代诗歌的结构——19 世纪中期至 20 世纪中期的抒情诗》，前揭，第 38 页。

② 莎士比亚：《哈姆雷特》，朱生豪译，译林出版社，第 71 页。

③ 马拉美：《关于文学的发展》，王道乾译，伍蠡甫主编：《西方文论选》（下卷），上海译文出版社，1979 年，第 262 页。

④ 瓦雷里：《纯诗》，丰华瞻译，伍蠡甫主编：《现代西方文论选》，前揭，第 29 页。

莫不清楚：所谓边界，就是不可逾越更不能逾越的意思。福柯曾
在某处表达过一个观点：冒犯边界是不祥之事①。瓦莱里虽然坦
率地承认纯诗乃虚妄不实之物，却不愿意深入道及其间的原委。
事实上，任何事物都不可能毫不边际地放纵自我；任何事物的自
我都不可能自顾自地单独绽放。每一个事物都必须、必然、必定
存乎于彼此间组成的关系之中。当此至为关键的时刻，有一个被
虚构的抒情主人公颇为适时、也很懂事地如是放言，听上去十分
合适——

> 风景是我的一只桨，诗是另一只。
> 有时我们写出的比我们高贵，
> 但我们写出的也叫我们高贵。
> （西渡：《同舟》，2015 年）

如此这般出色的放言正好表明：抒情主人公在向新诗和诗人
发出呼喊，恳请诗人的自我和新诗的自我彼此约束，处于"互动
的关系"② 之中，不像那喀索斯。唯有两者存乎于理想的互动关
系，被虚构的抒情主人公才可以让诗高贵的同时，也趁机让自己
高贵。两种高贵拯救了新诗，让新诗放弃对自己不切实际的纯诗
想象，转而令自己成为现实中的理想诗篇，只因为所有的抒情主
人公都愿意祈祷："我们心爱的诗有权利活下去。"（西渡：《你
走到所有的意料之外……》，2014 年）但两种高贵也拯救了抒情

① 参阅福柯：《规训与惩罚》，刘成北等译，生活·读书·新知三联书店，1999
年，第 259—354 页。
② 赵汀阳：《每个人的政治》，前揭，第 167 页。

主人公；抒情主人公处于高贵状态，意味着这个偶然人的内心得到了抚慰："我"呕吐并高贵着。新诗不可能独自成为某种具有拯救性的教义；唯有选择主动与诗人合作，新诗才能重新获得自我，才能从现实的层面——而非绝对理想的层面——上，获得对自我的认同。某个偶然人或反讽主体一旦成为诗人，意味着他在反讽时代获得了理想的确定性自我，也意味着他赢取了稳定的立足点。这个名曰诗人者在关心诗、思谋诗篇的同时，必定会关心他寄居的现实、他吞吐其间的场域，因为他不仅是偶然人、反讽主义者，还是被生活包围并且天天向生活讨生活的人。诗人仰仗其自我意识，一旦关注错综复杂的外部世界（或曰生活世界），就不可能任由新诗放飞自我独自凌空蹈虚；这让新诗企图拥有自我的纯诗状态，仅仅是个虚妄不实的臆想。只要新诗的自我不忘坚守它的诗本位立场，就不可能任由诗人放飞自我专一于现实的肠肠肚肚；这让诗人不可能将他关注的现实细节，一厢情愿地搬进新诗的语义空间——哪怕诗人出于高尚的情操，谨遵道德-伦理发出的指令，也不得无视新诗的颜面如此放肆胡为。就是在这种彼此牵扯构成的互动关系中，抒情主人公被虚构出来了。如果诗人和新诗在合作时处于最佳状态，抒情主人公就理应拥有最饱满、最理想的状态。面对偶然人存身的苍茫大地，面对反讽主体面对的满目疮痍，面对普遍的呕吐和呕吐物，这等质地的抒情主人公能将新诗带至既有饱满现实，又有浓郁诗意的绝佳之境，甚或令人心醉的完美之境；既让新诗虽不纯却高贵，也让抒情主人公虽高贵却呕吐，诗人则因新诗和抒情主人公的高贵兀自高贵不已。

但这恰恰是为诗之道中最困难的事情。"中庸之为德也，其至矣乎！民鲜久矣。"① 埃米尔·齐奥朗（Emile Michel Cioran）则感叹道："误入歧途的恐惧，梦呓的血淋淋的诱惑，唤醒了中庸本能的回应……"② 面对"其至矣乎"的中庸之德，不仅"民鲜久矣"，新诗和制作新诗的人同样"鲜久矣"、久违也：不是走向极端之一，亦即追求不切实际的纯诗而未果、未遂③；就是走向极端之二，亦即基于道德-伦理，将现实细节过多输入新诗让新诗严重缺乏诗味，同样陷新诗于未遂、未果的境地④：

> 福喜自幼丧父，他的寡母
> 在族人的白眼中把他带大。
> 那年我们一块从老家跑来北京
> 碰运气，他娘拉着他的手不放，
> 好像从此再见不到他了。为了
> 拴住儿子的心，老太太在家
> 给他相了一门亲事。福喜回去了，
> 捎回两包喜糖，看他美滋滋的样儿，
> 谁会想到他这辈子就毁于这头亲事？
> （西渡：《福喜之死》，1998 年）

---

① 《论语·雍也》。

② 埃米尔·齐奥朗：《思想的黄昏》，陆象淦译，花城出版社，2019 年，第 104 页。

③ 关于追求纯诗而未遂的论述，可参阅欧阳江河：《国内诗歌写作——本土气质、中年特征与知识分子身份》，《花城》1994 年第 5 期。

④ 关于这两个极端，刘继业有非常深入的描述和分析（参阅刘继业：《新诗的大众化和纯诗化》，北京大学出版社，2008 年），此处不赘。

　　有诸多迹象表明，西渡对纯诗怀有不灭的执拗之心，从未放弃过对于纯诗的念想（或幻想），却又冒险写有一大批诸如《福喜之死》一类的作品①。这很可能首先出于一个偶然人的道义，源自一个反讽主义者的良知，以及由此而来的愤激、高尚的心境，还有存乎于这种心境的感受（而非行动和性格）。"良心发见之最先者，苟能充之四海皆春"② 固然不假，问题是：新诗的自我一直在强调它的诗本位立场，这是新诗为自己设置的最低限度；只有守住这道红线，诸如以拯救性教义一类东西充任新诗的自我，才可能得到新诗的首肯。极而言之，这类东西顶多是新诗的第二自我，或者附加性自我；它可能具有必要性，却不一定真的拥有必然性。《福喜之死》的抒情主人公——"我"——体现得更多的，是诗人的自我意志。新诗的自我因诗人的自我过于强势，遭到了较为严重的忽略和侵蚀；抒情主人公只有成色不高、比例很低的虚构性，新诗因此有再度被降格为工具和器官的可能，这种情形在新诗史上曾屡次重现、反复出现，至今不休。所谓降格，以巴赫金之见，就是故意贬低珍贵物品的珍贵特性，充满了首尾倒置带来的喜剧感③。没有必要讳言，《福喜之死》从

① 在并不漫长的新诗史上，西渡也许是较为罕见的那种既心向纯诗又不忘纷纭现实的诗人。从比喻的角度看过去，西渡正可谓李商隐和杜甫的合体。长诗《蛇》（2000 年）、《雪》（1998 年）、《一个钟表匠人的回忆》（1998 年）、《奔月》（2019 年）……堪称唯美主义维度上的杰出作品；《风烛》（2016 年）、《你走到所有的意料之外》（2014 年）……则可以被视作有意效法杜甫的锥心之作。从这个角度而言，西渡是我们再次深入认识新诗之内里的一个极佳解剖对象，尤其值得重视。

② 吴澄：《草庐吴文正公全集》卷四。

③ 巴赫金：《拉伯雷的创作与中世纪和文艺复兴时期的民间文化》，李兆林等译，河北教育出版社，1998 年，第 432 页。

新诗的纯诗状态，走向了另一个极端：非诗化。这里涉及自有新诗以来一直挥之不去的杜甫问题①。杜甫问题的内涵非常清楚：该怎样恰如其分地处理新诗与现实的关系（古诗如何处理与现实的关系早已不成问题）。众所周知，和新诗一路相伴同行的，是百余年来中国既波澜壮阔又多灾多难的历史境况，陈超既形象又准确地将之称作"噬心主题"，急需要被新诗所表达②。诗人出于道德–伦理方面的考虑而热衷于噬心主题，很有可能是值得赞扬的事情。

在艰苦卓绝的抗战岁月，七月派诗人蒲风本着良心、良知，而有诚挚、恳切之言："'九一八'以后，一切都趋于尖锐化，再不容你伤春悲秋或作童年的回忆了。"③ 面对耽于纯诗幻想、致力于"雕虫纪历"，却罔顾噬心主题的何其芳、卞之琳，早有人幻想着"历史的车轮"已经"推他们上了没落的墓道"④。放在古代汉语诗的黄金岁月，诸如此类的言论几乎不存在任何问题。古诗是供诗人驱遣的工具，它"言"诗人之"志"，"缘"诗人之"情"。"今夫举大木者，前呼邪许，后亦应之，此举重劝力之歌也。"⑤ 而"饥者歌其食，劳者歌其事"⑥ 本身就是歌、

---

① 参阅孔令环：《杜甫对中国现代新诗的影响——以胡适、闻一多、冯至为例》，《中州学刊》2007 年第 5 期；参阅马德富：《真与美的范式：杜诗艺术精神对新诗的启示》，《杜甫研究学刊》2001 年第 2 期。

② 参阅陈超：《生命诗学论稿》，河北教育出版社，1994 年，第 19 页。

③ 蒲风：《五四到现在的中国诗坛鸟瞰》，《诗歌季刊》第一卷第 1—2 期（1934—1935 年）。

④ 彭康：《什么是"健康"与"尊严"》，《创造月刊》第 1 卷第 12 期，1928 年 7 月。

⑤ 《淮南子·道应训》。

⑥ 《公羊传·宣公十五年》何休《解诂》。

是诗；诗人替饥者歌其食、替劳者歌其事，就不仅是歌、是诗，
而且这诗、这歌更有来自道德-伦理层面上的加持和保障，因此，
它有理由更是诗，更是歌。道德-伦理本身就是古诗成其为古诗
的重要元素、依据和组成部分；关于这个枢纽性的诗学问题，
《毛诗序》一类的大牌文论决不会有错①，孔夫子更不会有误。
正是在此基础上，元稹才如此这般赞扬杜甫："近代唯诗人杜甫
《悲陈陶》《哀江头》《兵车》《丽人》等，凡所歌行，率皆即事
名篇，无复倚傍。"② 白居易在写给元稹的大札中，对杜甫也多
有称赞："又诗之豪者，世称李杜。李之作，才矣奇矣，人不逮
矣。索其风雅比兴，十无一焉。杜诗最多，可传者千余首，至于
贯穿今古，缕格律，尽工尽善，又过于李。然撮其《新安、石
壕、潼关吏》《芦子》《花门》之章，'朱门酒肉臭，路有冻死
骨'之句，亦不过十三四。杜尚如此，况不逮杜者乎？"③ 虽然
有论者对杜甫直接就食、事以韵语发言颇有疑义④，但终归无伤
大雅。

新诗固然可以——甚至必须——将诗人对道德-伦理的考虑
考虑进去，但它更顾忌、更重视自己的最低限度：新诗以坚守诗

① 参阅钱钟书：《管锥编》，中华书局，1986 年，第 60 页、79 页、100—102
　页、109—110 页、121—122 页的相关论述。
② 元稹：《元氏长庆集》卷二三。
③ 白居易：《白氏长庆集》卷四五。
④ 比如杨慎就认为："宋人以杜子美能以韵语纪时事，谓之'诗史'。鄙哉宋人
　之见，不足以论诗也。"杨慎以《诗经》为样本责怪杜甫："三百篇皆约情合
　性而归之道德也，然未尝有道德字也，未尝有道德性情句也"，"皆意在言
　外，使人自悟"，不像杜诗直陈其事（杨慎：《升庵诗话》卷十一）。放在本
　文的语境观察，"以韵语纪时事"亦即"直陈其事"，相当于纯诗的对立一
　极：非诗化。

本位为其自身伦理（亦即新诗伦理）。诗人秉持的道德–伦理不能自动成为新诗的组成部分，它得过新诗伦理这一关。有证据表明，相似的情形似乎在西方出现得更早。对此，胡戈·弗里德里希有确切的观察："自从古典时期以来，将美学力量与认知及伦理力量划归为一的通常做法被取消了。艺术天才被赋予了一个独立的秩序。"① 莱昂内尔·特里林（Lionel Trilling）一贯倡导西方自古就倡导的诚挚（Sincerus）②，他对这个问题的言论听上去像是在致悼词："道德可能性正在逐渐缩小，而它所隐含的自由意志和个人价值也日渐消失，而这一切事实上都是由那种认为人类可以达到完美境界的观念所引发的——这真是一个具有悲剧色彩的反讽。"③ 古诗将拯救性教义认作自身的功能和责任，必然自动成立；新诗要想认拯救性教义为其自我，却条件极为苛刻。抗战年间指斥下之琳、何其芳的批评者满可以反思一下：如果一首诗在诗学的意义上并不成立（亦即非诗），它的力量到底在哪里呢④？道德–伦理当然自有力量，在条件适当时，还会为新诗提

---

① 胡戈·弗里德里希：《现代诗歌的结构——19世纪中期至20世纪中期的抒情诗》，前揭，第12页。

② 参阅莱昂内尔·特里林：《诚与真》，刘佳林译，江苏教育出版社，2006年，第4—25页。

③ 莱昂内尔·特里林：《知性乃道德职责》，严志军等译，译林出版社，2011年，第29页。

④ 废名对古诗、新诗的区别有很精确的观察："我发见了一个界限，如果要做新诗，一定要这个诗是诗的内容，而写这个诗的文字要用散文的文字。以往的诗文学，无论旧诗也好，词也好，乃是散文的内容，而其所用的文字是诗的文字。我们只要有了这个诗的内容，我们就可以大胆的写我们的新诗，不受一切的束缚……我们写的是诗，我们用的文字是散文的文字，就是所谓的自由诗。"（废名、朱英诞：《新诗讲稿》，陈均编，北京大学出版社，2008年，

供助力（闻一多、艾青、穆旦、昌耀、北岛可以被视作这方面的典范），但到底不是诗学力量，尤其不能自动成为诗学力量。新诗自知其限度居于何处：要想将某种拯救性的教义当作新诗的附加性自我（或曰第二自我），就必须首先是诗。和中国古代的诗人不一样，新诗的制作者，那些偶然人和反讽主体，必须在新诗伦理和诗人自身的伦理之间反复周旋、多方掂量；在纠缠中不断努力靠近中庸之德。这既是新诗复杂难缠之处，也是新诗独具魅力之所在，值得诗人为之付出一生的光阴①。西渡对此有令人信服、令人欣慰之言：

> 就新诗的当代历史而言，从朦胧诗开始，诗歌与意识形态的暧昧的婚姻关系已经结束了，诗歌不再是意识形态的同谋，或者它的对立面，成为意识形态的反叛者，而是自觉选

[接上页] 第12—13页）废名所说的"诗的文字"指古诗的形式、平仄、押韵。只要有了"诗的文字"，诗人的道德-伦理将自动加持古诗为诗；相反，即使有了"诗的文字"，如果诗人道德-伦理有亏，古诗也不会成其为诗。比如，有人这样说过："书画以人重，信不诬也。历代工书画者，宋之蔡京、秦桧，明之严嵩，爵位尊崇，书法、文学皆臻高品，何以后人吐弃之？湮没不传，实因其人大节已亏，其余技更一钱不值矣。吾辈学书画，第一先讲人品。"（松年：《颐园论画》）宋人张怀有几乎完全相同的看法："故昧于理者，心为绪使，性为物迁，汩于尘氛，扰于利役，徒为笔墨之所使耳，安足以语天地之真哉！"（张怀：《山水纯全集·后序》）"书画以人重"、"吾辈学书画，第一先讲人品"，诗文又岂可例外？

① 如果说，诗人所持的纯粹的道德-伦理既有可能妨碍新诗，也有可能加持新诗，那么，政治性的意识形态妨碍新诗的可能性更大，成全新诗的可能性更小。自有新诗以来，成功的政治抒情诗不能说没有，起码可以说极为罕见。由此可见，就新诗而言，政治性的意识形态与诗人自身所持的纯粹的道德-伦理相比，绝对不可同日而语。

择作为臧棣所说的"历史的异端"。这样一种诗歌,将想方设法创造自己的读者,而不大可能为了大众化的利益放弃自身在美学和伦理学上的追求。就诗歌的这一新目标而言,它在美学上愈激进、愈彻底、愈达到极致,它在伦理学上就愈成功。也就是说,美学的抱负应该成为诗歌唯一的道德①。

感受、絮叨,还有爱

面对反讽时代中多倍的歧路(甚至极数级别的九折版),面对偶然性的稠密地带,面对经由迷途和迷雾构筑起来的现代命运,自命现代诗人的那些人究竟意欲何为呢?事实上,他必须首先得像胡戈·弗里德里希倡言的那样,实施去个人化(deperson-alization)的行为②——T. S. 艾略特将之称作"逃避自我"③;这样做,至少可以让诗人在一个普遍自恋甚或鼓励自恋的时代④,

① 西渡:《灵魂的未来》,前揭,第46页。
② 参阅胡戈·弗里德里希:《现代诗歌的结构——19世纪中期至20世纪中期的抒情诗》,前揭,第22页。
③ 参阅艾略特:《艾略特文学论文集》,李赋宁译,百花洲文艺出版社,1994年,第4—10页。
④ 韩炳哲(Byung-Chul Han)指出了这个状况和这种状况带来的后果:"我们生活在一个越来越自恋的社会。力比多首先被投注到了自我的主体世界中。自恋(Narzissmus)与自爱(Eigenliebe)不同。自爱的主体以自我为出发点,与他者明确划清界限;自恋的主体界限是模糊的,整个世界只是'自我'的一个倒影。他者身上的差异性无法被感知和认可,在任何时空中能被一再感

免于自恋的宿命。虽然自恋更有可能是偶然人特有的病灶①，但自恋对诗和诗人的杀伤力到底有多大，一部人类文学史自有分教。在面对如此这般的窘境之后，现代诗人还比较彻底地丧失了让抒情主人公起而行动的能力，顶多让"我"（亦即抒情主人公）滋生纯粹心理性的感受。对此，沈雁冰有着极为准确也极为早熟的观察：包括现代诗在内的现代主义文学作品，都宁愿"牺牲了动作的描写而移以注意于人物心理变化的描写"②。所谓感受，依照语言哲学的 ABC，不过是一桩桩密集性的语言事件（language events）③，不可也不能以"是否具有鲜明的性格"作为衡量的标准④。苏珊·桑塔格的看法也许值得重视，她认为："艺术如今是一种新的工具，一种用来改造意识、形成新的感受

[接上页] 知的只有'自我'。在到处都是'自我'的深渊中漂流，直至溺亡。"（韩炳哲：《爱欲之死》，宋娥译，中信出版集团，2019 年，第 13 页）

① 参阅敬文东：《论垃圾》，《西部》2015 年第 4 期。

② 沈雁冰：《人物的研究》，《小说月报》16 卷 3 号（1925 年 3 月）。

③ Wilfrid Sellars, *Empiricism and the Philosophy of Mind*, Harvard University Press, 1997, p. 63.

④ 赵汀阳对此的论述是有力的。"希腊戏剧或古典戏剧表达的是人与命运的冲突，或悲或喜之命运是人们的共同问题或是普遍存在的问题，于是人们找到了可以不断反复交流而不厌其烦的事情，人们也因此建构了心灵的相互性，无论悲剧喜剧，人们都能够在可分享的经验中印证什么是值得信任的价值。可是现代戏剧却转而去揭示人与人的冲突，这虽然消极但仍然不失为某种可以共同抱怨的事情，而极端现代的戏剧（或者是后现代）则表达了自我内在的冲突或无从选择的荒谬状态，此种荒谬状态即使是深刻的，也是对生活意义的釜底抽薪，是对生活的否定，它表明自我既不是一条道路也不是家园。"（赵汀阳：《第一哲学的支点》，生活·读书·新知三联书店，2013 年，第 133—134 页）

力模式的工具。"① 包括诗在内的所有门类的现代艺术，都被桑塔格赋予了工具属性；以桑女士之见，现代艺术的目的不是服务于某种或某些面相古怪的主义，而是致力于培植人的感受力，以应对让人越来越麻木、越来越格式化的现代社会。所谓感受力，就是对纯粹心理性、语言性感受的感受能力；感受力的强度，则建基于对感受的感受力度。人类最早的艺术与人对其自身命运的关切高度有染，因此艺术被视作必备、必须之物②。谢默斯·希尼（Seamus Heaney）与桑塔格英雄所见略同。希尼认为，包括诗在内的现代艺术虽然不再直接相关于人类的命运，但它之所以还有存在的必要性，端在于现代艺术能让受众"成为敏感的人"（to be sensitively human）③，以应对让人格式化、让人麻木的现代社会。

　　西渡既执拗于纯诗，也受制于一个偶然人以良知为核心组建起来的道德-伦理，但他进行的新诗写作乐于暗示的仍然是：新诗拥有独立的自我；新诗与抒情主人公深度合作的首要目的，是把抒情主人公对偶然性的感受攫取出来（即使是对福喜的命运的感受也在被攫取之列，哪怕攫取的方式有可能是非诗的，或者近乎非诗的）。至于如何培植受众的感受力，要么原本就不在新

---

① 苏珊·桑塔格：《反对阐释》，程巍译，上海译文出版社，2011年，第325页。

② 参阅格罗塞（Ernst Grosse）：《艺术的起源》，蔡慕晖译，商务印书馆，1984年，第174—213页。徐中舒认为：在甲骨文中，"言"为祭名、告祭；疑为官职名（徐中舒主编：《甲骨文字典》，四川辞书出版社，1989年，第221页）。而名为告祭者，很可能就是原始意义上最早的诗人（参阅赵沛霖：《兴的源起》，中国社会科学出版社，1987年，第5—10页）。

③ 希尼：《希尼诗文集》，吴德安译，作家出版社，2000年，第3页。

诗的考虑范围之内，要么仅仅是新诗次要的目标，甚至只是新诗附带的任务或义务。在属于地球村的凉薄时代，或在仅属于偶然人的轻薄年月，感受力确实具有道德-伦理方面的效用，值得夸奖、值得炫耀①；作为感受力必须感受的对象，亦即纯粹心理性、语言性的感受，却并非美妙之物：那是诸多——以至于无穷种——相关于呕吐的感受，是诸多——以至于无穷样态——的语言事件。有胜于苏珊·桑塔格和谢默斯·希尼的，是接受美学和读者-反应理论；这一类自命不凡的教条主义倾向于认为：纯粹心理性、语言性的感受能唤醒新诗读者的感受力，能一次又一次刷新读者的敏感度、开垦他们（或她们）的敏感带。但这些理论却普遍忽视了一个根本性的问题：心理性、语言性感受首先是对抒情主人公自身处境的真实反映；它一直在——并且首先在——渴求抒情主人公被救助。但又不能因之而认为：语言性和心理性的感受一定是纯然消极之物。事实上，对偶然性的感受以其自身的诚实和诚恳，从一开始就把问题摆明了：抒情主人公因呕吐以及对呕吐的真切感受，其自我打一开始就陷入了失明之境，就处于不确定的摇晃状态当中；抒情主人公犹如站在剧烈颠簸的游轮上，正航行于令人禁不住心生惧意的百慕大。因此，新诗和诗人努力达致中庸之德后的当务之急，就不是更新读者的感

---

① 比如，西渡就很具体地认为，波德莱尔的诗作《失去的光环》"为那些已经被工具理性物质主义现实损害了心灵完整、失去了诗歌感悟力的现代人搭起一座进入诗歌的桥梁。……解除了'单面'的现代人（也就是'散文'的人）对诗歌的抵制，并成功地把他们诱入诗歌的领域"（西渡：《散文诗的性质与可能》，《诗刊》2020 年第 3 期），从而被更新了感受力，因而让感受力具有道德-伦理方面的效用。但对于这个问题的综述，还可参阅刘小枫：《诗化哲学》，山东文艺出版社，1986 年，第 48—120 页。

受力；中庸之境被获取之后面对的首要目标，乃是在抒情主人公
展示它不确定性自我的过程中，描述抒情主人公面对偶然性时生
发的心理感受：

> 秋天，这最后的光我已目睹，
>
> 秋天呵，我为什么身陷其中？
>
> 靠着这最后的光芒，我静静立着，
>
> 像一株白桦，像一个裸身的少女。
>
> （西渡：《秋歌》，2000 年）

在这里，"秋天"并不意味古老的"秋之为言愁也"①，或者
意味着"何处合成愁？离人心上秋"（吴文英：《唐多令·惜
别》），也不意味着令人欣喜的丰收，甚至意味着海子的惆
怅："丰收之后荒凉的大地/人们取走了一年的收成/取走了粮食
骑走了马。"（海子：《黑夜的献诗》）无论是"言愁也""心上
秋"，还是丰收或惆怅，都是农耕文明的产物、农耕经验制造的
情绪。如前所述，在古代汉语形成的整一性语境中，秋天要么值
得庆幸和欣喜："秋收其实兮于粲满筥"（方回：《王御史野塘图
歌》）；要么值得"怅望千秋一洒泪"（杜甫：《咏怀古迹五首·
其二》），正所谓"碧云天，黄叶地……酒入愁肠，化作相思
泪"（范仲淹：《苏幕遮·怀旧》）；或曰"愁人不寐畏枕席，暗
虫唧唧绕我傍"（张籍：《秋夜长》）。《秋歌》将古代汉语中值
得以悲、以喜的情绪来承载的秋天，转换为卢卡契心目中那个早
已"实现"了的"现实"；这个"现实"在它"实现"自身的

---

① 《礼记·乡饮酒义》。

同时，就已经被卢卡契认为"彻底地合理化"了。这毋宁是说：在用现代汉语写成的《秋歌》一诗中，秋天更有可能是偶然人寄身其间的充满偶然性的场域，是偶然人逃无可逃的栖身之所，却携带着古代汉语遗留下来的苍凉的余绪；有现代汉语观照，再加上新诗和诗人如此这般的运作，秋天至少隐喻或象征了孤独的反讽主体存身其间的那个时空。"在列斐伏尔看来，实际的空间是感情的、'热的'，充满了感官上的亲昵；构想的空间则是理智的、抽象的、'冷的'，它疏远人。各种构想的空间虽然也能激发人的热情，但它们的重点是心灵而不是肉身。"①《秋歌》以其热烈的口吻，似乎至少有能力部分性地否定列斐伏尔的断言；事实上，《秋歌》的抒情主人公对这个场域的热切感受，以发问的方式，得到了抒情性的描述："秋天呵，我为什么身陷其中？""我"假装不明白一个现代人很容易理解的事实："我"是被偶然性偶然地随机抛掷于世的，在普遍的呕吐中，成长为迷途的佳偶、迷雾的绝配；"我"碰巧来到这种质地的秋天，充满了过多无解的神秘性②。在秋天的逼迫下，"我"甚至在向"我"的逼迫者乞求答案，从中，正可见出秋天对于偶然人的分量，或曰绝

---

① 爱德华·索亚（Edward W. Soja）：《第三空间》，陆扬等译，上海教育出版社，2005 年，第 37 页。

② 有学者认为，维特根斯坦的《伦理学讲稿》中的那句话："世界竟会存在，这是多么奇怪啊！"与贯穿海德格尔一生思想的一句话相应："为什么存在者存在而非什么都不存在？"这个问题被海氏称之为"哲学的基本问题"。（弗里德里希·魏斯曼［Friedrich Waismann］记录：《维特根斯坦：论海德格尔》，何卫平译，湖北大学哲学研究所《德国哲学论丛》编委会编：《德国哲学论丛》1998 年卷，中国人民大学出版社，1999 年，第 81—82 页）这就是此处所谓的神秘性。

对性的碾压力。但渴求答案的口吻，却令人意外地在苍凉中混合了些许的——仅仅是些许的——温柔。苍凉意味着偶然人对自身处境的感慨，甚至不乏自我同情；温柔却如钟鸣所言：“不是作为纯粹情怀和修养来理解的，而是作为一种可以从个人延伸到人类生存的意识和知解力来理解。”① 这个苍凉着同时又温柔着的抒情主人公非常清楚：“我”的生存，必须以接受自我的摇晃状态为前提，以接受自我的不确定性为出发点；紧随着这个出发点或前提而来的，是九折阪那样的极数级别的歧路，是更深刻、更尖锐、呈直角状态的偶然性。因此，抒情主人公更乐于也更倾向于如此诚恳和诚实的抒情：“往前走，有更多的道路带着自我/质询的热情，纠缠成深深的疑团。/被称作回头路的那一条，则越来越/像模糊的裸体裹进了白茫茫的雾中。”（西渡：《发明》，2002 年）于此之间，迷雾加深了迷途的程度；迷途则再次诱使迷雾趁机扩大自己的腰身……

在现代社会，某人是因为太多难缠、太多无解的偶然性，才得以从事某项工作；他很有可能并不喜欢这个更多只是用于谋生的行当，甚至可能陷自身于“干一行，恨一行”的不雅、不义之境。无论古今，还是中外，除了荷马或咏诵格萨尔王、阿诗玛的少数幸运之人，写诗以及一切与诗有关的事项，似乎都不太可能成为某人用以谋生的职业和手段；写诗者反倒很可能被授予“社会寄生虫”一类的光荣称号，有如布罗茨基（Josef Brodsky）在彼得堡曾经享受过的那种待遇②。但每一个诗人都发自肺腑地

① 钟鸣：《秋天的戏剧》，学林出版社，2002 年，第 48 页。

② 参阅尼故拉·亚基姆丘克（Nicolaj Aleksievitch Yakimchuk）：《“我的工作就是写诗”——约瑟夫·布罗茨基案件》，《外国文艺》2006 年第 6 期。

认同他的诗人身份；毕竟除了他自己，没有任何人能够逼迫他成为诗人。即使诗人如同舒婷的抒情主人公认为的那样，既戴着有刺并且沉重的"荆冠"（舒婷：《啊，母亲》），还有可能被钉在"诗歌的十字架上"（舒婷：《在诗歌的十字架上——献给我北方的妈妈》），那也是诗人心甘情愿甚或一厢情愿之事，怪不得其他任何人。因此上，诗人从他成为诗人的那一刻起，就十分幸运地拥有了一份理想的确定性自我。所谓诗人是通灵者，所谓诗人是宇宙间的立法者云云，莫不昭示着古典主义诗人或浪漫主义诗人对自身价值的超级自信，以至于达到了传说中自我膨胀的程度。菲利普·锡德尼（Philip Sidney）爵士说过："在罗马人中间诗人被称为瓦底士（vates），这是等于神意的忖度者，有先见的人，未卜先知的人，如由其组合成的词 vaticininu（预言）和 vaticinari（预先道出）所显示出来的那样。"除了将诗人认作有神论的先知，菲利普·锡德尼爵士还从世俗的角度称颂诗人："我们的诗人是君王。"① 即便是把作诗视为工作与手艺的现代主义诗人，比如庞德、里尔克、奥登、瓦莱里或艾略特，也对自己的作诗者身份确信无疑，倍感自豪②。对诗人而言，诗人的身份意味着对诗人的拯救；写诗原本就是一种自救的行为。写诗和诗人身份之于诗人，直接意味着某种富有拯救性的教义。在新冠病毒

① 菲利普·锡德尼：《为诗辩护》，钱学熙译，人民文学出版社，1998 年，第 7—8 页、第 28 页。
② 弗雷东·林纳（Fridrun Rinner）在谈论 20 世纪欧美文坛的象征主义诗人时，明确地说：这伙人愿意以"波西米亚人、花花公子、'零余人'、'现代恶魔诗人'，或者以贵族自居，扮演的是一个预言家或者通灵者的角色。"（转引自张枣：《现代性的追寻》，亚思明译，四川文艺出版社，2020 年，第 101 页）

肆虐之际（新冠病毒本身就可以被认作偶然性的绝佳体现），被封锁于武汉的诗人张执浩对此体认甚深："我也第一次终于通过写作体会到了'自救'的内涵，体会出，为什么有人会把诗歌当成是'绝境的艺术'，它近乎凝望沉沉黑夜时无端滚落的热泪，也如晨光照到脸庞上时心怀莫名的感激，更是孤苦人瑟缩桥洞时的泡面矿泉水。"① 作为汉语文学历史上一种前所未有的文体，新诗被偶然人央求着现身于世的目的，就是为了拯救偶然人；新诗伦理有可能在某些时刻被某个人所冒犯，或被某种特定的情势所忤逆，以至于新诗好像真的深陷于非确定性的自我状态之中，但最后，都是冒犯新诗者——无论是个人还是特定的情势——被新诗所惩罚。虽然抒情主人公也有可能得到拯救，但此人对自己的处境心知肚明：新诗和诗人从未对此人有过任何承诺；因此，抒情主人公无法像诗人那样，确信自己一定会获救。即便如此，抒情主人公却依然自有主张：名词的作诗者和动词的作诗必须首先遭受质疑，才有可能接着获取信任——这是西方哲学自打笛卡尔起就存在的老套路，所谓"我思故我在"（I think therefore I am）。抒情主人公像新诗的受众一样相信：需要感受力去感受的优秀诗篇固然难得，能够拯救抒情主人公的诗篇尤其难得，更何况能够拯救抒情主人公的优秀诗篇呢！而"中庸之为德也"，又岂是轻易就能达致的境地？因此，抒情主人公终于再一次开始絮絮叨叨：

> 朝饮木兰，夕餐秋菊，诗300，唐诗300，
> 超过此数的都是纸灰。

---

① 张执浩：《写作是一种自救行为》，《诗刊》2020 年第 10 期。

你拼了一生的努力，就想钻进那个把你认作多余的圈子。

你拼命写诗，浪费了多少纸张，牺牲了多少树木浓阴，

但永远挤不进那 300 禁地，倒生生把你变成

一个想吃唐僧肉急红了眼的妖精。

你是多余的⋯⋯

（西渡：《多余的人，多余的生活》，2017 年）

　　有必要刺破这些诗行的表面意涵，深入其内里，才可能真正理解这首看似简单的诗篇；《多余的人，多余的生活》必须首先被视作关于诗的诗，才更能见出其间的道理。在此，元诗意味着：关于诗的诗深度相关于围绕诗组建起来的一切要素，也就是诗人、新诗和抒情主人公，以及作为反讽主义者和偶然人的抒情主人公对其感受——而非感受力——的絮絮叨叨①。潜藏在表面意涵之下的言外之意大约是：能够拯救抒情主人公的诗篇（而非仅仅优秀的诗篇），永远存乎于象征性的"诗 300"和"唐诗300"。因此，被虚构、被隐藏起来的抒情主人公才以略带嘲讽的语气，数落写诗的"你"为"多余的人"，指斥"多余的人"在过着"多余的生活"。如果转换一下角度，数落和指斥更有可能源于抒情主人公的酸葡萄心理："我"对自身境况感到严重不满和自哀，才是"我"嘲讽诗人为多余人的真实由头。抒情主人公的真实想法很可能是这样的：诗人"拼命写诗，浪费了多少纸

---

①　此处有必要预先指出的是，西渡虚构的抒情主人公并不总是在自恋式地絮叨，此人会将絮叨推向一个新的境地；抒情主人公"我"认同钟鸣多年前对自己，也就对旁观者或曰多余人告诫："人不能老是唠唠叨叨的。痛苦何其渺小。性情乖张，究竟证明了什么呢——事情是可以穷竭的。"（钟鸣：《旁观者》，海南出版公司，1998 年，第 193—194 页）

张，牺牲了多少树木浓荫"，却"永远挤不进那 300 禁地"，以至于无法让"我"（亦即抒情主人公）免于呕吐导致的迷途和迷雾。这样的念头和酸葡萄心理当然是一闪而过，抒情主人公接下来很诚实地默认了一个基本事实：写诗的"你"虽为多余人，却决非陷于死地之人，或像至圣先师那般成为"菜色陈、蔡"之人，更不是无事可做之人。"我"甚至还更进一步地默认：多余人是幸运之人，因为多余人更有可能是余下来的人，是被偶然性当道的世界和时代除不尽的余数，诗人也因为甘于多余人的生命状态再次获救。夏可君认为，多余首先意味着"多"而且有"余"，并非无用①；许慎曰：余者，（丰）饶也。② 这正是诗人钟鸣想说的话："告诉你们吧，我们旁观者，小人物，多余的人，在鞋底寻找真理的人，其实就是些用眼睛为灵魂拍'快照'的人。"③ 但这更是狂人杨度想说的话："市井有谁知国士，江湖容汝作诗人。"（杨度：《病中吟》） 因此，洞明此间真相的抒情主人公有更进一步的反讽之言：

> 我完全赞同这一计划，空洞的月亮
>
> 无用而且有害，就像诗歌
>
> ……
>
> 就像没有诗歌，我们就会有

---

① 参阅夏可君：《策兰〈露〉：生命破碎的余者》，《诗建设》2014 年秋季号，作家出版社，2014 年，第 186 页。

② 许慎：《说文解字》食部。

③ 钟鸣：《旁观者》，前揭，第 234 页。

更多的时间从事有用的工作，好

让全世界的资本家为此认真庆祝一番

（西渡：《闻俄罗斯科学家炸月计划有感》，2017 年）

充满反讽的口吻在此意味着：抒情主人公宁愿选择对新诗和诗人持信任的态度；新诗和作为多余人的诗人尽皆无用于"有用的工作"，过着"多余的生活"，却正是诗人和新诗的尊严之所在、高贵之所在。抒情主人公深知：新诗、诗人和抒情主人公是组成诗篇的三大要素，在三者之中，唯有抒情主人公的自我处于失明和不确定的状态。因此，急待拯救者，非此公莫属也。但正是抒情主人公对偶然性的感受，尤其是此人对这种感受的絮叨，拯救了作为抒情主人公的"我"——仿佛危险一经被絮叨，危险就暂时不见了。乔治·巴塔耶（Georges Bataille）似乎说到了抒情主人公的心坎上："任何一个狡猾地想要避免痛楚的人都把他自己和宇宙之全体相混同，审判着每一个事物，仿佛他就是它们。……我们把这些朦胧的幻觉，作为一种承受生命的必要的麻醉剂，同生命一起接受了。但当我们从麻醉中醒来，得知我们之所是的时候，我们又遭遇了什么？在一个黑夜里迷失于一群絮叨之人，我们只能仇恨那来自胡言乱语的光明表象。"[1] 对于抒情主人公来说，那群"絮叨之人"的"胡言乱语"作为"光明表象"，不仅不能被"仇恨"，还需要被抒情主人公所珍惜，并弯腰拾起，恰如"一场酣笑后／一场痛哭后，弯腰拾起的／那诗句啊暖烘烘……"（敬文东：《房间》，1989 年）；抒情主人公既是那

---

[1]　乔治·巴塔耶：《内在体验》，尉光吉译，广西师范大学出版社，2016 年，第5 页。

群"絮叨之人",也是迷失于那群"絮叨之人"当中的"我们",宛若光自相矛盾地既是波,又是粒子,光在自己(波)充当传播自己(粒子)的媒介。

对感受的絮叨,甚至仅仅是对之虚弱无力的絮叨,更有理由被视作现代主义诗学的核心之一;创作者及其主人公齐刷刷地丧失了行动的能力,才是整个现代主义思潮的真正内里①。自波德莱尔起,所谓诗,不过是对有罪的现实人生的絮叨而已。有证据表明,《荒原》不一定是最大,却无疑是最为有名的絮叨性诗篇②,就更不用说原本就以意识为主角的《尤利西斯》《到灯塔去》《喧哗与骚动》,但最不用说的,还是奥威尔(George Orwell)心目中作为"次最伟大小说"的《追忆逝水年华》;海德格尔则是从事哲学的人物中体量最大的絮叨者。依乔伊斯(James Joyce)之高见,这些作品、这些人、这些辩论性的著述,不过是些絮叨着的"人体循环的史诗"(epic of the cycle of the human body)而已③。作为现代诗的某种特殊形态,新诗难逃如此这般的指控:新诗也是"有罪的成人"之诗④。这倒不是出于"词语备有预设好的有罪名称"⑤,而是因为现代人(亦即偶然

---

① 参阅彼得·福克纳:《现代主义》,付礼军译,昆仑出版社,1989年,第12—30页。

② 对此问题有所触及的文章很少,但刘立辉的论文《变形的鱼王:艾略特〈荒原〉的身体叙述》(《外国文学研究》2009年第1期)似乎对此有难得一见的暗示。

③ 转引自王江:《身体修辞文化批评》,《国外文学》2012年第3期。

④ 兰色姆(John Crowe Ransom)语,参阅赵毅衡:《重访新批评》,百花文艺出版社,2009年,第10页。

⑤ 罗兰·巴特:《神话修辞术》,前揭,第173页。

人）虽然心甘情愿地费时、费力、费钱、费尽心机去追逐其健康
或苗条身体，却相信唯有疾病才具有唯一的真实性。产生这种情
形的原因不过是：现代人尽皆呕吐着的偶然人，凡这种人的过眼
之处，尽皆呕吐之物，呕吐物即疾病；疾病正可以被视作罪行或
有罪的上佳隐喻①。因此，从表面上看，"有罪的成人"的首选
者，当然是诗人；但这顶满是荆棘的桂冠，更应当为抒情主人公
所认领。这是因为较之于诗人，抒情主人公获取拯救的心情更为
迫切、更加猴急。

不用说，絮叨可以被视为"有罪的成人"（亦即抒情主人
公）所做的忏悔；但絮叨并不意味着抒情主人公居然在与某个更
高的神灵进行对话活动——现代人永久性地丧失了这样的机会，
更何况始终寄居于世俗社会当中的偶然人②。所谓絮叨也者，独
白也，喃喃自语也。所谓喃喃自语，所谓独白，不过是对呕吐状
态以及呕吐的稠密地带（亦即迷雾、迷途或由此两者构成的命
运）所做的语言性咀嚼，时而音调低婉、暗哑，时而语气激昂、
深沉。这就是说，作为潜在的密集性语言事件，感受被絮叨有意
识地声音化了；原本一直默然在心的感受经由絮叨最终得以和絮

----

① 参阅苏珊·桑塔格：《反对阐释》，程巍译，上海译文出版社，2003年，第56页。

② 1980至1990年代，不少新诗展开了与上帝的对话活动，这情形受到了肖开愚的批评，肖氏嘲笑道："有不少诗人在诗作中写出'上帝''神''神祇'之类词汇，违反了汉语文明的传统和他们个人的真实信仰。"（肖开愚：《90年代诗歌：抱负、特征和资料》，贺照田等主编：《学术思想评论》，前揭，第224页）钟鸣调笑地称之为"仿古崇高"（参阅钟鸣：《旁观者》，前揭，第779页）。

叩一道，拥有它自身的音响形象，被形容性的声音所环绕、所装饰①：

> 啊，钟山！钟情的山。
> （西渡：《梅花三弄》，2008 年）

> 唉，我们对人世的要求只是
> 那么渺小的一点，一张书桌
> 一个爱人的微笑，一些
> 可爱的、志趣相投的朋友……
> （西渡：《戴望舒在萧红墓前》，2017 年）

> 唉，我在黑夜中虚构了和解，理应
> 得到太阳的惩罚，得到我的无所有
> ……
> 唉，我们的身体也飘过地狱气息……
> （西渡《风烛》，2016 年）

> 啊，刺目的枯树，仿佛
> 一排排烧焦的骨头，惊恐的喊叫

---

① 最晚自庞德开始，形容词在现代诗中就不受待见，庞德甚至认为，形容词"不能说明任何东西"以至于和"多余的字句"相等同（埃兹拉·庞德：《回顾》，郑敏译，戴维·洛奇编：《二十世纪文学评论》（上册），葛林等译，上海译文出版社，1987 年，第 109 页）；但事情的真相并非庞德所言，形容词自有妙用，它对万事万物的属性和程度有精妙的描摹，不可或缺（参阅周晓枫：《安静的风暴》，《上海文学》2018 年第 1 期）。

还堵着嗓子。

（西渡：《奔月》，2019 年）

无论是古代汉语还是现代汉语，都以感叹（或曰叹息）为其自身之内里；叹息（或曰感叹）可以被视作汉语之魂魄①。西渡与新诗联手虚构的抒情主人公在独白中，在喃喃自语中，乐于如此这般地感叹着感叹："这是早晨，成熟的草莓田宛如新妆的/女神，刚刚采摘的草莓含在你的唇间/仿佛尚未吐露的宇宙的叹息"（西渡：《草莓田》，2017 年）。但叹息（或曰感叹）不会仅仅处于或者居然止于"仿佛"的状态；依照"媒介即讯息"② 的铁律，作为特殊媒介的汉语自然会让感叹遍布于汉语笼罩下的万事万物（上引经由西渡所出的众多诗行可以为证）③。叹词（比如"唉"和"啊"）正是声音性感叹（或曰叹息）的视觉性记号（sign）。对待万事万物直至深不可测的命运，汉语，尤其是被司马迁、杜甫、苏东坡、曹雪芹等先贤大哲反复使用过的古代汉语，倾向于感叹而非反抗，所谓"存，吾顺事；殁，吾宁也"④。说到荣宁二公，警幻不禁叹曰："吾家自国朝定鼎以来，

---

① 参阅敬文东：《兴与感叹》，《首都师范大学学报》，2016 年第 3 期。

② 马歇尔·麦克卢汉：《媒介即按摩：麦克卢汉媒介效应一览》，昆廷·菲奥里、杰罗姆·阿吉尔编，何道宽译，机械工业出版社，2016 年，第 5 页。

③ 很有意思的是，作为一个德国思想家，J. G. 赫尔德（J. G. Herder）对东方语言的猜测居然极为到位："最古老的东方语言充满了感叹词。……东方民族唱起挽歌来犹如坟墓前的土著人，发出阵阵惨痛的哭号，这正是自然形成的语言中保留下来的感叹词；他们的赞歌里有喜悦的喊叫，反复出现赞美的欢呼。"（J. G. 赫尔德：《论语言的起源》，姚小平译，商务印书馆，2016 年，第 10 页）

④ 张载：《西铭》。

功名奕世，富贵流传，已历百年，奈运终数尽，不可挽回。"①
即使是现代诗人吴兴华，他的抒情主人公也乐于叹息着说：我
"只叹息然后降入劳苦的世界中"（吴兴华：《岷山》）。阮步兵
深为古代汉语所把控，他"尝登广武，观楚、汉战处，叹曰：
'时无英雄，使竖子成名！'登武牢山，望京邑而叹，于是赋
《豪杰诗》"②。很显然，《豪杰诗》乃叹的展开；叹乃《豪杰
诗》的内里和实质。吕叔湘揭示了"实质""内里"和"展开"
之间亲密与共的关系："感叹词就是独立的语气词，我们感情激
动时，感叹之声先脱口而出，以后才继以说明的语句。"③ 而在
语用学上，"唉"被认为在更多的时候，与惋惜和哀叹靠得更
近；"啊"在大多数时刻，则被认为更愿意亲近赞美和歌颂④。
虽然抒情主人公始终是在对不洁、不安的感受进行絮叨，但此公
却乐于将絮叨感叹化；经由这个途径，最终，将此公自身的感受
彻底地感叹化。

此等情形，很可能会导致两个相互牵连的诗学后果：第一，
无论感叹更靠近赞美和歌颂，还是惋惜和哀叹，都将更容易满足
西渡赞赏和偏爱的诗人伦理，以及诗人愤激、高尚的心境，直至
向杜甫致敬，顺便回应杜甫问题；在感叹中，即使吸纳更多的现
实细节，也终将无损于新诗伦理，因为这些细节浸泡在感叹之
中，被感叹所抚摸。西渡漫长的写作生涯中比比皆是的佳构、杰
作，可以为此作证。第二，对呕吐的语言性感受被新诗感叹化

---

① 曹雪芹：《红楼梦》第五回。

② 房玄龄等：《晋书·阮籍传》。

③ 吕叔湘《中国文法要略》，辽宁教育出版社，2002 年，第 317 页。

④ 参阅郭攀：《叹词、语气词共现所标示的混分性情绪结构及其基本类型》，
《语言研究》2014 年第 3 期。

（亦即声音化）意味着：偶然人及其寄居的场域，亦即"我为什么身陷其中"的那个"秋天"，归根到底值得同情，值得施之以抚慰，西渡在他的几乎所有新诗作品中，都体现甚或突出了这个理念。钟鸣的观点似乎可被视作对西渡的呼应。钟鸣认为："人或许会失去机会，因为，社会比人更早地失去了机会。……人性之善在尚未充分展现时，时代便预先堕落了。"① 钟鸣没有来得及明示的潜台词在这里：偶然人固然值得同情，但偶然人寄居其间的"秋天"（或曰"时代"）更值得同情②。"虽然叹词即结论（因为猝不及防时的呼喊预先给出了情绪上的结论），但它需要回声，顶好是来自某个、某些句子尾巴上的助词，因为助词即答案（语气助词是对某种特定情绪的共时性认可和加重）。"③ 在悼念一位自杀者的漫长诗篇中，西渡和新诗虚构的抒情主人公有这样的絮叨："'我一人走在你们的前面，承担/我的责任……'虚妄之人啊！"（西渡：《风烛：纪念江绪林》，2016 年）在这里，可以合理地将絮叨之词——"虚妄之人啊"——当中的语尾助词"啊"，看作抒情主人公给予那个"秋天"的答案；这个不凡而且坚定的答案，不仅意味着扎加耶夫斯基（Adam Zaga-jewski）豪言的"尝试赞美这残缺的世界"（扎加耶夫斯基：《尝试赞美这残缺的世界》，黄灿然译），更意味着直接爱上这个摇晃的世界。在看清真相后，西渡的抒情主人公对其自身的感受的絮叨终归是积极的——

① 钟鸣：《旁观者》，前揭，第 85 页、第 220 页。
② 参阅敬文东：《抒情的盆地》，湖南文艺出版社，2006 年，第 206 页。
③ 敬文东：《感叹诗学》，作家出版社，2017 年，第 97 页。

> 在我们身上，正有一对新人
> 神秘地脱胎，向着亘古的新。

> 如此人间，是美好的……
> （西渡：《喀纳斯——致蒋浩》，2007 年）

> 下临无地。于苍莽古崖间
> 挥涕：永远握不住你的手。
> 天地无言，星斗如芒，恸哭而不能返。
> 这是人间。然而，也是我所爱的。
> （西渡：《天地间》，2010 年）

　　不同的诗人与作为相同文体的新诗深度合作，被虚构出来的抒情主人公在性情上竟至于如此千差万别。当诗螺旋式上升到它的絮叨阶段（而非行动和性格阶段），西渡的抒情主人公却更愿意极力倡言爱和美好，无论如何都算得上一个十分打眼的诗学现象。在《荒原》的题目之下（或曰之后）、正文之上（或曰之前），艾略特有意给出的文字是这样的："是的，我亲眼看见古米的西比尔（译注：女先知）吊在一个笼子里。孩子们在问她，'西比尔，你要什么'的时候，她回答说：'我要死'。"① 艾略特的这段文字，有理由被看作"有罪的成人"之诗发出的一个小小的宣言：现代诗在其絮叨阶段的主要任务，乃是将现代人对呕吐的感受声音化（感叹化只是其中的方式之一）。作为一个影

---

① 艾略特：《荒原》，赵萝蕤译，《诗刊》社编：《诺贝尔文学奖得者诗选》，中国文联出版公司，1986 年，第 126 页。

响深远的著名絮叨者，博尔赫斯不过是在轻声的絮叨中埋怨自己："我已犯下了一个人能够犯下的/最大的罪。我从来不曾/快乐……"（博尔赫斯：《愧疚》，陈东飚译）另一个著名的絮叨者波德莱尔却以丑陋不堪的街头腐尸，譬比自己尚处在鲜花盛开阶段的美丽女友。作为诸多絮叨者的著名评论者，布鲁克斯（Cleanth Brooks）毫不留情地宣称："情人不再被尊为女神——即使出于礼节也不会受到如此恭维。她就是生命过程的聚集，她身体的每一个毛孔都是必死性的证据。"① 作为更加悲观的絮叨者，张枣表现得似乎更加决绝：谁愿意相信人世间还有美好、爱、幸福可言，谁就是原始人②。仅此一点就可以证明：即便是在诗的絮叨阶段，诗人的心性仍然无比重要，并不因现代汉语全面取代古代汉语沦为无用之物。艾略特倡导的"逃避自我"在其道理满满的同时，难逃虚妄软弱之嫌；杜甫问题在被新诗及新诗伦理小心、谨慎地排除之后，仍然有它值得打量、重视的地方。肖开愚的著名长诗《向杜甫致敬》自有力量，因为它得到了道德–伦理方面的加持。

古代汉语诗一向主心③，围绕心组建其身体建筑。在古老的汉语思想里，心兼具好恶和思维两种功能④，这个事实在心被英

---

① 布鲁克斯：《精致的瓮》，郭乙瑶等译，上海文艺出版社，2008 年，第 79 页。
② 参阅柏桦：《张枣》，宋琳、柏桦编《亲爱的张枣》，中信出版社，2015 年，第 29 页。
③ 参阅敬文东：《从心说起》，《天涯》2014 年第 5 期。
④ 参阅葛瑞汉（Angus Charles Graham）：《论道者：中国古代哲学论辩》，张海晏译，中国社会科学出版社，2003 年，第 115 页。

译为 heart-mind① 的过程中，最可见出。古代汉语诗乐于以善（或诚）为伦理，认定美出源于善②。新诗因媒介变换的原因更乐于主脑③，脑倾心于算计，与准确或精确靠得最近；新诗更乐于以真为伦理，它认定美源自真④。主心的危险是：诗有可能深陷于情（或冷暖）而无力自拔，一如缪钺所说："用情专一，沉绵深曲。……如春蚕作茧，愈缚愈紧。"⑤ 主脑的危险是：在达致算计的极端之处时，有可能深陷于唯准确、唯精确而终至于有脑无情的境地，庞德那部体量巨大的《诗章》正可谓总其成。诗的絮叨（或曰将对呕吐的感受声音化），必将依靠主脑带来的准确或精确；受制于新诗的自我意志，西渡和新诗一道，首先将精确或准确视作诗篇成败利钝的圭臬，但新诗和西渡又不忍心放弃对心的重视与守望。古人云："有胸襟，然后能载其性情智慧。"⑥ 但一个人为何拥有这种而非那种胸襟，却是无法解释的阿基米德点（Archimedean point）⑦，弗洛伊德用于算计人类心理

---

① 参阅 M. 斯洛特（Michael Slote）：《阴-阳与心》，牛纪凤译，《世界哲学》2017 年第 6 期。

② 在前孔子时代，"'美'与'善'两字在不少情况下是同义词，所谓'美'实际上就是'善'"。（李泽厚、刘纲纪：《中国美学史》第一卷，中国社会科学出版社，1984 年，第 78 页）孔子较为严格地区分了善与美，但在他和原始儒家那里，善不仅大于美，还是美的主要出源地，比如《论语·八佾》有云："子谓《韶》，'尽美矣，又尽善也'。谓《武》，'尽美矣，未尽善也'。"美是善与其表现形式的完满统一。

③ 参阅敬文东：《从唯一之词到任意一词》（上），《东吴学术》2018 年第 3 期。

④ 参阅黑格尔：《美学》第一卷，朱光潜译，商务印书馆，1979 年，第 142 页。

⑤ 缪钺：《古典文学论丛》，浙江大学出版社，2009 年，第 80—81 页。

⑥ 薛雪：《一瓢诗话》。

⑦ 参阅刘小枫：《拯救与逍遥》，华东师范大学出版社，2007 年，第 346 页。

的现代巫术对此于事无补①。虽然"股市飞了，挟着股民一起飞/人心飞了，拖家带口一起飞/不想飞的我，一脚跌进污秽的市场"（西渡：《任我飞》，2016 年），但实在用不着怀疑，在视感叹为自身之魂的古代汉语看来，作为 heart-mind 的心拥有移山剖海的功夫②。虽然中国古人深深相信"人心不同，各如其面"，③ 但也坚信"人同此心"④，毕竟在古老的汉语思想中，"万物皆向心而在"⑤。西渡或许有感于感叹自带的洪荒之力；作为诗人，西渡从其自身难以解释的神秘心性出发，说服新诗与自己一道宁愿相信："爱才是诗的真正起源，恨是/消极的感情，诗人不能被它左右。"（西渡：《你走到所有的意料之外……》，2014 年）絮叨原本毫无力量可言，但考虑到感叹拥有移山剖海的功夫，便不难想见：絮叨将感受感叹化之后导致的爱到底有多大力量，诗的拯救性教义到底有多强劲。这等令人意外的景象，会让艾略特一类的絮叨性诗人惊讶不已，也会让絮叨阶段的诗本身目瞪口呆：它对自己居然拥有这番模样实在难以置信。

---

① 参阅弗洛姆（Erich Fromm）：《心理分析与禅佛教》，林木大拙、弗洛姆等：《禅与心理分析》，孟祥森译，海南出版社，2012 年，第 122 页、第 127 页。
② 一个看似荒诞不经的神话故事可以证明这个问题。周亮工在其著述中记载了一个故事："昔有鹦鹉飞集他山……山中大火，鹦鹉遥见，入水濡羽，飞而洒之。天神言：'汝虽有志意，何足云也？'对曰：'尝侨居是山，不忍见耳！'天神嘉感，即为灭火。"周亮工借朋友之口有言："余亦鹦鹉翼间水耳，安知不感动天神，为余灭火耶！"（参阅周亮工：《因树屋书影》卷二）。
③ 《左传·襄公三十一年》。
④ 参阅《孟子·告子上》。
⑤ 赵汀阳：《每个人的政治》，前揭，第 180 页。

洁　净

　　现代人生存的场域（或曰秋天）被"偶然的爱情"一遍又一遍地定义着、定义过。在中心再也难保并且四散开去的时代，在数百个相对真理充当统治者的岁月，爱早已成为让人羞于启齿的语词，八方流浪，居无定所，又岂只区区迷途可堪比拟，区区迷雾可堪形容。爱很难逮着某个机会附体于或委身于某个偶然人，或居然会有某个反讽主义者愿意以身相许接纳爱，以至于解除爱的流浪命运。虽然圣奥古斯丁（Saint Augustine）宣称："自恋是对上帝的不敬"（Amor sui usque ad contemptum Dei）①，但自恋还到底算不得爱，它不过是反讽主体深陷孤独状态时的自慰之举②。爱无能是反讽主义者的常态③；爱之癌，而非宋炜所说的没有谁"能拒绝潜伏在癌中"的"爱"（宋炜：《在中山医院探宋强父亲，旁听一番训斥之言，不觉如履，念及亡父。乃记之成诗，赠宋强，并以此共勉》），才是秋天之爱的真实境况和本来面目。受某种神秘的心性悉心栽培，诗人西渡居然要在充满爱之癌的场域重提爱，要在爱无能的时代重塑爱。诗的絮叨阶段和秋天正相般配，琴瑟和谐；在这等质地的语境中，诗人将爱与自己联系在一起虽然荒诞不经，理由却并不复杂，需要的条件不算苛

---

① 转引自艾斯特哈兹·彼得（Esterházy Péter）：《赫拉巴尔之书》，余泽民译，上海人民出版社，2010年，第200页。

② 参阅敬文东：《艺术与垃圾》，作家出版社，2016年，第38—48页。

③ 参阅敬文东：《李洱诗学问题》（下），《文艺争鸣》2019年第9期。

刻，仅仅源于连诗人自己都无法拒绝的神秘的决心，宛如里尔克喊出"大地，亲爱的大地，我要！"（里尔克：《杜伊诺哀歌》第九首，林克译），他想要的就自动来临。在无爱的时代，在爱之癌深入骨髓的年月，某些诗人竟然受制于连他自己都无从理解、无从摆脱的神秘心性；这样的诗人和爱的关系，反倒更像上帝与世界的关系："神说：'要有光。'就有了光。"① 诗人说，要有爱，诗人和新诗一起虚构的抒情主人公就呼唤出了爱。这大概是抒情主人公在秋天唯一可能遭遇的奇迹。罗兰·巴特善解人意，他说："不是要你让我们相信你说的话，而是要你让我们相信你说这些话的决心。"② 在一片狼藉之地，诗人的决心因无名心性的滋养确实具有创世的作用。

但这样的决心不是无条件的，它需要征得作为文体的新诗同意。如前所述，任何一种不受约束的自我都必定倾向于自恋，像那喀索斯。虽然新诗的本能或曰首要任务，是絮叨偶然人的阴暗心理，原本与爱和幸福无涉，但它同时又倾向于自己的纯诗状态。为尽可能多地满足自己的愿望，新诗在不情愿中愿意让渡部分的自恋权利，成全诗人的决心——这可以被视作诗人与新诗走向中庸之境、完成中庸之德的特殊方式。由此被虚构出来的抒情主人公一定是有福之人；此人在新诗和诗人西渡结为秦晋之好的某个特殊时刻，曾以但丁的代言人身份如是发言：

我对自己说：

① 《圣经·创世记》1：3。

② 罗兰·巴特：《批评与真实》，温晋仪译，上海人民出版社，1999年，第72页。

> 但丁，你要圣洁地生活，在意大利
>
> 它正是神的启示，我的内心因此格外紧张
>
> 就像在红色帷幕内部，此刻正酝酿伟大的剧情
>
> （西渡：《但丁：1290，大雪中［之一］》，1990 年）

新诗向诗人让渡它的自我，成全了诗人的决心；但诗人也以但丁的代言人满面忧郁为方式，在向新诗示好：这是诗人依照对等原则，必须做出的妥协。按照新诗不受束缚的自我意愿，被新诗独自虚构出的抒情主人公一定是快乐的、幸福的，甚至洋洋自得的，因为新诗只想看到最美好、最理想的那个"我"，亦即"应是"之"我"；但丁的代言人满面忧郁，正可被视作诗人对新诗的慷慨回报。帕特里齐亚·隆巴多（Patrizia Lombardo）这样数落罗兰·巴特这个号称坚定的形式主义者："历史意识与形式主义魅力之间的妥协就是我所称的罗兰·巴特的第一个悖论。"① 很显然，西渡和新诗之间的相互妥协不能被视作悖论，因为诗人和新诗原本就是合则齐美、离则两伤的关系。忧郁的抒情主人公，但丁的代言人，因为受新诗和诗人之命呼唤爱，而自动陷身于爱。在神秘心性的栽培下，诗人西渡因抗拒不了神秘的心性，并经由新诗授权，暗自表达了他的诗学决心：不但要去过圣洁的生活，还得让以絮叨为本质的新诗尽可能洁净——尽管新诗理想中的纯诗境地依然遥不可及。

这里有一个特别值得注意的关节点：现代汉语以如此这般的

---

① 帕特里齐亚·隆巴多：《罗兰·巴特的三个悖论》，田建国等译，华东师范大学出版社，2017 年，第 2 页。

方式表述但丁，但丁因此便被如此这般地现代中国化，"圣洁"一词也就随之丧失它本该拥有的神学色彩，自动等价于世俗性的"洁净"；洁净在古老的汉语思想中地位显赫，但它首先跟心性联系在一起①。在偶然人存身的秋天，如此这般的洁净显得很悲壮，正合克林斯·布鲁克斯之言："'真实、美好、珍贵的情感'仍旧隐含在灰烬中，就算我们费尽心力，最终得到的只是灰烬本身而已。"② 布鲁克斯自然言下无虚，但这依然不能表明：灰烬状态的净洁就算不上洁净；事实上，唯有它才更配称净洁。布罗茨基曾在某处说过，每一首诗都是一次爱的举动③。布罗茨基的言下之意是：无论诗的主题是什么，作诗本身就是一种爱的行为；被作出来的以絮叨为本质的诗，则是爱的行为的物质化版本，或雕像。西渡对此持赞同态度：诗人的身份和作诗之于诗人本身就意味着拯救；如果诗人在自身心性的栽培下，和新诗一道创造出的抒情主人公虽忧郁却沐浴在爱之中，虽沐浴在爱之中却忧郁，那简直就是双倍的爱的行为。这样的抒情主人公拥有非凡的生殖能力：发明爱。此公在忧郁中坚信：

> 活着，就是挑战生存的意志；
> 这世界上，只有爱是一种发明，
> 教会我们选择，创造人的生活。
> （西渡：《天使之箭》，2010 年）

---

① 参阅徐复观：《中国艺术精神》，前揭，第 18 页。
② 克林斯·布鲁克斯：《精致的瓮》，前揭，第 22 页。
③ 参阅约瑟夫·布罗茨基：《文明的孩子》，刘文飞译，中央编译出版社，2007年，第 181—182 页。

弗雷德里克·詹姆逊（F. R. Jameson）断言：在资本主义社会，"集体的空间在人类学的意义上似乎根本是不洁净的"①。这很有可能意味着：在偶然人寄居的秋天所能拥有的所有形式的净洁中，发明爱或对爱的发明，才堪称最高形式，也才是最值得庆贺的形式。这样的抒情主人公坚信奥克塔维奥·帕斯的断言："疾病和老年使身体变丑，使灵魂迷失道路。但是爱情是人类发明的一个对策，以便直面死亡。"② 拥有如此信念的抒情主人公正是在对洁净所怀有的绝对信念中，获取了拯救；同时，也让新诗把具有拯救性的教义，当作了自己的第二自我（或附加性自我）。

---

① 弗雷德里克·詹姆逊：《时间的种子》，王逢振译，中国人民大学出版社，2018 年，第 140 页。
② 奥克塔维奥·帕斯：《双重火焰——爱与欲》，蒋显璟、真漫亚译，东方出版社，1998 年，第 113 页。

简短的结语

走笔至此，提出自我诗学这个概念，应该不算唐突。

本书以三个诗人为例，谈论了自我诗学的三种样态，这本身就表明了如下几点。第一，从表面上看，新诗的诞生是因为新的经验需要新的文体。从更深的层次上观察，新诗的诞生更有可能基于如下理由：现代性让诗人——亦即反讽主体或偶然人——的自我处于分裂状态，急需要被缝合；但新诗也在充当黏合剂的过程中，完成了新诗的自我，以至于最终成就了诗篇。第二，本书谈论了三种样态的自我诗学，这本身就意味着还有更多样态的自我诗学尚未被谈论，甚至尚未被发现。自我诗学在不同的现代诗人那里理应拥有不同的样态，这是新诗的自我预先决定的现实，只可惜真正具有现代性的现代诗人在百年新诗史上极为稀少和稀缺。因此，第三，所谓更多尚未被发现、尚未被谈论的自我诗学的样态也就极为有限。这既是百年来新诗创作遇到的难题，也是诗学创造遭遇的关隘。如何走出如此这般难堪的状态？这是那些极少数极少数的诗人和诗学创造者必须承担的任务。

是所望焉。

附录：为散文诗一辩

从《秋夜》和《秋夜独语》说起

在古代汉语诗中，悲秋意识既格外地源远流长，又格外地根深蒂固；其间的原因、理由到底何在，至今众说纷纭。《礼记》只知其然地说："秋之为言愁也。"这部伟大的汉语经典究竟是不知其所以然呢，还是不愿意道出其所以然？作为一个外族人，松浦友久反倒提供了一个素朴，并且看似得体的解释：较之于"安定""固定"却又漫长难耐的酷夏与严冬，春秋两季显得极易"变化""推移"，倾向于它们自身的春和日丽、秋高气爽，却又转瞬即逝，惜春之感油然生焉，悲秋之情勃然兴焉。松浦友久很务实，他甚至把汉语思想之核心产区的经纬度都考虑进去了，以便为自己的观点助拳、掠阵①。正所谓"老去悲秋强自宽，兴来今日尽君欢"（杜甫：《九日蓝田崔氏庄》）；也有道是

---

① 参阅松浦友久：《中国诗歌原理》，辽宁教育出版社，1990年，第11—13页。

"一声梧叶一声秋，一点芭蕉一点愁，三更归梦三更后"（徐再思：《水仙子·夜雨》）。观堂主人有言："最是人间留不住，朱颜辞镜花辞树。"（王国维：《蝶恋花·阅尽天涯离别苦》）似乎韶华易逝、光阴难留，才算得上华夏古人悲秋惜春的心理基础。

面对古人曾经面对的秋日和秋夜，现代人鲁迅已经从心理上，和悲秋的古人有意识地拉开了距离。孙玉石观察得很准确：作为鲁迅久负盛名的散文诗篇，《秋夜》展示了抒情主人公对抗绝望的宏愿、反击虚无的决心——并且心境荒寒、态度决绝①。完成《秋夜》之后不多日，鲁迅在写给许广平的信中有言："我自己对于苦闷的办法，是专与袭来的苦痛捣乱，将无赖手段当作胜利，硬唱凯歌。"② 其后，鲁迅对此还有着更为明确的言说：因为要向虚无做"绝望的抗战"，所以，他的文字中就有着太多"偏激的声音"③。秋夜以及秋夜的天空在鲁迅的笔下显得面目可憎，最起码满是消极和负面的音容，就很容易得到后人的理解与同情：秋夜的天空"似乎自以为大有深意，……仿佛想离去人间"（鲁迅：《野草·秋夜》）。孙玉石不无极端地认为，被《秋夜》咏诵的那个秋日夜空，或许正等同于鲁迅在另一首散文诗（亦即《失掉的好地狱》）里提及的那方"好"地狱④。和华夏

① 参阅孙玉石：《现实的与哲学的——鲁迅〈野草〉重释》，上海书店出版社，2001 年，第 16—17 页。
② 鲁迅：《两地书》，《鲁迅全集》第 11 卷，人民文学出版社，1981 年，第 15—16 页。
③ 鲁迅：《两地书》，《鲁迅全集》第 11 卷，人民文学出版社，1981 年，第 20—21 页。
④ 孙玉石：《现实的与哲学的——鲁迅〈野草〉重释》，上海书店出版社，2001 年，第 19 页。

古人不同，鲁迅对悲秋心理持完全否定甚或不屑一顾的态度①，这很有可能是彼时之鲁迅早已经历过现代意识（尤其是现代诗学意识）的深度洗礼②；李泽厚甚至将鲁迅认作法国存在主义的中国先行者③。

在鲁迅完成《秋夜》差不多九十年后，周庆荣也写出了相同题材的篇什：

我看到一粒粒蓝色的纽扣，子夜，夜空披上纯黑的大衣，蓝纽扣在闪光。

人间中秋刚过，离愁是月光的苍白，多年不说，这次，我同样不说。

我说窗外的蟋蟀，秋事丰富。

我说我夜深时听到的狗吠，它们是城市的流浪者。声音里听不出幸福与否，我仰望天空的时候，不愿简单地把这些声音当作噪音。

生命的动静多么美好。

玉米被收获了，十月，高粱也将被收获。

秋天的语言要赶在冬天封冻前说完，夏末未及说出的爱

---

① 鲁迅后来回忆他做《秋夜》的意图：在秋天，"荷叶却早枯了；小草也有点萎黄。这些现象，我先前总以为是'严霜'之故，于是有时候对于那'凛秋'不免口出怨言，加以攻击"。（鲁迅：《华盖集续编》，《鲁迅全集》第 3 卷，人民文学出版社，1981 年，第 374 页）"怨言""攻击"云云，恐怕和"秋之言愁也"的悲秋心理搭不上界吧。

② 参阅赵瑞蕻：《〈摩罗诗力说〉注释·今译·解说》，天津人民出版社，1982 年，第 280—290 页。

③ 参阅李泽厚：《中国现代思想史论》，东方出版社，1987 年，第 111—120 页。

情，就让高粱变成酒，酒后再说。

蟋蟀集体说，流浪的狗被集中起来说。

我在中秋之后的子夜，一个人说。

说得夜空解开一粒粒纽扣，胸怀大开。

如果有人说出忧虑或者悲伤，天能够拥抱他们。

（周庆荣：《秋夜独语》）①

在《秋夜》里，天空"非常之蓝"，闪着或眨着"几十个星星的眼，冷眼"；在《秋夜独语》里，"披上纯黑大衣"的夜空有众多星星像"蓝纽扣在闪光"。前者的蓝固执地坚守、坚持了自己原本的冷色调：它在用冰冷的语调嘲讽下界，意欲"离去人间"（在汉语中，几乎所有的颜色都有其声调和冷暖）；后者的蓝则试图突破作为自身之本分、自身之规定性的冷：它有冷的语调，却想尽力温暖中秋之后子夜时分的人间（在汉语形成的整一性语境中，所有视觉的都可以转化为听觉的与触觉的）。《秋夜》的抒情主人公在"夜半""吃吃地"笑，《秋夜独语》的抒情主人公则在"中秋之后的子夜，一个人说"。前者独自发笑，是因为茫茫夜半只有他孤身一人（就像整个田纳西州只有一只坛子），周遭的事物都外在于他，他只得用冷眼打量它们，它们则顶多是他的对象罢了。后者也是一个人在说，但他言说的诸多事物——蟋蟀、秋事、狗吠、酒、玉米、高粱、爱情——无一例外，都跟他有关。前者笑，是因为笑着的人夜半孤身一人，只得笑给自己听，以缓解围绕他、装饰他、定义他的孤独，而《释名》有云："孤，顾也，顾望无所瞻见也。"后者说，是因为说

---

① 周庆荣：《有温度的人》，四川文艺出版社，2017年，第117页。

着的人唯有夜半才有机会从人间俗务中解脱、解放出来，将太多诉说万物的话说与万物听，而不是单单说与自己听。这个人不会孤独，因为周遭都是朋友和亲人；这个人"顾望"之处，无物不可以被"瞻见"。

古希腊人使用的语言（亦即逻各斯［logos］）以视觉为依傍，华夏古人使用的汉语则以味觉为靠山；味觉化汉语是华夏先民感世应物的主要媒介——假如不说唯一媒介的话。他们须得以味觉为中心，借以组建自己的世界图式（world schema）[1]；华夏古人必须围绕主观性较强的味觉以构筑自己的思维内里[2]。和上帝超验性地以言创世（Creation by words）——而非群氓世俗性地以言行事（Doing things with words）——迥乎其异，以味觉为依傍的汉语自有它无神论层面上独具一格的创世-成物论，恰如《中庸》所言："诚者物之始终，不诚无物。……诚者非自成己而已矣，所以成物也。"味觉化汉语的要害正好在于：它以诚为自身之伦理；而以诚为伦理的汉语不仅让人成其为人（亦即"成己"），还得让"成己"之人帮助万物成其为万物（亦即"成物"）。能够成物之人必定是成人，这样的人断不会发出清脆、稚嫩的童声，他发出的是浑厚粗犷甚或略带沙哑的沧桑之音；成物之人因为物由己出，必定是惜物之人和爱物之人，这样的人开口说话必定自带悲悯和怜惜的嗓声，恰如父母呼唤稚子[3]。在味觉化汉语的念想中，即使是春秋两季，也终究不过是

[1] 参阅敬文东：《味与诗》，《南方文坛》2018 年第 5 期；参阅敬文东：《汉语与逻各斯》，《文艺争鸣》2019 年第 2 期。
[2] 参阅贡华南：《味与味道》，广西师范大学出版社，2015 年，第 127—139 页。
[3] 参阅敬文东：《李洱诗学问题》（中），《文艺争鸣》2019 年第 8 期。

君子成己以成物的终端产品。人因为参与到天地的运行之中而成就了春夏秋冬，造就了二十四节气。味觉化汉语具有舔舐万物的普遍性能①，它支持人、物一体，所谓"万物皆备于我"②，我与万物同一；人与物构成了一种零距离的我-你关系。归根结底，悲秋心理源于味觉化汉语及其支持的世界图式：华夏古人成就了春秋，春秋被以诚为伦理的汉语和华夏古人所造就。华夏先民会非常自然地以悲悯语气和沧桑语气诉说春、陈述秋；就这样，秋和春零距离地贴在他们的皮肤上，溶解在他们的呼吸里。他们即便是在谈论令他们高兴和轻松的物、事、情、人时，也会因独具一格的创世-成物论而自带沧桑和悲悯的语气。此等情形意味着：松浦友久对悲秋惜春给出的解释要么太皮相化，要么顶多是味觉化汉语的助手，是偏师，在辅佐味觉化汉语悲秋惜春。

　　和必然要悲秋、必然会惜春的古人使用的语言大不相同，鲁迅使用的，乃是深受逻各斯侵染因而高度视觉化的汉语（亦即现代汉语），味觉的成分处于这种语言的边缘位置（但不是没有位置或者竟然完全丧失了位置）。众所周知，视觉化汉语来自声势浩大的白话文运动。白话文运动的头号目的，是拿建基于视觉的逻各斯改造味觉化汉语；这场运动的实质被汪晖一语破的："不是白话，而是对白话的科学化和技术化洗礼，才是现代白话文的更为鲜明的特征。"③ 所谓"对白话的科学化和技术化洗礼"，就是让视觉尽可能挤占汉语中原本属于味觉的地盘，从而为汉语输

---

① 对味觉化汉语舔舐万物之性能的论述，请参阅敬文东：《味与诗》，《南方文坛》2018 年第 5 期。
② 朱熹：《四书章句集注》，上海古籍出版社，2006 年，第 440 页。
③ 汪晖：《现代中国思想的兴起》下卷第二部，生活·读书·新知三联书店，2004 年，第 1139 页。

入了强大的分析性能，变主观性较强的语言为客观性极为可观的言说工具，亦即现代白话文或现代汉语。这种样态的汉语更愿意以真为自身之伦理。和味觉化汉语提倡零距离地感世应物迥乎其异，现代汉语热衷于在人、物之间，构筑一种我－他关系。我－他关系意味着：物只是人的对象而已；在人、物之间，必须保持恰切的距离，因此，人与物不可能零距离相往还，也不大可能长时间"相看两不厌"①。鲁迅炮制的天空"仿佛想离去人间"，就在情理之中。

正所谓"福不双至，祸不单行"：求真的视觉化语言——比如逻各斯——在为人类带来方便、舒适和安逸的同时，也为毁灭人类提供了虽潜在却体量过于庞大的可能性。现代汉语因为已经被高度地视觉化，所以，它必须照单接管视觉化语言——比如逻各斯——从娘胎处就随身携带的反讽特征，只因为反讽特征是视觉化语言的天赋和秉性。依照这种视觉化汉语组建起来的时代，可以被名之为反讽时代；委身于这个时代的每个人，可以被称作反讽主体。所谓反讽主体，就是努力向自身意图进发，最终，却走向自身意图之反面的那些尴尬角色②，有类于《秋夜》中原本

---

① 对这个问题的详细论述，请参阅敬文东：《李洱诗学问题》（中），《文艺争鸣》2019 年第 8 期。

② 赵毅衡对反讽特征和反讽主体有恰到好处的叙说："例如第一次世界大战时英美的动员口号'这是一场结束所有战争的战争'（The War That Ends All Wars），结果这场战争直接导致第二次世界大战。还有，工业化为人类谋利，结果引发大规模污染；抗生素提高了人类对抗病毒的能力，结果引发病毒变异。如此大范围的历史反讽，有时被称为'世界性反讽'（cosmic irony）。"（赵毅衡：《反讽时代：形式论与文化批评》，上海，复旦大学出版社，2011 年，第 8 页）

为追求光明，却注定丧身于烛火的小虫子，它们被《秋夜》以饱经沧桑的语气精确地——而非主观有味地——唤作"这些苍翠精致的英雄们"。作为一个诚实的反讽主体，鲁迅深知自己所做的一切均为徒劳，充满了极其强烈的反讽意味。他曾激愤地说："我的可恶有时自己也觉得，即如我的戒酒，吃鱼肝油，以望延长我的生命，倒不尽是为了我的爱人，大大半乃是为了我的敌人……要在他的好世界上多留一些缺陷。"[1] 这个反讽主体深知自己的生存真相，这个反讽主体十二分地推崇视觉化汉语。以上两项相加获取的结果之一，就是被《秋夜》咏诵的物、事、情、人尽皆处于自身的分裂状态，以至于深陷虚无主义的泥淖；每一个被咏诵的对象，甚至包括咏诵着的抒情主人公，尽皆处于绝对的孤独之中，就像《秋夜》一开篇出现的那两棵相貌模糊的枣树，互不搭界、彼此猜忌、拒绝相互致意，以至于最终独木不成林。正如鲁迅曾经亲身体验到的那样，孤独是视觉化汉语特有的产物[2]，是一个扎扎实实的现代事件[3]；它无法被根除，除非汉语的视觉化能够被阉割[4]。

论反讽的成色，周庆荣生活的时代未必弱于鲁迅生活的时代；论视觉化的程度，周庆荣使用的汉语较之于鲁迅使用的汉语很可能有过之而无不及。但《秋夜独语》却有能力将它咏诵过的每一种动物、每一种植物统一起来，把它轻轻抚弄过的每一种

---

[1]　鲁迅：《〈坟〉题记》，《鲁迅全集》第一卷，人民文学出版社，2005 年，第 4 页。

[2]　参阅敬文东：《感叹诗学》，作家出版社，2017 年，第 83—90 页。

[3]　参阅敬文东：《艺术与垃圾》，作家出版社，2016 年，第 10—18 页。

[4]　参阅赵汀阳：《第一哲学的支点》，生活·读书·新知三联书店，2013 年，第 132—134 页。

生活景色、生活实象、空气和季节连为一个整体。它们彼此间，呈现出一种和睦、和谐、亲切的迷人关系；《秋夜独语》不允许它们自由散漫、游离于集体之外：这个集体"一个都不能少"①。对于唐人张水部来说，秋日子夜正是"愁人不寐畏枕席，暗虫唧唧绕我傍"的心烦意乱、多愁善感之时（张籍：《秋夜长》）。对于《秋夜独语》的抒情主人公而言，在秋日寂静的子夜，流浪的狗吠声不再是令人心烦意乱的噪音，它让人温暖，不让人失眠；夜幕中暗自红透的高粱即将被收获，即将被酿成美酒，酒后之人即将说出夏末来不及说出的爱情；天空不但不想"离去人间"，还"能够拥抱"说出"忧虑或者悲伤"的那些人，还会在抒情主人公的独语中"解开一粒粒纽扣"，以至于"胸怀大开"……《秋夜独语》甚至不露声色地公开声称："人间中秋刚过，离愁是月光的苍白，多年不说，这次，我同样不说。"连视觉化汉语原本热衷的孤独（亦即"离愁"之"离"）都不屑于诉说，又何况味觉化汉语心心念念的悲秋（亦即"离愁"之"愁"）？

其间必有隐情。

散文诗何为？

众所周知，散文诗（poème en prose）一词为波德莱尔所首倡，新文化运动开始不久即传入中国，鲁迅是迄今为止最有名的

---

① "一个都不能少"抄袭了张艺谋的一部电影的题目。

汉语尝试者。王德威将散文诗唤作"混杂的文体"①，西渡则称之为"一个相当含混的概念"②。散文诗在中国文学批评界至今广受质疑，也许肇源于此。小说、散文、抒情诗、戏剧、史诗之所以能够被呼之为"体"，乃是因为每一种特定的文体都是一种框定世界（To frame the world）的特殊方式；不同的文体框定世界的方式必定大异其趣。此中情形，正合华莱士·马丁（W. Martin）之所言："当我们用不同的定义来绘制同一领域的版图时，结果也将是不同的。"③ "不同的定义"当然也会让杰姆逊（Fredric Jameson）所谓的认识测图（cognitive mapping）大相径庭。如果不从框定世界的方式、观察世界的角度等方面去看待文体，文体就既不得称体，更不配为体④。顾名思义，散文诗乃是散文（prose）和诗（poème）的混搭。为什么要在原本已经十分丰富的文体之外，单设散文诗一体呢？究竟是什么原因，让散文诗作为一种文体不得不在波德莱尔的年代诞生于巴黎？

卡尔·克劳斯在创作上面临的困境，得到了乔治·斯坦纳的高度理解；卡尔·克劳斯为解决困境设置的方案，也得到了乔治·斯坦纳的真诚认可。斯坦纳为此而写道：面对日常生活的危机日益加剧，卡尔·克劳斯"用独有的方式表明，这个危机既不是诗剧或现实主义剧能解决，也不是散文或小说能解决的；这些文体的固定形式其实是个假象，是受到了凶猛无序的社会现实和

---

① 王德威：《史诗时代的抒情声音》，生活·读书·新知三联书店，2019年，第84页。

② 西渡：《论散文诗》，《中国投资》2014年第6期。

③ ［美］华莱士·马丁：《当代叙事学》，伍晓明译，北京大学出版社，1991年，第1页。

④ 参阅敬文东：《从本体论的角度看小说》，《郑州大学学报》2003年第2期。

政治现实的蒙骗"①。乔治·斯坦纳的言下之意大约是：每一种特定的文体都有它固有的特殊性，因此，所有的文体尽皆具有它无从克服的局限、盲点和死角——特殊性意味着对普遍性的普遍排斥；仅仅依靠某一种特定的文体，比如诗剧、现实主义剧、散文或小说等等，实难准确、完整地反映"凶猛无序的社会现实和政治现实"。宛如乔治·斯坦纳暗示的那样，这双重的现实意味着：现存的文体已经不敷使用；尚处乌有之乡的新文体必须前来勤王护驾。与其像爱默生（Ralph W. Emerson）那样说：新的经验在呼唤新的诗人，还远不如说：新的现实在等待新的文体——文体永远大于使用和驱遣它的那些表面上吆三喝四的主人们。

斯坦纳之言确实称得上一针见血。但他道明的，只是结果（亦即"知其然"），不是导致这个结果的原因（亦即"所以然"）。从追根溯源或沿波讨源的层面上看，导致文体不敷使用的真正根源，仍然是逻各斯。在古希腊，逻各斯的本意是说话，甚至还可以充任语言的代名词②；这种语言（亦即逻各斯）态度强硬地建基于视觉中心主义，唯视觉之马首是瞻。因为逻各斯强调纯粹的观察、客观的透视，所以，它主动将真——而非诚——认作自身之伦理；逻各斯因为过度强化真，以至于导致了理性至上的神话；理性至上的神话导致了强硬无比的工具理性；工具理性则十分顺畅地接生了"单面人"（One Dimensional Man，最早被译作"单向度的人"）。这实在是一个来路清晰的逻辑链条；

① ［美］乔治·斯坦纳：《语言与沉默》，李小均译，上海人民出版社，2013年，第 103 页。

② 参阅海德格尔：《在通往语言的途中》，孙周兴译，商务印书馆，2004 年，第236 页。

即便在神权至高无上的中世纪，启示性神学真理也没能抑制住这个逻辑链条在暗中发育，在暗中成长、壮大①。马尔库塞（Herbert Marcuse）令人信服地证明：高度发达的工业社会肇始于启蒙运动以来愈演愈烈的工具理性。工具理性呢？则肇始于逻各斯导致的理性至上的神话。马尔库塞道出了真相：工具理性使工业社会成为一个新的极权主义社会；而在这个充满反讽特性的时代，几乎所有的反讽主体都逃无可逃地成了单向度的人。所谓单向度的人，就是失去了否定、批判和超越能力的诸多个体；这样的人根本不可能设想或者想象另外一种生活。单面人更愿意坚信：被强加给他们的现实生活，才称得上唯一真实的生活，因为他们对生活的被强加特性一无所知；对他们而言，诗意是不存在的，想象力是不可能的②。想象力意味着旨在反抗的意识形态③，意味着诗意，意味着"发明一个原创性的全新世界"，意味着正在满怀激情地"夺"现实生活之"权"④。沈宏非说得很机智："人体最性感的部分以及世上最好的春药，乃是想象。"⑤ 但这样的想象力，这样的春药，显然存乎于单面人的想象之外。

就是在里尔克所谓的这个"严重的时刻"，波德莱尔以其天

① 参阅［美］爱德华·格兰特（Edward Grant）：《中世纪的物理科学思想》，郝刘祥译，复旦大学出版社，2000年，第70—133页。
② 参阅［德］马尔库塞：《单向度的人》，刘继译，上海译文出版社，1989年，第129—152页。
③ 参阅［英］伊格尔顿（Terry Eagleton）：《二十世纪西方文论》，伍晓明译，陕西师范大学出版社，1986年，第23—24页。
④ ［法］夸特罗其（Angelo Quattrocchi）等：《法国1968：终结的开始》，赵刚译，生活·读书·新知三联书店，2001年，第132页。
⑤ 沈宏非：《食相报告》，四川人民出版社，2003年，第256页。

才的直觉，设想了散文诗这种从未有过的新文体，并且身体力行地写出了《巴黎的忧郁》，一部不折不扣的伟大作品；巴黎也因散文诗这种全新的文体，获得了前所未有的腰身、线条，以及非凡的生殖能力。散文诗在纸张上微雕般地形塑了新巴黎，有类于乔治-欧仁·奥斯曼（Baron Georges-Eugène Haussmann）在现实中大规模改造了的旧巴黎①。以波氏之见，这个杂交文体理应具有的特征是："无韵无律的音乐性，既柔软粗犷，易于适应种种表达：灵魂的抒放，心神的悸动，意识的针刺。"② 很容易发现，波德莱尔在这样讲话时，明显低估了他发明和倡导的新文体，也低估了唯有《巴黎的忧郁》才更有能力面对"新的极权主义社会"这个"新"的事实。作为一个杰出的视觉化汉语诗人，西渡成功地替波德莱尔抹去了那个"失察的时刻"（这个短语为歌德所常用）："波德莱尔的《失去的光环》（为散文诗的诞生）给出了一部分的理由——为那些已经被工具理性-物质主义现实损害了心灵完整、失去了诗歌感悟力的现代人搭起一座进入诗歌的桥梁。"西渡紧接着不失时机地继续写道，散文诗"以散文的伪装解除了'单面'的现代人（也就是'散文'的人）对诗歌的抵制，并成功地把他们诱入诗歌的领域——这也许就是散文诗的文体价值"③。

在西渡充满善意的理解中，波德莱尔迫于"新的极权主义社会"发明散文诗的首要目的，乃是帮助单面人摆脱单一、干燥、

---

① 关于这个问题，[英] 大卫·哈维（David Harvey）写了一部厚厚的《巴黎城记》（黄煜文译，广西师范大学出版社），才将之交代清楚。

② 转引自叶维廉：《散文诗——为"单面人"而设的诗的引桥》，楼肇明、天波编：《世界散文诗宝典》，浙江文艺出版社，1995 年，第 595 页。

③ 西渡：《论散文诗》，《中国投资》2014 年第 6 期。

漠然的散文思维，让单面人从工具理性控制下的感世应物的方式中，抽身而出；散文诗鼓励单向度的人把诗的想象力纳于自身，重新确立马尔库塞极力倡导的新感性（new sensibility），经由此路，让单面人在丰沛、湿润和饱满中，得到解放、获取新生。安徒生坚信，当他有意安放在菌子根部的小礼物被那个不知内情的小女孩捡拾后，小女孩便自以为遇到了奇迹，从此，"她的心，不会像没有体验过这个奇妙的事情的人那样容易变得冷酷无情"①。散文诗相信：有了它精心培植的新感性，单面人就有望像那个小女孩一样，心有回暖，舌有回甘——《巴黎的忧郁》中诸多抒情主人公的精彩表现，很是完美地呼应（而不仅仅是证明）了这个了不起的结论。波德莱尔以其在散文诗方面的丰硕成就雄辩地证明：较之于小说这种"市民社会的史诗"②，相对于小说这种"被上帝遗弃的世界的史诗"③，散文诗更有资格被视作启示真理在反讽时代的投影，或者闪光；甚至可以被视作俗世和神界之间的文体纽带，它能更轻松地赋予单面人以想象力和诗意，更准确地对"新的极权主义社会"做出反应。纯粹的诗创造一个全新的世界，因其深奥和丰沛的想象力不为单面人所理解；纯粹的散文沉思一个现成的世界，因其高度的务实性不会被生活在现成世界中的单面人所需求。或许，这就是散文诗较之于小说、诗和散文的优越之处；波德莱尔为更好地表达反讽时代的

---

① 参阅［俄］K. 巴乌斯托夫斯基：《金蔷薇》，戴骢译，漓江出版社，1997年，第 183 页。

② ［德］黑格尔（G. W. Hegel）：《美学》第三卷，朱光潜译，商务印书馆，1991 年，第 167 页。

③ ［匈］卢卡奇（Szegedi Lukács）：《卢卡奇早期文选》，张亮等译，南京大学出版社，2004 年，第 61 页。

效果，尤其是为拯救作为单面人的反讽主体，发明了称手的新文体，有类于培根（Francis Bacon）称颂过的那个伟大的新工具，那个可以为科学开疆拓土的新范式，那个被委以重任的归纳法。

汉语散文诗何为？

至少从表面上看，汉语散文诗是横的移植的产物，似乎过于缺少纵的继承。但这并非事情的全部真相。味觉化汉语以舔舐为方式，零距离地感世应物，充满了可以想见的主观性。因此，味觉化汉语本身就意味着诗，意味着诗意①。用味觉化汉语创造的散文（古人乐于称之为"文"）不仅要"解"万物之"义"（解义），还得"解"万物之味（解味）②。解味胜于解义，是味觉化汉语的根本特性：真实地传达万物之意义，被认为远逊于诗意地品尝万物之味道。面对万物，味觉化汉语之"文"用诗意的方式以感而思（亦即感思而非沉思）③，但感思首先得被诗意所环绕。白话文运动催生了分析性极强的现代汉语，视觉化一跃而为这种语言的首要成分，但并不意味着味觉化已经被全盘取代，果若如是，就不成其为汉语，毕竟汉语之为汉语自有它基因

---

① 张枣对此有极为清醒的认识："中国当代诗歌最多是一种迟到的用中文写作的西方后现代诗歌，它既无独创性和尖端，又没有能生成精神和想象力的卓然自足的语言原本，也就是说它缺乏丰盈的汉语性，或曰：它缺乏诗。"（张枣：《朝向语言风景的危险旅行——当代中国诗歌的元诗诗歌结构和写者姿态》，《上海文学》2001年第1期）

② 贡华南：《味觉思想》，生活·读书·新知三联书店，2018年，第208页。

③ 参阅贡华南：《味与味道》，广西师范大学出版社，2015年，第214页。

层面上不可被撼动的部分。不偏不倚，这不可被撼动的部分刚好是味觉化，以及味觉化导致的沧桑语气与悲悯嗓音①。视觉化让中国的反讽主体（或单面人）尽可能客观地分析、沉思（而非感思）给定的现成世界，它是散文式的，负责解万物之义；味觉化则让中国的单面人（或反讽主体）尽可能在舔舐万物的过程中，构筑情状各不相同的可能世界（而非现成世界），它是诗的，负责解万物之味。视觉化（散文）与味觉化（诗）相加，在理论上造就了汉语中的散文诗。这很可能意味着：现代汉语从"纵的继承"之维度固守了味觉化因素，才让散文诗被"横的移植"成为可能，并且首先在鲁迅那里开了花，结了果。

叶维廉在他那篇有关散文诗的名文中，如是断言："波德莱尔和马拉美等人的散文诗，通过他们所处的社会空间的批判，最后呈现的是'美'与'理想'，偏向于'纯诗'的追求；则鲁迅在关怀上无法与波、马认同，他写的是中国在外来文化与本土文化争战下的一种颓然绝望，最后虽然希望较理想的中国文化再现，但绝对没有想到'纯诗'和'美即宗教'。"② 波德莱尔等人以散文加诗的独有方式，去谋求"美"和"理想"，去强调"美即宗教"，既暗含了具有解放效用的新感性，也充满了世俗性的救赎精神。吊诡的是，暖色调的"理想"和"美"在鲁迅那里，打一开始就是不存在的，更不用说信奉"美即宗教"③。鲁迅在秋夜间的"颓然绝望"，源于他从视觉化汉语那里获取的

① 参阅敬文东：《李洱诗学问题》（中），《文艺争鸣》2019 年第 8 期。

② 叶维廉：《散文诗——为"单面人"而设的诗的引桥》，楼肇明、天波编：《世界散文诗宝典》，浙江文艺出版社，1995 年，第 609—610 页。

③ 参阅敬文东：《夜晚的宣谕：关于鲁迅的絮语》，《天涯》2009 年第 6 期。

反讽主体（而非单面人）之身份。和单面人不同，鲁迅拥有不竭之诗意；和波德莱尔发明散文诗以拯救单面人不一样，鲁迅因"横的移植"成为可能而相中散文诗的首要目的，乃是为了急于表达他一己之心中的"颓然绝望"。反讽主体意味着：鲁迅只能走向他自身意图的反面；和铁屋中人对自身处境的毫不自知相比，鲁迅太清楚他的生存真相，太了解"颓然绝望"对他到底意味着什么。因此，鲁迅更愿意将散文诗视作拯救自己、表达自己的利器，更愿意将散文诗称作开在"地狱边沿上的惨白色小花"①，只因为反讽时代的中国，亦即在鲁迅创作《秋夜》不久前才围绕视觉化汉语组建起来的那个中国，原本就是地狱。与这种性状的地狱相比，鲁迅荒寒的内心更应当被名之为地狱；鲁迅信奉的，不是存在主义者信奉的"他人即地狱"，他更愿意信奉的信条是：我心乃地狱。

鲁迅使用的语言视觉化占绝对成分，辅之以味觉化；西方文明原本是"两希文明"（视觉化的希腊文明和听觉化的希伯来文明）杂交、混合的产物②，因此，到了波德莱尔的时代，欧洲人使用的语言也以视觉化占绝对成分，辅之以听觉化③。作为辅助物的味觉化当中暗含的诚，敌不过作为绝对成分的视觉化对真的迷信而获取的反讽主体之身份，因此，鲁迅"颓然绝望"的地

① 鲁迅：《二心集》，《鲁迅全集》第 4 卷，人民文学出版社，1981 年，第 356 页。

② 关于这个问题可参阅 ［美］弗洛姆（Erich Fromm）：《心理分析与禅佛教》，［日］林木大拙、弗洛姆等：《禅与心理分析》，孟祥森译，海南出版社，2012 年，第 120 页。

③ 参阅杰拉尔德·克雷夫茨：《犹太人和钱——神话与现实》，顾骏译，上海三联书店，1992 年，第 166 页。

狱心境、视散文诗为"地狱边沿上的惨白色小花"，就自有其源于语言层面上的必然性；鲁迅的散文诗始终是内向的，它拒绝指向外部。在鲁迅动用的所有文体中，散文诗在表达"颓然绝望"那方面，很可能更直接、更方便；尽管鲁迅在杂文、小说中多多少少表达过"颓然绝望"，却不免间接、躲闪和游弋①。作为辅助物的听觉化当中暗含的救赎精神，虽然敌不过作为绝对成分的视觉化导致的反讽主体和单面人之身份，却可以有限地抚慰单面人和反讽主体。因此，波德莱尔视散文诗为拯救之物就暗含着绝望中的希望，也有它来自语言层面上的必然性。像鲁迅一样，波德莱尔的散文诗也起自纯粹的个体写作，却指向外部，救世精神竟然如此这般罕见地出现在现代主义文学先行者的笔下。在大面积的视觉化倡导的大体量的真面前，少许的味觉化携带的少许的诚无足道哉，因为归根结底，诚是世俗化的，没有强制性，它更多关乎愿望（愿望的句式是："我要/不要……"）②。在视觉化占绝对成分的时刻，天国福音和救赎精神虽然成分也不大，却因为出自绝对命令，可以让人处于绝望之中却不被允许放弃被救赎的希望（绝对命令的句式是："你必须……"）。在散文诗《希望》中，鲁迅就曾意味深长地引用过裴多菲（Petofi Sandor）的

---

① 在赵毅衡看来，小说的作者只是"抄录"下叙述者的话而已（赵毅衡：《当说者被说的时候》，中国人民大学出版社，1998年，第3页、第9页）。果若如是，则鲁迅的小说中的所有叙事人都不可能完全代表鲁迅，因此，小说不如散文诗那样可以直接表达鲁迅的内心，何况鲁迅的小说更意在启蒙。杂文是对众人说话，不是对自己说话，它是投枪和匕首，也不可能是对地狱般"颓然绝望"的直接表述。

② 关于这个问题，可参阅敬文东：《随"贝格尔号"出游》，河南大学出版社，2010年，第265页。

著名诗句："绝望之为虚妄，正与希望相同。"这很可能意味着：鲁迅非常清楚愿望与绝对命令的区别究竟在何处；只要还有一毫克听觉化的天国福音与救赎精神存活，希望固然是虚妄的，但绝望同样是虚妄的——这正好是希望之所在。因此，波德莱尔指向外部的散文诗有足够的能力和信念，去抵制"颓然绝望"。这似乎刚好应验了本雅明那句尽人皆知的名言："正因为没有希望，希望才给予我们"（It is only for Sake of those without hope is given to us）。

作为汉语散文诗的后进者，周庆荣似乎打一开始就有意与鲁迅拉开了距离。从他给自己的散文诗集所取的书名上，就不难推知这一点："有理想的人""有远方的人""有温度的人"……如此等等。与这些暖色并且富有体温、充满希望的作品比起来，鲁迅的《野草》就显得过于荒寒和阴冷："生命的泥委弃在地面上，不生乔木，只生野草，这是我的罪过。野草，根本不深，花叶不美，然而吸取露，吸取水，吸取陈死人的血和肉，各各夺取它的生存。当生存时，还是将遭践踏，将遭删刈，直至于死亡而朽腐。"①《野草》意味着世界的空无、寒冷、凛冽，意味着人的绝对孤独、虚无与绝望，也意味着死亡、腐朽和凋敝。这或许是视觉化语言眼中的终极真相，但周庆荣更愿意如是写道：

　　当太阳照耀在别人的天空，我把太阳变成我心脏的模样。太阳在我体内，我收藏了它的全部的光芒，当我讲出不冷的故事，世界，请不要把我误会成虚伪。

---

① 鲁迅：《野草》，《鲁迅全集》第2卷，人民文学出版社，1981年，第159页。

（周庆荣：《有温度的人》之四）①

绝望者们彼此之间永远互为孤岛，唯有心怀希望的人能够集结起来，盖因为绝望者没有任何必要彼此抱团取暖，否则，他们就成了心怀希望的人，喜剧性地走向了自身意图的反面。在众多充满善意（而非仇恨）的希望者眼中，万物各得其所，充盈自在，它们不仅"并育而不相害"，还倾向于相互携持、相互致意。当周庆荣的抒情主人公把照耀"别人的天空"的太阳变作自己的"心脏的模样"时，无异于周氏牌散文诗在公开表态：汉语散文诗虽然无力拯救作为反讽主体的单面人（或作为单面人的反讽主体），却坚决反对自己成为"地狱边沿上的惨白色小花"。它告诫自己必须要谦卑地成为服务于人间万物的太阳，但更应该成为愈来愈谦逊的光线，温暖所有的事物，尤其是温暖围绕万物组建起来的各色故事，那些尽可能好的故事。这种样态的散文诗更愿意、更乐于遵循的句式是"我要……"；而不是"你必须……"："风来了，云要动。月明时星要稀，黑暗黑到无奈，天应该亮，我提醒天下这就是规律。"（周庆荣：《诗魂——大地上空的剧场》第一幕）这种样态的散文诗之所以愿意半心半意支持庞德（Ezra Pound）的豪言："我发誓，一辈子也不写一句感伤的诗"②，是因为有人正确地说过："完全不忧伤的不一定是一个坏诗人，但肯定是一个坏人。"③ 随时忧伤或深度忧伤呢？

---

① 周庆荣：《有温度的人》，四川文艺出版社，2017年，第73页。
② 转引自柏桦：《张枣》，宋琳、柏桦编《亲爱的张枣》，中信出版社，2015年，第21页。
③ 韩东：《写作、创作、工作》，《花城》2019年第5期。

又会伤害了那些尽可能好的故事。作为充满诗性的反讽主体（而非自外于诗性的单面人），周庆荣的抒情主人公之所以在反讽时代竟然有底气讲出"不冷的故事"，这个"不冷的故事"还不会被众多单面人视作"虚伪"，很可能得益于周庆荣对视觉化汉语的独到理解——

> 天地大美。我放下文字，拿起长杆，在寒江独钓。
> 钓出温暖，然后，苍茫大地不再冷酷。
> 浮华的话语岂能立言？文章千古事，所述不能空。
> 谁知道握笔的手，握着的却是一声叹息？
> （周庆荣：《诗魂——大地上空的剧场》第七幕）①

如前所述，味觉化汉语以诚为自身之伦理，它乐于围绕诚组建自己特有的感叹语气（感叹语气可细分为沧桑语气和悲悯嗓音)②；虽然在视觉化汉语（亦即现代汉语）的内部，味觉化早已被挤到边缘地带，但终归没有——也不可能——真的消失殆尽。船山有言："诚，固天人之道也。"③ 诚也就理所当然地"固"味觉化汉语"之道也"。周庆荣和他精心制造的抒情主人公一道，尽力开发视觉化汉语中劫后余生的味觉化及其随身携带的诚；和鲁迅的抒情主人公对诚持不那么信任的态度和无所谓的心态截然相反，作为反讽主体的周庆荣对诚极尽信任、呵护之能事。他的抒情主人公愿意顺着诚给予的方向，尽力展开自己的意

---

①　周庆荣：《有温度的人》，四川文艺出版社，2017 年，第 12 页。

②　参阅敬文东：《李洱诗学问题》（中），《文艺争鸣》2019 年第 8 期。

③　王夫之：《船山全书》第二册，岳麓书社，2011 年，第 368 页。

图，而不至于全然走向自身之意图的反面——这是一个反讽主体的大幸之所在。周庆荣的散文诗似乎一直在致力于这样一种功课：努力开发视觉化汉语（亦即现代汉语）内部暗含的味觉化，用以抵御视觉化导致的反讽时代。正是在这个珍贵的层面上，周庆荣的抒情主人公才敢口出豪言："浮华的话语岂能立言？""浮华"之言的反面意味着诚；而自白话文运动以来的现代汉语造就了多少浮夸、浮华和无耻之言！很显然，周庆荣制造的抒情主人公被劫后余生的味觉化所滋养；在一个荒寒的反讽时代，唯有这样的主人公能理解感叹语气究竟为何物："谁知道握笔的手，握着的却是一声叹息？"很容易推知，这声叹息来自味觉化汉语自带的伦理（诚），它冷中带暖，它洗尽铅华，它饱经沧桑，却不失悲悯怜惜。正因为有诚打底，在寒意愈来愈深的反讽时代，被视觉化汉语滋养成人的反讽主体才有足够的能力，赋予散文诗以别样的理解：

> 不大的土地只需长出三百斤麦子，温饱之后，栽上竹子数株，松树一棵，冬天再开放梅花数朵。有一石桌，黄昏摆茶，夜晚放酒，墨一碗，毛笔一支，我想写什么就写什么。世界风云尽可变幻，老子从正楷写到狂草，必要时用红笔给所有的丑恶和仇恨打叉。不写苦，只写有意义的甘甜，即使我有千百种理由绝望，我也要祝福万物苍生。至于两个小孔，一孔留给活命的呼吸，一孔用来经天纬地。一切的天机从地面长起，比如向日葵，头颅只离地三尺，光明却高远在整个天穹。

（周庆荣：《围棋》）①

这个异常珍贵的片段，可以当作周庆荣心目中的散文诗宣言：散文诗不仅不能成为"地狱边沿上的惨白色小花"，还必须成为祝福万物苍生的新工具，尽管它注定无法成为拯救物。有理由认为，这很可能是所有型号的文学工具论中，最具人性化的工具论，因为它存身于反讽时代却在有意识的倒退中，再次听从了诚的告诫，听从了来自汉语基因层面的指令。和鲁迅一样，周庆荣也因现代汉语从"纵的继承"之维度固守了味觉化而成功地将散文诗纳于自身，成功地将散文诗当作了趁手的武器；和鲁迅一样，在一个没有拯救传统和彼岸的国度，在绝对世俗化的汉语空间中，周庆荣也必然性地不会将波德莱尔的救赎精神纳于自身。和鲁迅的散文诗指向自身地狱般的内心或内心的地狱完全不同，周庆荣的散文诗从内心出发，却指向天下万物；和鲁迅的散文诗热衷于诉说"颓然绝望"迥乎其异，周庆荣的散文诗方向朝外，对天下万物施以祝福的姿势："即使我有千百种理由绝望，我也要祝福万物苍生"。苏珊·桑塔格如是断言：在逻各斯统治的世界上，"写作被视为宣泄一种燃烧的能量的猝不及防、难以预料的流动；知识必须在读者的神经里爆炸"②。有了含量不高的味觉化从旁襄助、助拳，周庆荣的散文诗无须燃烧，它浑然天成；用于祝福的周氏牌散文诗也不会在"读者的神经里爆炸"，它滋润读者的心田。

---

① 周庆荣：《有温度的人》，四川文艺出版社，2017年，第26页。
② ［美］苏珊·桑塔格：《在土星的标志下》，姚君伟译，上海译文出版社，2006年，第25页。

龚鹏程对汉语诗歌的源头有过上好的观察：在《诗经》时代，"作品通常总是充满了赞颂的态度。是对天地、神祇、祖先、国族社会、伟人圣哲的讴歌……其中均充满了惊异、欢乐、唱叹、颂美。人生不是没有忧苦，对社会不会没有批评，但整个精神却是以赞颂为主的"①。以《雅》《颂》为代表的赞美诗是汉语诗歌的源头，但其后的汉语诗歌却疏远了赞美，以讽喻和哀怨为旨归②，意在称颂和祝福的诗篇极为罕见③；汉语在得到充分的视觉化以后，真诚的祝福、并非浮华的称颂就显得更加稀薄④。在这个大背景下，周庆荣居然将散文诗定义为祝福反讽时代和反讽主体的新工具，显得十分罕见，也令人大为不解。

其间必有隐情。

散文诗：重塑有机生活的新工具

大历二年（767 年），杜甫登高望远于群山万壑之夔州。孤苦无依的诗人自称"万里悲秋常作客，百年多病独登台"，但因了味觉化汉语的滋养，呈现在杜甫眼前的所有事与物无不相互关

---

① 龚鹏程：《汉代思潮》，商务印书馆，2005 年，第 84 页。

② 参阅钱钟书：《七缀集》，生活·读书·新知三联书店，2002 年，第 115—132 页。

③ 比如杜甫写过很多押韵的诔辞，但它们在杜甫那里即使不成为笑柄，也是地位很低、品相不佳的作品（参阅敬文东：《牲人盈天下》，广西师范大学出版社，2011 年，第 308—310 页）。

④ 参阅敬文东：《颂歌、我-你关系、知音及其他》，《当代文坛》2016 年第 4 期。

照：风急天高时啸哀着的猿、从渚清沙白间飞回的鸟、萧萧飘下的无边落木、滚滚而来的不尽长江，甚至是繁杂的霜鬓、潦倒的浊酒和盛满浊酒的杯子……都处于相互指涉的有机关系当中。在味觉化汉语思想那里，物与事原本就密不可分。《孟子》云："万物皆备于我。"[1] 赵岐注曰："物，事也。" 阳明子说得更干脆、更笃定："意在于事亲，即事亲便是一物；意在于事君，事君便是一物；意在于仁民爱物，即仁民爱物便是一物；意在于视动言听，视动言听便是一物。"[2] 这种性质的汉语从根子上，保证了万物、万事间具有抹不掉的亲和性。就在杜甫登高望远于夔州的 1248 年后（亦即 2015 年 5 月 23 日凌晨），周庆荣如是写道：

> 沙子的错误在于没有意识到抒情的本质原本就是让五湖四海离不开水。
>
> （周庆荣：《又想到沙漠》之二）[3]

这行行文优雅的散文诗意味着：所谓抒情，就是在物与物之间建立起亲密的关系，像孤苦无依的杜甫那样，让万物免于孤独，解除万物在反讽时代普遍患有的抑郁症。这是祝福的上佳方式，出自现代汉语中极为宝贵的味觉成分，但更应当称作周庆荣刻意为之的结果。《秋夜》意味着：所谓抒情，就是要让那两棵枣树互不理睬、互不买账，就是要让"夜游的恶鸟"发出孤独

---

① 朱熹：《四书章句集注》，上海古籍出版社，2006 年，第 440 页。

② 王阳明：《传习录》，岳麓书社，2016 年，第 7 页。

③ 周庆荣：《有温度的人》，四川文艺出版社，2017 年，第 102 页。

的"哇"鸣声，就是要让灯罩和灯火不怀好意地静候冲向它们的小飞虫……总之，要让万物处于孤独当中，但这一切，都出自现代汉语中占绝对因素的视觉成分，因为绝对的孤独正好来自汉语的视觉化，更何况鲁迅有意识地强化了现代汉语中的视觉成分。与说明性的非文学语言直接指向事物和只指向事物比起来，文学语言除了指向生活世界，还需要自指，并且必须要自指、必然会自指（亦即指向语言自身：language calling attention to it-self)①。因此，操持文学语言的人与文学语言之间，构成了一种共生关系；文学语言和人在相互争执和相互妥协中，走向终点（比如小说或散文诗）。鲁迅自动效忠于文学性的视觉化汉语；视觉化汉语导致的普遍孤独，则是鲁迅的散文诗急需展现的主要内容。这种被强加的现实，让鲁迅的散文诗逃无可逃。物与事在鲁迅那里彼此各各分离，并以绝对的分离，达致抒情的最顶峰；十分吊诡的是，鲁迅的散文诗篇所具有的伟大力量，正出源于这种样态的分离。周庆荣却尽力强化、突出现代汉语中处于边缘地带的味觉成分，并且态度强硬、意志坚定；他始而让视觉性的现代汉语有所妥协，继而让味觉成分自带的伦理（亦即诚）焕发出光辉，并由此温暖了反讽时代，至少是有限度地解除、克服了态度强硬的孤独，万物得以在一种珍贵的有机关系中相互点头、致意。

逻各斯不仅怂恿了孤独、单向度的人，而且造就了反讽时代和反讽主体，更加严重的是，它还宿命性地造就了甚嚣尘上的虚无主义。在尼采看来，所谓现代精神，本质上乃是一种虚无主义

① 参阅周英雄：《结构主义与中国文学》，东大图书公司印行，1983年，第124页。

（Nihilismus）①。尼采终究不愧为尼采，在宣布上述结论后，他还从追本溯源的角度大胆地暗示说：虚无主义的根子，仍然存乎于建立在视觉中心主义之上的逻各斯。依照尼采的高见，柏拉图因严格遵循逻各斯给予的教诲，而过于迷信非感性的理念世界；正是这一点，使柏拉图之后的西方形而上学一方面将虚构的理念世界实在化，另一方面又把原本实有的生命虚无化。怀特海（Alfred North Whitehead）说得好："整个欧洲哲学传统无非是在给柏拉图做注脚。"② 如此看来，尼采的断言就来得正确无比：欧洲传统的形而上学本身就意味着虚无主义③。逻各斯经过长途跋涉，多方辗转，终于造就了风生水起的现代性和现代性自身的风生水起；"现代性的神话之一，在于它采取与过去完全一刀两断的态度。而这种态度就如一道命令，它将世界视为白板（tabula rasa），并且在完全不指涉过去的状况下，将新事物铭刻在上面"④。虚无主义也许更有资格被视作现代性的本质特征，因为白板即空无，过去乃虚空，白板正是逻各斯自我运转的结果。现代汉语受到了逻各斯的高度感染（事实上，现代汉语原本就是逻各斯加入味觉化汉语之后开的花，结的果），因此，汉语世界出现声势浩大的虚无主义就是自然而然的事情。鲁迅作为一名虚无主义者，连他自己都无从否认；鲁迅作为迄今为止最有名

---

① 参阅尼采：《权力意志》，张念东等译，商务印书馆，1991年，第229页。
② Alfred North Whitehead, *Process and Reality*, New York：Free Press, 1978, 2. 1. 1.
③ 参阅尼采：《悲剧的诞生》，周国平译，生活·读书·新知三联书店，1986年，第311页。
④ 大卫·哈维：《巴黎城记》，前揭，第1页。

的虚无主义者，已经得到了普遍的公认①。与鲁迅几乎完全不一样，周庆荣态度坚定地写道：

> 我因此不说爱是虚无。
>
> 我只说真实。
>
> 真实很短，虚无很长。
>
> 不卑鄙，不高尚，只是风吹走雾霾时，存在里发出一声惆怅。
>
> （周庆荣：《存在与虚无》）②

就像虚无主义的根源在逻各斯，周庆荣的散文诗对实有的赞颂、对虚无的反对，其根源仍然存乎于现代汉语中暗自存活的味觉成分，但尤其是这少许的味觉成分中自带的伦理：诚。诚的重要含义之一，就是实有。王夫之的解说值得信赖："诚者实也：实有天命而不敢不畏，实有民彝而不敢不祗；无恶者实有其善，不敢不存也，至善者不见有恶，不敢不慎也。"③ "诚"即实有，"实有包括对天命、民彝乃至人性中善的价值的认定。"④ 味觉化汉语的主旨之一，就是反对虚无，更反对由虚无而滋生的绝望感。有诚在，汉语世界无须超越性、拯救性的宗教，自能抵抗绝望和虚无，尽可以游心于实有之境，并由此得以安放身心。周庆

---

① 参阅朱国华：《选择严冬：对鲁迅虚无主义的一种解读》，《文艺争鸣》2000年第3期。

② 周庆荣：《有温度的人》，四川文艺出版社，2017年，第45页。

③ 王夫之：《船山全书》第二册，岳麓书社，2011年，第241页。

④ 王宇丰：《王船山的实有精神——以〈尚书引义〉中对"诚"的阐发为例》，《孔子研究》2016年第4期。

荣作为一个反讽主体，在虚无主义盛行的时代居然有能力藐视虚
无，正得力于残存的味觉化汉语中自带的诚；周庆荣的散文诗在
发掘味觉化汉语这方面用力之深，以至于每每能够直抵味觉化汉
语的本性，在不少极为成功的时刻，甚至还能短暂地恢复汉语的
本性，还诚以本来的面目。因此，周氏牌散文诗只需听从诚的指
引生发诚挚的祝福，无须像波德莱尔的散文诗那样立意在拯救。
周氏也因此有意识地呼应了船山先生的呼吁："夫诚者实有者也，
前有所始、后有所终也。实有者，天下之公有也，有目所共见，
有耳所共闻也。"① 诚是对白板的坚决否定。在诚的支持下，不
仅爱不是虚无，连一向被众人认作子虚乌有的乌托邦都是实有，
都看得见，摸得着："乌托邦，其实就是一杯咖啡。"（周庆荣：
《创可贴·第二贴》）——咖啡是提神的绝佳饮品，不可等闲视
之。此等情景对过于信任视觉化汉语的鲁迅来说不可思议，虽然
他绝对精通味觉化汉语。鲁迅的抒情主人公更倾向于赞颂行走在
无物之阵上的战士，这个战士面对的，正是绝对的虚无：

> 他在无物之阵中大踏步走，再见一式的点头，各种的旗
> 帜，各样的外套……
> 但他举起了投枪。
> 他终于在无物之阵中老衰，寿终。他终于不是战士，但
> 无物之物则是胜者。②
> （鲁迅：《野草·这样的战士》）

---

① 王夫之：《船山全书》第二册，岳麓书社，2011年，第306页。
② 鲁迅：《野草》，《鲁迅全集》第2卷，人民文学出版社，1981年，第214—215页。

与鲁迅表达"颓然绝望"截然两样，被诚缠身与附体的周庆荣有足够的能力如是言说：

> 小算盘打出来的小文章，谁是闷酒的主角？
>
> 世界感染了我，它或者光荣，或者阴暗，它感染了我，我要对它有所表示。
>
> 我用哲学换下小算盘，用四面八方的宽广覆盖小文章。
>
> 酒应该这样喝。精神站在麦芒上，麦子站在田野。第一杯：荡去胸中浊气；第二杯：血液仿佛泉水那样纯净；第三杯：奉献含蓄在心底的豪迈，准备原谅一切悲伤。接下来的几杯，装进马背上的皮囊壶内，马蹄声急，壶内不能是水，天空在上，酒魂是草原上飞翔的鹰。
>
> （周庆荣：《天空在上，我们一起痛饮》）①

大胸怀仍然是周庆荣对诚有意识地尽力开发所致；现代汉语里被周庆荣尽力开发的味觉成分，让周氏牌抒情主人公胸中浊气顿消，让这个抒情主人公的血液再次变得纯净，其后到来的，正是豪迈之情。濂溪先生有言："圣，诚而已矣。诚，五常之本，百行之源也。"② 诚乃味觉化汉语推崇备至的第一德行。因此，味觉化汉语乐于如是宣称："诚者，天之道也；诚之者，人之道也。诚者，不勉而中，不思而得。从容中道，圣人也。诚之者，

---

① 周庆荣：《有温度的人》，四川文艺出版社，2017年，第48—49页。
② 周敦颐：《通书》，李敖主编：《周子通书·张载集·二程集》，天津古籍出版社，2016年，第5页。

择善而固执之者也。诚者自成也，而道自道也。诚者物之终始，不诚无物。是故君子诚之为贵，诚者非自成己而已也，所以成物也。"这种样态的汉语乐于敦促君子以其至诚，愉快地加入造物之中。"临邛道士鸿都客，能以精诚致魂魄。"（白居易：《长恨歌》）味觉化汉语以诚滋养、浇灌君子的胸怀，唤起他们热切的愿望，就像尼采在最充满善意的时刻所说的那样："我会成为一个把事物变美的人。"① 小算盘、小文章、可以以"小"来框定的闷酒，当然还有古往今来数不清的小人，都是被诚反对的低级、庸俗之物。孟子云："充实而有光辉之谓大。"② 去除浊气、清洁血管而后到来的豪迈，完全有资格被称之为"充实而有光辉"。豪迈的大胸怀是实有的极致；对实有的高度推崇，则是对苍生万物的极致性祝福，是周氏牌散文诗的经脉之所在。"诚者，非自成己而已也，所以成物也。成己，仁也；成物，知也。性之德也，合内外之道也。"③ 有理由认为，诚对实有的热切称颂，尤其是对极致化实有（亦即大胸怀）的高倍聚焦，必然会导致爱（亦即"仁也"）的出现：

> 我爱运河的水胜过奔波的船。
>
> 怀念桨声的时候想到挖河的人，他们早已被河底的泥土覆盖。我尽可能地多想想幸福的事情，泥土上长出今天的稻谷，而且，隋朝远去，我不是挖河的人。

---

① 转引自李洱：《应物兄》，人民文学出版社，2018年，第883页。
② 朱熹：《四书章句集注》，上海古籍出版社，2006年，第467页。
③ 朱熹：《四书章句集注》，上海古籍出版社，2006年，第2页。

（周庆荣：《夜运河素描》）①

　　一想到爱，我的沉默就变成动词的模样。我怕一味地隐忍，会把男人变成副词，副词似乎可有可无，它们再努力也做不了主语。
　　（周庆荣：《爱的时态》）②

　　红灯笼如同我酒后布满血丝的双眼，到了岁月的深处，我早已不写爱情，但我依然希望身旁的红灯笼，左边是仁，右边是爱，像我们众人的双目。
　　（周庆荣：《红灯笼》）③

　　周庆荣的抒情主人公发出的沧桑语气和悲悯嗓声在此意味着：当周庆荣（以及他的抒情主人公）直抵味觉化汉语的根部，或者，当周庆荣恢复味觉化汉语的本性，诚必将再次进入它自身本有的澄明之境。此时的诚更倾向于昭示的，必定是乐；诚让散文诗祝福万物苍生，必将令人心生喜乐。尽管悲悯着的嗓声依然存在，沧桑着的语气风骨犹存，却不但不会影响乐，反而让乐显得更加厚重、真实、圆满而可靠。"我尽可能地多想想幸福的事情"中的"我尽可能……"、"我怕一味隐忍，会把男人变成副词"中的"我怕……"、"但我依然希望身旁的红灯笼，左边是仁，右边是爱"中的"但我依然希望……"等等，多少厚重、

---

① 周庆荣：《有温度的人》，四川文艺出版社，2017年，第46页。
② 周庆荣：《有温度的人》，四川文艺出版社，2017年，第86页。
③ 周庆荣：《有温度的人》，四川文艺出版社，2017年，第89页。

扎实和饱经沧桑的祝福尽在其间；而从中透露出的艰难之爱（亦即仁），却足以让一个拥有大胸怀的人骄傲、欣慰，直至快乐。由此，周氏牌散文诗将祝福提升到信仰的层面。牟宗三说："认知系统是横摄的，而凡指向终极形态之层次皆属于纵贯系统。"①最终，周氏牌散文诗指向纵贯性的"终极形态之层次"——由祝福而来的爱（仁）和乐。因此，周庆荣的散文诗不屑于悲秋；用于祝福的散文诗唯有因祝福而来的快乐。这和鲁迅的散文诗不屑于悲秋大不一样。鲁迅受制于视觉化汉语，深陷于虚无主义的泥淖，视万物为数不清的孤独者，根本没有心思悲秋。但他对孤独和虚无的彻底承当，对内心地狱的深度理解，却让《野草》崖岸高峻，至今让人难以企及。

有现代汉语中残存的味觉部分勤王护驾，以祝福为内在含义的散文诗乃有底气致力于重塑有机生活，再一次让人与人处于关系之中，而非互为孤岛；让人与物、物与物处于关系之中，而非相互遗弃。"所谓有机生活，就是在人与人和睦相处、物与人和谐共生的状态中，方能出现的那种整体性的生活，那种整体性涌动着的事情的集合。在理想情况下，有机生活因预先排除了异己之物，排除了自我矛盾更兼自我冲突之物，更加有利于生生（趋势、生-变、生-生）毫无滞碍地运行自身、把控自身，直至生生无所驻心——亦即无我或忘我——地工作。"② 有机生活就是万事充满生机，万物欣欣向荣；让万物在各美其美的前提下，达致美美与共的境地。周庆荣的散文诗通过祝福万物苍生，在艺术想象中（或至少在艺术想象中），让人与人重新亲和，让人与物

① 牟宗三：《中国哲学十九讲》，上海古籍出版社，2005年，第327页。
② 敬文东：《味、气象与诗》，未刊，北京，2019年。

互为知音，也让物与物携起手来。经由如此这般的途径，周氏牌散文诗再一次激活了味觉化汉语的赞美能力，回到了汉语诗歌的源头——而祝福就是赞美，祝福就是乐。

这样的写作称得上悲壮，这样的写作充满了大仁大爱，这样的散文诗自有它存活的权力。

其间再无隐情。

2019 年 9 月 30 日，北京魏公村。

参考文献

作品集：

博尔赫斯：《博尔赫斯文集》，陈众议等译，海南国际新闻出版中心，1996 年。

陈望道：《陈望道文集》，上海人民出版社，1981 年。

蒂里希：《蒂里希选集》，何光沪等编译，上海三联书店，1999 年。

废名：《废名集》，北京大学出版社，2009 年。

鲁迅：《鲁迅全集》，人民文学出版社，1981 年。

钱穆：《中国学术思想史论丛》（卷 1—8），生活·读书·新知三联书店，2009 年。

王小波：《王小波文集》，中国青年出版社，2000 年。

维特根斯坦：《维特根斯坦全集》，丁冬红等译，河北教育出版社，2003 年。

希尼：《希尼诗文集》，吴德安译，作家出版社，2000 年。

朱自清：《朱自清全集》，江苏教育出版社，1988 年。

中文专著：

《公孙龙子》，黄克剑译注，中华书局，2012 年。

《后汉书》，中华书局，2012 年。

《孔子家语》，王国轩、王秀美译注，中华书局，2014 年。

《老子》，汤漳平、王朝华译注，中华书局，2014 年。

《礼记》，胡平生、张萌译注，中华书局，2017 年。

《列子》,叶蓓卿译注,中华书局,2018 年。

《论语》,杨伯峻译注,中华书局,2017 年。

《孟子》,方勇译注,中华书局,2017 年。

《尚书》,王世舜、王翠叶译注,中华书局,2012 年。

《史记》,裴骃、司马贞、张守节注,中华书局,2012 年。

《说文解字》,汤可敬译注,中华书局,2018 年。

《王阳明全集》,上海古籍出版社,2012 年。

《荀子》,方勇译注,中华书局,2011 年。

《逸周书汇校集注》,黄怀信,上海古籍出版社,2011 年。

《周易》,杨天才、张善文译注,中华书局,2011 年。

《庄子》,方勇译注,中华书局,2015 年。

《左传》,郭丹、程小青、李彬源译注,中华书局,2016 年。

A. H. 马斯洛:《存在心理学探索》,李文湉译,云南人民出版社,1987 年。

D. C. 米克:《论反讽》周发祥译,昆仑出版社,1992 年。

J. G. 赫尔德:《论语言的起源》,姚小平译,商务印书馆,2016 年。

阿狄生等著:《伦敦的叫卖声》,刘炳善译,上海译文出版社,2006 年。

埃米尔·齐奥朗:《思想的黄昏》,陆象淦译,花城出版社,2019 年。

艾兰:《水之德与道之端》,张海晏译,上海人民出版社,2002 年。

艾略特:《艾略特文学论文集》,李赋宁译,百花洲文艺出版社,1994 年。

艾瑞克·霍布斯鲍姆:《断裂的年代》,林华译,中信出版社,2014 年。

艾斯特哈兹·彼得:《赫拉巴尔之书》,余泽民译,上海人民出版社,2010 年。

艾耶尔:《二十世纪哲学》,李步楼等译,上海译文出版社,1987 年。

爱德华·索亚:《第三空间》,陆扬等译,上海教育出版社,2005 年。

爱克曼:《歌德谈话录》,朱光潜译,人民文学出版社,1978 年。

安托瓦纳·贡巴尼翁:《现代性的五个悖论》,许钧译,商务印书馆,2005 年。

奥尔特加·加塞特:《大众的反叛》,刘训练等译,吉林人民出版社,2004 年。

奥克塔维奥·帕斯:《双重火焰——爱与欲》,蒋显璟、真漫亚译,东方出版社,1998 年。

巴赫金:《拉伯雷的创作与中世纪和文艺复兴时期的民间文化》,李兆林等译,河北教育出版社,1998 年。

巴赫金:《陀思妥耶夫斯基诗学问题》,白春仁等译,生活·读书·新知三联书店,1988 年。

巴乌斯托夫斯基:《金蔷薇》,戴骢译,漓江出版社,1997 年。

柏拉图:《柏拉图对话录》,王太庆译,商务印书馆,2004 年。

柏拉图:《蒂迈欧篇》,谢文郁译,上海人民出版社,2005 年。

本雅明:《写作与救赎:本雅明文选》,李茂增等译,东方出版中心,2009 年。

彼得·福克纳:《现代主义》,付礼军译,昆仑出版社,1989 年。

彼得·沃森:《20 世纪思想史》,朱进东等译,上海译文出版社,2006 年。

波德莱尔:《波德莱尔美学论文选》,郭宏安译,人民文学出版社,1987 年。

布克哈特:《意大利文艺复兴时期的文化》,何新译,商务印书馆,1979 年。

布鲁克斯:《精致的瓮》,郭乙瑶等译,上海文艺出版社,2008 年。

蔡尚思主编:《中国现代思想史资料简编》,浙江人民出版社,1982 年。

查尔斯·泰勒:《现代性中的社会想象》,李尚远译,商周出版公司,2008 年。

查尔斯·泰勒:《自我的根源:现代认同的形成》,韩震等译,译林出版社,2001 年。

陈爱中:《20 世纪汉语新诗语言研究》,人民出版社,2013 年。

陈超:《生命诗学论稿》,河北教育出版社,1994 年。

陈嘉映:《海德格尔哲学概论》,生活·读书·新知三联书店,1995 年。

陈胜前:《人之追问》,生活·读书·新知三联书店,2019 年。

程抱一:《中国诗画语言研究》,涂卫群译,江苏人民出版社,2006 年。

戴维·弗里斯比:《现代性的碎片:齐美尔、克拉考尔和本雅明作品中的现代性理论》,卢晖临等译,商务印书馆,2013 年。

戴维·洛奇编:《二十世纪文学评论》,葛林等译,上海译文出版社,1987 年。

德斯蒙德·莫里斯:《人类动物园》,刘文荣译,文汇出版社,2002 年。

恩里克·比拉–马塔斯:《便携式文学简史》,施杰、李雪菲译,人民文学出版社,2018 年。

菲利普·锡德尼:《为诗辩护》,钱学熙译,人民文学出版社,1998 年。

费正清:《美国与中国》,孙瑞芹等译,商务印书馆,1971 年。

冯契:《人的自由和真善美》,华东师范大学出版社,1996 年。

弗兰西斯·培根:《培根随笔》,秋泉译,中国华侨出版社,2013 年。

弗朗索瓦·达高涅:《理性与激情:巴什拉传》,尚衡译,北京大学出版社,1997 年。

弗雷德里克·詹姆逊:《时间的种子》,王逢振译,中国人民大学出版社,2018 年。

弗里德里希·席勒:《审美教育书简》,冯至等译,北京大学出版社,1985年。

弗洛伊德:《弗洛伊德论美文选》,张唤民等译,知识出版社,1987年。

福柯:《规训与惩罚》,刘成北等译,生活·读书·新知三联书店,1999年。

傅修延:《中国叙事学》,北京大学出版社,2015年。

高秉江:《现象学视域下的视觉中心主义》,华中师范大学出版社,2013年。

高亨:《诗经今注》,清华大学出版社,2010年。

格罗塞:《艺术的起源》,蔡慕晖译,商务印书馆,1984年。

葛瑞汉:《论道者:中国古代哲学论辩》,张海晏译,中国社会科学出版社,2003年。

耿占春:《叙事美学》,郑州大学出版社,2002年。

龚鹏程:《汉代思潮》,商务印书馆,2005年。

龚鹏程:《中国诗歌史论》,北京大学出版社,2008年。

贡布里希:《艺术与人文科学——贡布里希文选》,杨思梁等译,浙江摄影出版社,1989年。

贡华南:《味觉思想》,生活·读书·新知三联书店,2018年。

贡华南:《味与味道》,广西师范大学出版社,2015年。

古斯塔夫·勒庞:《乌合之众——大众心理研究》,冯克利译,中央编译出版社,2000年。

顾随:《中国古典文心》,北京大学出版社,2014年。

郭沫若:《历史人物》,人民文学出版社,1979年。

哈罗德·布罗姆:《神圣真理的毁灭》,刘佳林译,上海人民出版社,2013年。

海德格尔:《存在与时间》,陈嘉映、王庆节译,生活·读书·新知三联书店,1999年。

海德格尔:《林中路》,孙周兴译,上海译文出版社,1997年。

海德格尔:《在通往语言的途中》,孙周兴译,商务印书馆,2004年。

韩炳哲:《爱欲之死》,宋娀译,中信出版集团,2019年。

韩少功:《暗示》,人民文学出版社,2002年。

何伟雅:《英国的课业:19世纪中国的帝国主义教程》,刘天路等译,社会科学文献出版社,2007年。

亨利·列斐伏尔:《空间与政治》,李春译,上海人民出版社,2008年。

胡戈·弗里德里希:《现代诗歌的结构——19世纪中期至20世纪中期的抒情诗》,李双志译,译林出版社,2010年。

胡平:《世界大串联》,二十一世纪出版社,2011年。

胡适:《中国哲学史大纲》,中华书局,2013 年。

吉川幸次郎:《中国诗史》,章培恒等译,安徽文艺出版社,1986 年。

吉尔·德勒兹:《哲学与权力的谈判》,刘汉全译,商务印书馆,2000 年。

吉莱斯皮:《现代性的神学起源》,张卜天译,湖南科学技术出版社,2012 年。

加洛蒂:《论无边的现实主义》,吴岳添译,百花文艺出版社,1998 年。

加缪:《西西弗神话》,杜小真译,商务印书馆,2017 年。

加斯东·巴什拉:《空间的诗学》,张逸婧译,上海译文出版社,2013 年。

江弱水:《文本的肉身》,新星出版社,2013 年。

杰拉尔德·克雷夫茨:《犹太人和钱——神话与现实》,顾骏译,上海三联书店,1992 年。

金观涛等:《兴盛与危机:论中国社会超稳定结构》,法律出版社,2011 年。

敬文东:《感叹诗学》,作家出版社,2017 年。

敬文东:《抒情的盆地》,湖南文艺出版社,2006 年。

敬文东:《艺术与垃圾》,作家出版社,2016 年。

卡特琳娜·克拉克、迈克尔·霍奎斯特:《米哈伊尔·巴赫金》,语冰译,中国人民大学
出版社,2000 年。

克利福德·吉尔兹:《地方性知识》,王海龙等译,中央编译出版社,2000 年。

孔凡礼:《苏轼年谱》,中华书局,1998 年。

莱昂内尔·特里林:《诚与真》,刘佳林译,江苏教育出版社,2006 年。

莱昂内尔·特里林:《知性乃道德职责》,严志军等译,译林出版社,2011 年。

李春阳:《白话文运动的危机》,生活·读书·新知三联书店,2017 年。

李洱:《问答录》,上海文艺出版社,2013 年。

李零:《郭店楚简校读记》,北京大学出版社,2002 年。

李零:《中国方术考》,中华书局,2006 年。

李零:《中国方术续考》,中华书局,2006 年。

李欧梵:《铁屋中的呐喊》,尹慧珉译,岳麓书社,1999 年。

李泽厚、刘纲纪:《中国美学史》第一卷,中国社会科学出版社,1984 年。

李泽厚:《美的历程》,文物出版社,1981 年。

李泽厚:《中国古代思想史论》,生活·读书·新知三联书店,2008 年

李泽厚:《中国现代思想史论》,东方出版社,1987 年。

理查德·罗蒂:《偶然、反讽与团结》,徐文瑞译,商务印书馆,2003 年。

理查德·舒斯特曼:《身体意识与身体美学》,程相占译,商务印书馆,2011 年。

梁宗岱:《诗与真二集》,人民文学出版社,1980 年。

林木大拙、弗洛姆等:《禅与心理分析》,孟祥森译,海南出版社,2012 年。

林毓生:《思想与人物》,联经出版事业公司,1983 年。

刘禾:《跨语际实践:文学,民族文化与被译介的现代性》,宋伟杰等译,生活 ·读书·新知三联书店,2008 年。

刘继业:《新诗的大众化和纯诗化》,北京大学出版社,2008 年。

刘擎:《悬而未决的时刻》,新星出版社,2006 年。

刘完素:《素问病机气宜保命集》,人民卫生出版社,2005 年。

刘小枫:《诗化哲学》,山东人民出版社,1986 年。

刘小枫:《现代人及其敌人:公法学家施米特引论》,华夏出版社,2005 年。

刘意青:《〈圣经〉的文学阐释》,北京大学出版社,2004 年。

卢卡契:《历史与阶级意识》,杜章智译,商务印书馆,1992 年。

卢梭:《社会契约论》,何兆武译,商务印书馆,2003 年。

陆贾:《新语》,王利器校注,中华书局,2012 年。

罗杰·夏蒂埃:《书籍的秩序》,吴泓缈等译,商务印书馆,2014 年。

罗兰·巴尔特:《批评与真实》,温晋仪译,上海人民出版社,1999 年。

罗兰·巴特:《神话修辞术》,屠友祥译,上海人民出版社,2016 年。

罗素:《权力论》,吴友三译,商务印书馆,1998 年。

罗歇-亨利·盖朗:《何处解急:厕所的历史》,黄艳红译,中国人民大学出版社,2015 年。

吕叔湘:《中国文法要略》,辽宁教育出版社,2002 年。

马蒂尼奇编:《语言哲学》,牟博等译,1998 年。

马尔库塞:《爱欲与文明》,黄勇等译,上海译文出版社,1987 年。

马尔库塞:《单向度的人》,刘继译,上海译文出版社,1989 年。

马克·波斯特:《第二媒介时代》,范静哗译,南京大学出版社,2001 年。

马歇尔·麦克卢汉:《媒介即按摩:麦克卢汉媒介效应一览》,昆廷·菲奥里、杰罗姆·阿吉尔编,何道宽译,机械工业出版社,2016 年。

毛姆:《月亮与六便士》,傅惟慈译,上海译文出版社,2006 年。

梅芙·恩尼斯等:《梦》,李长山译,生活·读书·新知三联书店,2003 年。

米兰·昆德拉:《被背叛的遗嘱》,孟湄译,上海人民出版社,1995 年。

米兰·昆德拉:《小说的艺术》,孟湄译,生活·读书·新知三联书店,1995 年。

缪钺:《古典文学论丛》,浙江大学出版社,2009 年。

莫里斯·布朗肖:《未来之书》,赵苓岑译,南京大学出版社,2015 年。

莫里斯·布朗肖:《文学空间》,顾嘉琛译,商务印书馆,2003 年。

牟宗三:《中国哲学十九讲》,上海古籍出版社,2005 年。

尼采:《瞧,这个人》,刘崎译,改革出版社,1995 年。

尼采:《权力意志》,张念东等译,商务印书馆,1991 年。

诺斯洛普·弗莱:《批评的解剖》,陈慧等译,百花文艺出版社,2002 年。

诺斯洛普·弗莱:《现代百年》,盛宁译,辽宁教育出版社,1998 年。

欧阳江河:《站在虚构这边》,生活·读书·新知三联书店,2001 年。

帕特里齐亚·隆巴多:《罗兰·巴特的三个悖论》,田建国等译,华东师范大学出版社,2017 年。

帕特丽卡·劳伦斯:《丽莉·布瑞斯珂的中国眼睛》,万江波等译,上海书店出版社,2008 年。

庞德:《比萨诗章》,黄运特译,漓江出版社,1998 年。

彭锋:《诗可以兴》,安徽教育出版社,2003 年。

普洛普:《故事形态学》,贾放译,中华书局,2006 年。

普鸣:《作与不作:早期中国对创新与技艺问题的论辩》,杨起予译,生活·读书·新知三联书店,2020 年。

齐泽克:《斜目而视》,季广茂译,浙江大学出版社,2011 年。

钱穆:《晚学盲言》,生活·读书·新知三联书店,2018 年。

钱穆:《中国思想通俗讲话》,生活·读书·新知三联书店,2002 年。

钱钟书:《管锥编》,中华书局,1986 年。

钱钟书:《七缀集》,生活·读书·新知三联书店,2002 年。

钱钟书:《谈艺录》,中华书局,1984 年。

乔吉奥·阿甘本:《潜能》,王立秋等译,漓江出版社,2014 年。

乔纳森·卡勒:《文学理论入门》,李平译,译林出版社,2013 年。

乔治·巴塔耶:《内在体验》,尉光吉译,广西师范大学出版社,2016 年。

乔治·斯坦纳:《语言与沉默》,李小均译,上海人民出版社,2013 年。

让·波德里亚:《美国》,张生译,南京大学出版社,2011年。

让-保罗·萨特:《词语》,潘培庆译,生活·读书·新知三联书店,1996年。

让-保罗·萨特:《萨特自述》,黄忠晶等译,天津人民出版社,2008年。

萨比娜·梅尔基奥尔-博奈:《镜像的历史》,周行译,广西师范大学出版社,2005年。

僧佑:《弘明集》,刘立夫、魏建中、胡勇译注,中华书局,2019年。

圣奥古斯丁:《忏悔录》,周士良译,商务印书馆,1963年。

叔本华:《作为意志与表象的世界》,石冲白译,商务印书馆,1982年。

斯波六郎:《中国文学中的孤独感》,刘幸等译,北京师范大学出版社,2019年。

松浦友久:《中国诗歌原理》,辽宁教育出版社,1990年。

宋琳、柏桦编:《亲爱的张枣》,中信出版社,2015年。

苏珊·桑塔格:《反对阐释》,程巍译,上海译文出版社,2003年。

苏珊·桑塔格:《论摄影》,黄灿然译,上海译文出版社,2014年。

苏珊·桑塔格:《在土星的标志下》,姚君伟译,上海译文出版社,2006年。

孙玉石:《现实的与哲学的——鲁迅〈野草〉重释》,上海书店出版社,2001年。

孙中山:《建国方略》,中华书局,2011年。

梭罗:《瓦尔登湖》,徐迟译,上海译文出版社,2009年。

特里·伊格尔顿:《理论之后》,商正译,商务印书馆,2010年。

特里·伊格尔顿:《文学阅读指南》,范浩译,河南大学出版社,2015年。

托多罗夫:《日常生活颂歌》,曹丹红译,华东师范大学出版社,2012年。

汪晖:《现代中国思想的兴起》,生活·读书·新知三联书店,2004年。

韦恩·C.布斯:《修辞的复兴:韦恩·布斯精粹》,穆雷等译,译林出版社,2009年。

维克多·克莱普勒:《第三帝国的语言:一个语文学者的笔记》,印芝虹译,商务印书馆,2013年。

维特根斯坦:《逻辑哲学论》,贺绍甲译,商务印书馆,1988年。

维特根斯坦:《文化与价值》,涂纪亮译,清华大学出版社,1981年。

闻一多:《神话与诗》,上海人民出版社,2006年。

沃尔特·艾萨克森:《爱因斯坦传》,张卜天译,湖南科学技术出版社,2014年。

沃格林:《以色列与启示》,霍伟岸等译,译林出版社,2010年。

武田雅哉:《构造另一个宇宙:中国人的传统时空思维》,任钧华译,中华书局,2017年。

西川:《大河拐大弯:一种探求可能性的诗歌思想》,北京大学出版社,2012 年。

西渡:《灵魂的未来》,河南大学出版社,2009 年。

徐复观:《中国艺术精神》,华东师范大学出版社,2001 年。

薛爱华:《神女:唐代文学中的龙女与雨女》,程章灿等译,生活·读书·新知三联书店,2014 年。

杨慎:《升庵诗话》,中华书局,2010 年。

叶维廉:《中国诗学》,生活·读书·新知三联书店,1992 年。

尤瑟纳尔:《哈德良回忆录》,陈筱卿译,东方出版社,2002 年。

宇文所安:《中国传统诗歌与诗学》,陈小亮译,中国社会科学出版社,2013 年。

袁可嘉:《论新诗现代化》,生活·读书·新知三联书店,1988 年。

约翰·伯格:《观看之道》,戴行钺译,广西师范大学出版社,2005 年。

约瑟夫·布罗茨基:《文明的孩子》,刘文飞译,中央编译出版社,2007 年。

臧棣:《骑手与豆浆》,作家出版社,2015 年版。

詹姆斯·米勒:《福柯的生死爱欲》,高毅译,上海人民出版社,2003 年。

詹姆斯·伍德:《小说机杼》,黄远帆译,河南大学出版社,2015 年。

张沛:《哈姆雷特的问题》,北京大学出版社,2006 年。

张枣:《现代性的追寻》,亚思明译,四川文艺出版社,2020 年。

张枣:《张枣随笔选》,人民文学出版社,2012 年。

赵沛霖:《兴的源起》,中国社会科学出版社,1987 年。

赵瑞蕻:《〈摩罗诗力说〉注释·今译·解说》,天津人民出版社,1982 年。

赵汀阳:《二十二个方案》,辽宁大学出版社,1999 年。

赵汀阳:《论可能生活》,中国人民大学出版社,2004 年。

赵汀阳:《每个人的政治》,社会科学文献出版社,2010 年。

赵汀阳:《四种分叉》,华东师范大学出版社,2017 年。

赵毅衡:《当说者被说的时候》,中国人民大学出版社,1998 年。

赵毅衡:《重访新批评》,百花文艺出版社,2009 年。

赵园:《艰难的选择》,上海文艺出版社,1986 年。

钟鸣:《畜界·人界》,上海人民出版社,2010 年。

钟鸣:《旁观者》,海南出版公司,1998 年。

钟鸣：《秋天的戏剧》，学林出版社，2002年。

周策纵：《文史杂谈》，世界图书出版社，2014年。

周敦颐：《周子通书》，上海古籍出版社，2020年。

周英雄：《结构主义与中国文学》，东大图书公司，1983年。

朱德熙：《写作论文选》，吉林人民出版社，1980年。

朱利安：《进入思想之门》，卓立译，北京大学出版社，2014年。

朱一凡：《翻译与现代汉语的变迁》，外语教育与研究出版社，2011年。

期刊文献：

E.H.舒里加：《什么是解释学循环》，曹介民等译，《哲学译丛》，1988年第2期。

M.斯洛特：《阴–阳与心》，牛纪凤译，《世界哲学》，2017年第6期。

阿尔都塞：《意识形态和意识形态国家机器》，李迅译，《当代电影》，1987年第4期。

白倩、张枣：《绿色意识：环保的同情，诗歌的赞美》，《绿叶》，2008年第5期。

陈伯海：《释"诗言志"》，《文学遗产》，2005年第3期。

陈国华：《普遍唯理语法和〈马氏文通〉》，《当代语言学》，1997年第3期。

陈嘉映：《从移植词看当代中国哲学》，《同济大学学报》，2005年第4期。

陈晓明：《反抗危机：论新写实》，《文学评论》，1993年第2期。

戴伟华：《论五言诗的起源》，《中国社会科学》，2005年第5期。

杜绿绿：《李洱和他才能的边界》，《上海文化》，2020年第1期。

高燕：《论海德格尔对视觉中心主义的消解》，《上海大学学报》，2010年第4期。

耿占春：《谁能免除忧郁?》，《天涯》，2012年第2期。

贡华南：《从见、闻到味：中国思想史演变的感觉逻辑》，《四川大学学报》，2018年第6期。

贡华南：《味觉思想与中国味道》，《河北学刊》，2017年第6期。

郭攀：《叹词、语气词共现所标示的混分性情绪结构及其基本类型》，《语言研究》，2014年第3期。

韩东：《写作、创作、工作》，《花城》，2019年第5期。

何直（秦兆阳）：《现实主义——广阔的道路》，《人民文学》，1956年第9期。

胡适：《文学改良刍议》，《新青年》第2卷第5号，1917年1月。

金鹏程：《"中国没有创世神话"就是一种神话》，谢波译，《复旦学报》，2020年第2期。

敬文东:《成我未遂乃成灰》,《中西诗歌》,2019 年第 3 期。

敬文东:《词语:百年新诗的基本问题——以欧阳江河为中心》,《中国现代文学研究丛刊》,2017 年第 10 期。

敬文东:《从本体论的角度看小说》,《郑州大学学报》,2003 年第 2 期。

敬文东:《从唯一之词到任意一词》(上),《东吴学术》,2018 年第 3 期。

敬文东:《从唯一之词到任意一词》(下),《东吴学术》,2018 年第 4 期。

敬文东:《从心说起》,《天涯》,2014 年第 5 期。

敬文东:《汉语与逻各斯》,《文艺争鸣》,2019 年第 3 期。

敬文东:《李洱诗学问题》(上),《文艺争鸣》,2019 年第 7 期。

敬文东:《李洱诗学问题》(中),《文艺争鸣》,2019 年第 8 期。

敬文东:《李洱诗学问题》(下),《文艺争鸣》,2019 年第 9 期。

敬文东:《论垃圾》,《西部》,2015 年第 4 期。

敬文东:《逻辑研究》,《扬子江评论》,2007 年第 6 期。

敬文东:《诗歌:在生活与虚构之间》,《文艺评论》,2000 年第 2 期。

敬文东:《宋炜的下南道》,《收获》,2016 年第 5 期。

敬文东:《塔里塔外》,《莽原》,1998 年第 3 期。

敬文东:《味与诗》,《南方文坛》,2018 年第 5 期。

敬文东:《兴与感叹》,《首都师范大学学报》,2016 年第 3 期。

敬文东:《作为诗学问题与主题的表达之难》,《当代作家评论》,2016 年第 5 期。

孔令环:《杜甫对中国现代新诗的影响——以胡适、闻一多、冯至为例》,《中州学刊》,2007 年第 5 期。

李春旺等:《麋鹿繁殖行为和粪样激素水平变化的关系》,《兽类学报》,2002 年第 2 期。

李德高:《语义原词和"心"》,《中国石油大学学报》,2019 年第 1 期。

李敬泽:《〈黍离〉——它的作者,这伟大的正典诗人》,《十月》,2020 年第 2 期。

李小娟:《过程神学与儒家宗教性探究》,《学习与探索》,2010 年第 6 期。

林美茂:《哲人看到的是什么——关于柏拉图哲学中"观照"问题的辨析》,《哲学研究》,2003 年第 1 期。

刘立辉:《变形的鱼王:艾略特〈荒原〉的身体叙述》,《外国文学研究》,2009 年第 1 期。

刘新民:《意象派与中国新诗》,《外国文学》,1994 年第 2 期。

卢风:《"诚"与"真"——论儒家之"诚"对当代真理论研究的启示》,《伦理学研究》,2005 年第 5 期。

罗振亚:《21 世纪诗歌:"及物"路上的行进与摇摆》,《天津师范大学学报》,2015 年第 2 期。

罗振亚:《21 世纪"及物"诗歌的突破与局限》,《诗歌月刊》,2019 年第 2 期。

马德富:《真与美的范式:杜诗艺术精神对新诗的启示》,《杜甫研究学刊》,2001 年第 2 期。

尼故拉·亚基姆丘克:《"我的工作就是写诗"——约瑟夫·布罗茨基案件》,《外国文艺》,2006 年第 6 期。

欧阳江河、王辰龙:《电子碎片时代的诗歌写作》,《新文学评论》,2013 年第 3 期。

欧阳文风:《通向感悟:梁宗岱对西方纯诗理论的醇化》,《中国现代文学研究丛刊》,2010 年第 2 期。

钱玄同:《中国今后之文字问题》,《新青年》第 4 卷第 4 号,1918 年 4 月 15 日。

秦晓宇:《锦瑟无端》,《读书》,2011 年第 3 期。

斯拉沃热·齐泽克:《弗洛伊德—拉康》,何伊译,张一兵主编《社会批判理论纪事》第三辑,江苏人民出版社,2009 年。

孙明君:《中国古代咏怀诗的基本类型》,《陕西师范大学继续教育学报》,2002 年第 1 期。

童世骏:《"主体间性"概念是可以用来做重要的哲学工作的——以哈贝马斯的规则论为例》,《华东师范大学学报》,2002 年第 4 期。

汪民安等:《身体转向》,《外国文学》,2004 年第 1 期。

王江:《身体修辞文化批评》,《外国文学》,2012 年第 3 期。

王小盾:《论汉文化的"诗言志,歌永言"传统》,《文学评论》,2009 年第 2 期。

吴晓番:《古代中国哲学中的"自我"》,《江南大学学报》,2013 年第 4 期。

西渡:《凝聚的火焰——90 年代校园诗歌透视》,《山花》,1997 年第 6 期。

西渡:《散文诗的性质与可能》,《诗刊》,2020 年第 3 期。

谢思炜:《杜诗的自我审视与表现》,《文学遗产》,2001 年第 3 期。

杨国荣:《神学形式下的人文内涵》,《江淮论坛》,1992 年第 3 期。

臧棣:《90 年代诗歌:从情感转向意识》,《郑州大学学报》,1998 年第 1 期。

张光昕:《停顿研究——以臧棣为例,探测一种当代汉诗写作的意识结构》,《中国现代文学研究丛刊》,2016 年第 12 期。

张执浩:《写作是一种自救行为》,《诗刊》,2020 年第 10 期。

张子清:《美国语言诗》,《国外文学》,2012 年第 1 期。

赵飞:《论现代汉诗叙述主体"我"的差异性——以张枣和臧棣为例》,《求索》,2017 年第 11 期。

赵小琪:《梁宗岱的纯诗系统论》,《文艺研究》,2004 年第 2 期。

赵毅衡:《论艺术的"自身再现"》,《文艺争鸣》,2019 年第 9 期。

郑敏:《世纪末的回顾:汉语语言变革与中国新诗创作》,《文学评论》,1993 年第 3 期。

朱光潜:《中国文学之未开辟的领土》,《东方杂志》,1926 年第 6 期。

英语文献:

Alan Ansen, *The Table Talk of W.H.Auden*, ed. Nicholas Jenkins. Ontario Review Press, 1990.

C.Geertz, *The Interpretation of Culrure :SelectedEssays*, New York : Basic Books, 1973.

G.S.Kirk, Myth: *Its Meaning and Function in Ancient and Other Cultures*, Cambridge University press, 1971.

James J.Y.Liu, *Chinese Theories of Literature*, University of Chicago Press, 1975.

Jerome S Bruner, *The Culture of Education* , Harvard University Press, 1996.

John Rawls, *Political Liberalism*, New York: Columbia University Press, 1996.

Marc Bloch, *The Historian's Craft*, New York: Vintage Books, 1953.

P.J.Rabinowitz, *Before Reading :Narrative Conventions and the Politics of Interpretation*, Ohio State University Press, 1987.

Stephen Spender, "*Rilke and Eliot*", *in Rilke*: *The Alchemy of Alienation*, ed .F .Baron, E.S. Dick and W.R.Maurer, Lawrence: Regents Press of Kansas, 1980.

Wilfrid Sellars, *Empiricism and the Philosophy of Mind*, Harvard University Press, 1997.

后　记

　　2015 年写完《感叹诗学》、2018 年写完《新诗学案》、2019 年写完《味觉诗学》后，感觉还可以从已经完成的三部书的基础上，向前推进一步——这就是本书的由来。我希望自己的观点和想法有一个自然成长的过程，回望来路时能看到自己清晰的出处；更希望自己随着年岁的增加，对万物的观察能够变得更为苍劲、坚定，但也更为圆融。最近若干年来，我对玉质的向往似乎越来越迫切。

　　本书多次提到全球化、现代性，似乎不能被读者诸君轻易认为作者在有意追逐时髦，只因为全球化、现代性原本就是中国的现实，尽管这种性状的现代性和全球化是被迫的、是被译介而来的，不是自然成长起来的。但自庚子年（2020 年）开始，一切都变了。在中国，庚子年之前的全球化和现代性与庚子年之后的全球化和现代性即将面目迥异，判若两人。在我写作这本书时，这个念头不断出现在脑海之中，似乎这本书将是一曲音调暗哑的挽歌；贝托尔特·布莱希特（Bertolt Brecht）的诗句一遍遍浮现于脑海，就自在情理之中：

这是人们会说起的一年

这是说起就沉默的一年

老人看着年轻人死去

傻瓜看着聪明人死去

大地不再生产，它吞噬

天空不再下雨，它下铁

（贝托尔特·布莱希特：《这一年》，黄灿然译）

本书附录的文章之所以能够被本书所附录，是因为这篇文章和本书要谈论的主题有很强的相关性，并非作者既想偷懒，又想凑篇幅。

本书的写作得到过很多人的帮助：王辰龙、张梦瑶、崔耕、李娜查阅和下载了很多资料；王婕好整理了参考文献；本书的"弁言"源于我 2019 年 11 月 30 日在四川巴山文学院的一次演讲，录音整理是巴山文学院的领导，诗人蓝紫女士。我要深深感谢上述诸位的友情赞助。

2020 年 10 月 17 日，北京魏公村。

图书在版编目（CIP）数据

自我诗学 / 敬文东著. -- 武汉：长江文艺出版社，
2021.12
　ISBN 978-7-5702-2461-6

　Ⅰ. ①自… Ⅱ. ①敬… Ⅲ. ①新诗－诗歌研究－中国
Ⅳ. ①I207.25

　中国版本图书馆 CIP 数据核字（2021）第 221790 号

自我诗学
ZIWO SHIXUE

策　　划：谈　骁

责任编辑：胡　璇　　王成晨　　　　责任校对：毛　娟
封面设计：祁泽娟　　　　　　　　　责任印制：邱　莉　　王光兴

出版：长江出版传媒 ｜ 长江文艺出版社
地址：武汉市雄楚大街 268 号　　　　邮编：430070
发行：长江文艺出版社
http://www.cjlap.com
印刷：湖北新华印务有限公司

开本：880 毫米×1230 毫米　　1/32　　印张：9　　插页：4 页
版次：2021 年 12 月第 1 版　　　2021 年 12 月第 1 次印刷
字数：207 千字

定价：58.00 元

版权所有，盗版必究（举报电话：027—87679308　　87679310）
（图书出现印装问题，本社负责调换）